河出文庫

巷談辞典

井上ひさし

河出書房新社

巷談辞典　目次

巷談辞典

山藤章二　画

前途遼遠

これから何ケ月か、四文字の成句を肴《さかな》に、あることないことをこきまぜて、毎日、三枚半の文章を書き綴《つづ》らなくてはならぬ仕儀にたち至ったわけだが、まさに前途遼遠《ぜんとりようえん》、考えるだけで気が遠くなる。しかし、初日から気を失っていたのでは商売にならぬので、気付薬がわりに風船ガムなどを口中に含みつつ、まず一篇の歌を引用することから、この長い旅をはじめることにしよう。

引用する歌は他人様の作品ではなく、わたしが五年前にものした江戸の一大奇人平賀源内先生一代記『表裏源内蛙合戦』なる戯曲の挿入歌で、すべて四文字の成句で作られている。

だいぶ長いがなにとぞおつきあい願いたい。

平賀源内　前途有望
研究熱心　学業優秀
新進気鋭　臨機応変
当意即妙　才気煥発
眉目秀麗　五体健全
早寝早起　早飯早糞

天衣無縫　勧善懲悪
義理人情　金科玉条
有為《うい》転変　天変地異
運否《うんぷ》天賦　心配無用
粒々辛苦　辛苦万苦
粉骨砕身　切磋琢磨
不急不休《いそがずやすまず》　一心不乱
盲目《めくら》滅法　仕上肝腎
運天棚牡丹《たなぼた》　立派上等
元金保証　安全確実
立身出世　安心立命
威風堂々　大器晩成

平賀源内が順風満帆《まんぱん》、出世街道をまっしぐらに進んでいるときに、江戸町人によって歌われるのが右の歌なのだが、彼がひとたびつまずいて、出世階段を踏み外すと、町人たちはたちまち次の如く歌い出す。

平賀源内　前途絶望
御先真暗《おさきまつくら》　先行暗澹《さきゆきあんたん》
挫折頓挫　室内蟄居《ちつきょ》

暴飲暴食　自棄自暴

沈思黙考　断腸断絶

このふたつの歌を作るのに三日かかった記憶がある。千ページもある国語辞典を第一ページから最終ページまで舐《な》めるようにして克明に読み、四文字の成句を拾いあげていったので時間を喰ったのだが、この三日間にひとつ大きな失敗をした。

前途遼遠
（ゆくてがはるかに遠いこと）
例
原稿用紙を三枚半
づつとじて百回分つくり
それだけで身も
心もつかれ果てて
しまった作家のさま。
'74
YAMAFUJI

たしか三日目だったと思うが、さるテレビ局のディレクターの結婚披露宴に招かれて、祝辞なるものを突然に言わせせられることになり、それではと立ち上ったものの、とっさの間にはうまい言葉が思いつかぬ。

そこでちょうど制作中だった前掲の歌をわたしはぺらぺらと並べ立てたのだ。

「えー、わたくしは新郎と親しく仕事をさせていただいている者でありますが、新郎こそはまさに研究熱心、新進気鋭、当意即妙、才気煥発、眉目秀麗、五体健全、天衣無縫、粒々辛苦、粉骨砕身、立派上等、元金保証、安全確実、安心立命……」

会場がざわつきはじめた。みんなわたしの豊富な語彙《ごい》に感心している様子だった。それに力を得てわたしは更に大きな声で言った。

「……前途絶望、御先真暗、先行暗澹」

会場にどっと笑声があがった。そして、それ以後、そのディレクターからは仕事がひとつも舞い込まぬようになってしまった。

まったくうろ覚えの知ったかぶりなどに碌《ろく》なためしがあったことはない。

奇矯浮薄

一度だけ見合いをしたことがある。放送局に台本ライターとして出入りしはじめたころのことで、局にはきれいな女の子がゴマンといるのにだれひとりとしてこっちを振り向いてはくれず、欲求不満がたかまって、

「もう女なら誰でもかまわない。おれにも相手が欲しい」

ということになったわけである。浅ましくもみっともないはなしであるが、ほんとうのことだから隠してみてもはじまらぬ。

さて、こっちのこの春機発動を慧眼《けいがん》にも鋭く見抜いたのが、わたしによく仕事をくれたさるディレクターで、彼はこう言った。

「銀座のデパートにぼくの姪《めい》が勤めているのだが、君にぴったりだと思うよ。スポーツ好きな明るい気性の娘だが、お見合いをしてみるつもりはないかね」

ちょうどそのころ、皇太子が軽井沢のテニスコートで粉屋の娘さんを見そめられた、なんて話があったので、わたしは彼女の好きなスポーツもまたテニスであろう、なぞと思い、

（テニスラケットを握る白魚のような指の生えた手におれのペニスロケットを握らせちゃおう）

とたちまちよからぬ胸算用。それに銀座のデパートガールというところも大いに気に入って、ぜひよろしくおねがいいたします、と頭を下げた。なにしろ、当時銀座のデパートの店員さんには美人が多かったのであります。

ところが、ディレクターの家で彼女に逢ってみると、これはいかなること、色黒五頭身のビア樽の如き娘さんで、手の指はバナナよりも太く、腕などは丸太ん棒も顔負けして恥しがって引っ込んでしまうというようなものすごさ。スポーツはスポーツでもソフトボールの選手だとかでポジションは投手。

(こんな娘さんを女房にした日にゃ一年と躰《からだ》がもたないぞ)

と怯《おび》えて震えあがった。

(夫婦喧嘩になったらそれこそ事《こと》だ。茶わんや丼が絶妙のコントロールでこっちへ飛んでくるにちがいない。それにいくらこっちが女に飢えているからといっても多少の審美眼は持ち合わせている。その審美眼をもって冷静に彼女の顔を見るに、これは娘の顔というよりフライパンの底といった方がより正確であろう。なんとか断わらなくては……)

だが、お見合いをしたいと騒いだのはこっちである。しかも相手は大恩あるディレクター氏の姪だ。こっちから断わるのは憚《はばか》られる。そこでわたしは次の如き結論をくだした。

「こっちが断わるのではなく、向うに断わらせてはどうであろう」

さっそくわたしは彼女を夜の横浜は山下公園に誘い出し、

「あのう、あなたの趣味はなんですの」

などと、お上品でお座なりな質問を発する彼女を荒々しくも草の上に押し倒し、

「趣味は女と寝ることだ。さあ、やらせろよ」

と、挑みかかった。彼女がそのとき「はい。では……」と答えたら、わたしの運命はよきにつけ悪しきにつけいまとすこしはちがったものになっていただろうが、しかし、

お見合いの当日にすでにねんごろになるなんて馬鹿な真似をちゃんとした家庭に育った娘さんがするわけがない。彼女はわたしを突き飛ばしてどたどたと去った。

あくる朝、彼女の母親からわたしの下宿に電話がきた。母親は言った。

「なんという奇矯浮薄な人ですか。あなたのような人に娘を差しあげるわけには行きません」

わたしはそのとき「やった！」と叫んで思わずとびあがったが、しかしこのやり方が正しかったかどうか、今では疑問に思っている。女性の値打が容姿にあるのではないということが、このごろようやくわかってきたからである。

求人求職

わたしの家の郵便受けには毎朝、朝日・読売・毎日・東京・日経・報知・日刊スポーツの七種の新聞が投げ込まれる。夕方になると、朝毎読東日の五紙の夕刊と、夕刊フジがくる。ある新聞配達店の主人とわたしとは将棋仲間であり、そのよしみで彼は駅で夕刊フジを買い求め、それを特別に配達してくれるのだ。

以上すべて合せてざっと二百五十ページ。この二百五十ページを丹念に読んでいたのでは、それこそ仕事にもなにもならないので、記事は見出しだけにとどめておく。そして求人求職広告（といってもちかごろ求職広告というのには、あまりお目にかからなくなったが）の載っているページを精読するのである。

このページは毎回おもしろい。おもしろいばかりではなく、生半可な新聞記事を読むよりずっと勉強になる。世の中のことを知る有力な手がかりを、このページはわたしに提供してくれるのだ。

たとえば、いま、人間の労働力の相場はいかほどであろうか。

こういう難問に新聞記事はなかなか明確な答を与えてくれないが、求人欄を一瞥《いちべつ》すれば簡単に答が出る。

『パート10～3　時給４００　有楽町駅前　○×うどん』『そば　時三七○　食交衣付

勤時相談応45迄　日本橋□△』『四百　女子　11～3・5～8時　神田駅近　そば処◎☆』『女子夕方～9時四百　日祝休食付　御徒町洋食◆＊』『バイトウエイター・洗場・おはこびさん　夜5時～10時　時給四百　東京駅前八重洲口△▽□酒蔵』

と、たいていのところでは時給四百円が相場になっている。アルバイト程度の、ちょっとした仕事なら時給四百、こう憶えておくと、あとで小説を書くときなどに役に立つのである。

また、わたしはバーやキャバレーへはほとんど行かないが、これも求人欄から得た智恵である。たとえばあるキャバレーの求人欄にはこう書いてある。

『短時間で高収入の得られるアルバイト。19歳～29歳まで三十名。勤務時間は7時～11時半まで。貴女のご都合の良い時間だけお勤めください。お給料は超ハイクラス。貴女の責任はただ出勤することだけです。○×□※タウン有楽町店』

これはむろんこれからキャバレーのホステスになろうと考えている女性たちに向けて書かれたコピーである。が、これを客の立場で読むとどうなるか。ホステスが『短時間で高収入の得られる』ということは、客から見れば『短時間でぶっ高い勘定を払わせられる』ということになる。『お給料は超ハイクラス』とは客にとってはむろん『お勘定は超高額』と同義であり、『貴女の責任はただ出勤することだけです』とは客の身になれば『ぶすっと黙り込み、こっちにサービスをさせ、手も握らせず、ただ出てくるだけで金が貰《もら》えるんだから、適当に時間を潰《つぶ》していいんだわ、と考えている怠け者のにわかホステスと酒を飲むこと』と同じことなのだ。そんなところへ誰が汗水たらして稼いだ金を費《つか》いに行くものか。求人欄のおもしろさについてはいくらでも材料はあるけれど紙数がすくなくなってきたので、おしまいにこの十年間でもっとも傑作だと思われる求人広告を書き記して筆をおこう。それは某歌謡学院の生徒募集広告で、こうである。

『第8期歌謡生徒募集！　審査と入院式は毎日行っております。審査料は三千円。最優

秀者は即日レコーディング。審査員　美空いばり、石阪浩二、新玉三千代、若尾交子、中山干夏、藤主子、山口首恵の諸先生』

　蛇足ながら、傍点を付したのはむろんわたしである。

余暇善用

思わぬときにふッと一時間か二時間、暇のできるときがある。こんなとき、人はどうやって暇を潰すのだろうか。喫茶店に入って表を通りかかる女性たちをぼんやりと眺めている、といった友だちがいる。なるほどこれは楽しかろう。そういうときは書店で立ち読みをするのさ、二時間もあれば薄い本なら二冊、雑誌なら六、七冊読めるぜ、といった別の友人もある。たしかにこれも一便法であろう。おれならサウナに飛び込むよ、という、さらにまた別の知人もある。あるいはこれも悪くない。

ところでわたしなら……、まず喫茶店に入る。そして、ポケットのゴミをすべて机の上に出し、それを分類し、おっ、このゴミはパイプ用の煙草の屑《くず》、あッ、このゴミはこのあいだ映画『砂の器』（これはすばらしい映画だった。読者諸兄に一見をおすすめする）を観ながら囓《かじ》っていた一袋二百円のさきいかの切れっ端《ぱし》だ、やっ、このゴミはいつぞやほじくった鼻糞ではないか、などとゴミの分析をはじめるのである。くだらない時間の潰し方だが、これはこれで結構おもしろい。

ゴミの分析が終ってもまだ時間が余っていたらどうするか。鉛筆と手帖をとり出して戯《ざ》れ唄を書き綴る。これはわたしにはとてつもなくおもしろい。

このあいだ、さるお方と対談すべく都心へ出かけたが、こっちの思いちがいで一日早かった。次の仕事まで二時間もある。そこでわたしはゆっくりとポケットのゴミを整理し分析した。が、それでもまだ一時間近く時間が余っているようなので手帖に、むかしからある「ないないづくし」の型式を借りて、次のような戯れ唄を書きつけた。

さてもないないないものは
田中首相に誠意がない
金脈掘り出しゃきりがない
やめさせたいが代りがいない
三木さんどうにも頼りない
大平さんには覇気《はき》がない
福田さんでは新味がない
中曾根さんには信用がない
石原さんには年功がない
総じて与党にゃ人がない
一方、野党にゃ智恵がない
だから政治はよくならない
物価は一向にさがらない
そのくせ給料は上らない

物資は豊富でないものない
けれどお金がままならない
もとより貯金はおぼつかない
なければ月賦が払えない
電車は満員、隙間がない

余暇善用
（あまった時間を よりよく 用いること）
梶山さん ソノ気
山口さん 酒気
筒井さん 狂気
吉行さん 病気
井上さん 人気
ボクのひまつぶしは歴代作家の「さん号気号」
YAMA FUJI '74

おまけにストで動かない
道路は車で渡れない
無理して渡れば命がない
空はスモッグやりきれない
おいしい空気がどこにもない
女房は女権運動で愛想がない
娘はブスで、可愛くない
婚期がおくれて、縁がない
あってもなかなかまとまらない
もっともスタイルよろしくない
鼻が低くて、見当らない
化粧が濃すぎてみっともない
じっさいほんとに情けない
これじゃ生きてく自信がない
わが家の将来、希望がない
こんな日本にゃいたくない
とはいうものの行くとこない
やはり日本に住むほかない……

と、ここまで書いたとき、次の仕事の時間がきた。このつづきは、この次、余暇に恵まれたとき書くことにしよう。

石女名器

石女名器とは「うまずめめいき」と読み、子どもを生む能力のない女に名器の所有者が多い、という意味だそうである。楊貴妃、虞美人《ぐびじん》、仏御前、妲妃《だっき》のお百など、傾国傾《けい》城《せい》の美女たちがそろいもそろって子なしだったので、こんな成句をだれかが考えついたらしいのだ。

明治時代出たものに『美女所有器調べ』という妙な題の小冊子があり、それをこのあいだ偶然手に入れたが、その中にも、

「石女に名器あり」

ということばがゴシック文字で書きつけてあった。この小冊子には、また、さらに驚くべき記述が載っていて、たとえば、それはこうである。

「楊貴妃ノ所有器ハ龍珠ト称スル名品ナリ。睾丸ガ子壺に触レレバ、壺左右ニ動クナリ。虞美人ノソレハ飛龍ト称スル逸品ニテ、内部ノひだ動キ、睾丸ヲ羽根デスルガ如ク、優シクシゴクナリ。小野小町ニ穴ナシトイフハ誤リニテ、彼女ニモ穴アリ。シカレドモ、小野小町ノ所有物ハ羊腸ト称シ、曲リクネッテ奥深ク、且《か》ツ、細シ。静御前ノヲ鴨嘴《かものはし》ト称ス。花芯並ハズレテ大キク、睾丸ヲ挿入スレバ、ソレト共ニ、ソノ部分ガ鈴口ニ差シ込マレ、精液ヲ吸ウナリ。コタヱラレズ。高橋オ伝ノソレハ蛤蚌《かき》ト称シ、玉門大キカラ

ズ小サカラズ、男次第デ伸縮自在ナリ。コレマタ、コタヱラレズ……」

思わず、ほんとかねといいたくなるような記述だ。この小冊子の著者はむろん明治の人である。高橋お伝のお道具を見た可能性はあるにしても、他の美女たち、楊貴妃や、小野小町の持ちものをいったいどうやって知ったのだろうか。おそらく口から出まかせだろう。

石女名器
（動物本来の働きをざせないと、なにかと具合がよろしくなること）
●食肉業界では、豚のように太った牛と、牛のように大きな豚と、とさかも尻尾もない鶏をつくることを目標として、研究改良中であるときいた。おそろしい話だ。
●そして編集業界では酒ものまず女もやらず麻雀もドボンも競馬もゴルフも文士劇も歌も講演もやらない作家を目下研究改良中であるときいた。おもしろい話だ。

この小冊子には綴《と》じ込み付録として巻末に「明治性相十二品」という表がついている。この表を見ると明治時代の男性が、どのような道具をよしと考え、悪しと決めていたかが窺《うかが》い知れるので、以下、それを書き写すことにしよう。

一　高（上つきのこと）
二　豆（小さいこと）
三　洗濯（中から噴水の如く愛液あふれる）
四　雷（口が大きく派手な音をたてる）
五　蛸《たこ》（しまりよし）
六　巾着（しまりよし）
七　どて高（ふっくら）
八　なすび（内部茄子に似て、もとが締まる）
九　蛤《はまぐり》（合わせ目がピンク色）
十　広
十一　下
十二　臭

ところで、今日、わたしが書きたかったのはじつは女性性器の品定めなどではないのだ。本日の題名が「石女名器」なので、それに敬意払ってちょっとばかり名器や粗品に触れ、そのあとでかなりのスペースをさいて、この著者が小冊子の巻尾に記した、「いかなる著述の御用にも応じます。ただし、稿料極めて高く、仕事は遅く、註文中は催促無用に願います」

という著者自身のための広告を肴に、なぜわたしは原稿が遅いかについて書くつもりだったのだ。が、すでに紙数は尽きた。

なぜわたしは原稿が遅いかについては、また、後日、書くことにしよう。

なお、この小冊子の著者の名は冷々亭杏雨《きょうう》、すなわち、のちの二葉亭四迷である。

危機一髪

年の暮れが近づくにつれて、たちの悪い酔っ払いが多くなる。

酔っ払いだけではない、殺気や狂気をはらんだ連中が街中を闊歩《かっぽ》するようになる。われわれ日本人というやつは、これでなかなか卑怯至極な民族で、ひとりでいるときは借りてきた猫より大人しいくせに、二人以上で仲間とぐるになると、妙に強がり、弱いものいじめをするという悪癖がある。そこへ酒でも入っていたらたいへんで、狂犬の如く狂暴となる。こういう連中にはまともに理屈を言っても仕方がない。触らぬ神にたたりなし、という古諺《こげん》を金科玉条に、彼等と接触する機会をたくみに避けるのが上々吉というものだが、しかし、その場の成行きで、どうしてもこの馬鹿どもと衝突しなければならなくなるときがある。

このあいだ、秋葉原駅のホームで、三人組の酔漢が実直そうなサラリーマンをさんざんに殴りつけているところへ通りかかった。むろん、周囲には大勢人だかりがしているが、どなたもわたしと同じように、触らぬ神にたたりなしを座右の銘としているのだろう、見て見ぬふりである。

そのうち殴られていたサラリーマンが、口から血を垂らしはじめた。そこで、わたしは三人組についいこう叫んでしまった。

「もういい加減にしてやめたらどうですか。あんたがたが喧嘩に勝ったのは明らかなのですから、それで気が済んだでしょうが……」

それからが大変だった。三人組はわたしを市川駅まで追いかけてきた。そればかりではない。例の殴られていた男までが、

「この野郎、口出しなんぞしやがって」

危機一髪
（髪の毛一本ほどのわずかな
差のところまできけんが
せまっていること）
バカバカ
あまり
近寄るな！
洋画配給会社の宣伝部は
妙な日本語の題名をつけるの
で悪名高いが
「007危機一発」もそのひ
とつである。
ただしこれは主演のショーン・
コネリーが自分の髪がうすい
のを気にしていて、この邦
題の原案「危機一髪」が
気にいらず、プレッシャーをかけ
て字を変えさせた、という
ウラ話がある……わけはない
ヤネ！

と、三人組と一緒にわたしの後を追ってきたのである。こんな馬鹿なはなしはない。わたしは彼が哀れだったから口出ししたのである。なのにその彼がなにも三人組と共にわたしをつけまわすことはないではないか。まったく酒の入った日本人は度し難い。

とにかくぐずぐずしていては四対一、袋叩きになるのは目に見えている。市川駅に電車が着いたとき、わたしは彼等にこういった。

「わたしは市川市の郊外でささやかにではありますが空手道場をやっておるものです。もしあなたがたに手向いして怪我でもさせてはたいへんです。そこで、きっとあなたがたの気のすむように取りはからいますゆえ、道場までご一緒に来てくださいませんか。なに、道場まで十五分とかかりませんが……」

つまり、わたしは忍法でいう哀車《あいしゃ》（平あやまり）の術と威嚇《いかく》の術の折衷を知らぬうちにやっていたわけだ。むろん、連中を案内すると見せて、途中で逃げ出すつもりだったことは言うまでもない。嚇《おど》しがきいたのか、連中の酔いがさめたのか、わたしが歩き出しても四人組は追ってこなかった。ただ、

「バーロー、空手道場をやってるなんて嘘を吐《つ》きやがって！」

という罵声《ばせい》が追ってきただけだった。

だいたい嘘とはわかっていても、しかしひょっとしたら本当なのでは……？　そういうところで彼等は追跡を諦《あきら》めたのだろう。たまには嘘も吐いてみるものである。

なお、忍法が出てきたついでに、忍法書からの受け売りをひとつ。

女性が暴漢に襲われて危機一髪となったときは、己《おの》が局部にあたりの土をぎゅうぎゅう詰め込むのがもっともよい手なのだそうだ。いかなる暴漢も土饅頭を見ると気が萎《な》えるらしい。

処女崇拝

初夜権という言葉がある。新潮国語辞典によると「結婚の際に、領主・酋長・僧侶・祭司などが新郎に先だって新婦と共に寝る権利。未開人の間には今なお残存する」そうだが、文献を引っくりかえしてみるとこの慣習は洋の東西を問わず、各地に存在したようである。

たとえば、羽前国（山形県）の米沢市には、婚礼の三日前に仲人が新婦をわが家に泊め、三夜共寝して、式の当日、なぜだかしらぬが餅を百八個添えてその新婦を新郎の家へ届けるというならわしがあった。紀州（和歌山県）の勝浦港では、自分の娘が十三、四歳になると、老人を雇い、その老人に破素（なにのことです）してもらうのが通例だったという。老人はこの仕事の謝礼として米と酒と、これもなぜだか桃色の褌《ふんどし》を受けとるきまりになっていたそうだ。おぼこ娘と共寝をさせてもらい、そのうえ、謝礼まで貰えるなぞ、羨しいような、嘘のような話だが、これは誓って真実なのだ。石川県には、娘を嫁に出す前に父親は、村のなかでもっとも数多くの女性と接した男性に頼んで、己が愛娘を試してもらうという風習がかつてあったらしい。また豊後（大分県）の日田郡夜明村というところには、毎年八月十五日の夜に「ボンボボ」と称する祭りがあったといわれる。十四歳の娘は、この夜村の長老たちと寝るのである。このボンボボに参加しない娘は、穴無しと見なされ、一生嫁に行けぬ。それがこの村のきまりなのである。

本邦の例ばかり掲《あ》げたが、右の如き事実は外国にもゴマンとある。

ルイ十四世治下のフランスでは、領主が領内の花嫁に「ドロワ・ド・キュサージュ」なる権利を行使することが認められていた。ドロワ・ド・キュサージュを訳せばつまり「股の権利」である。ラングーンのペグラというところでは、己が花嫁を友だちのとこ

ろへやって一夜を過させるというならわしがあったというし、これと同じことはチベットでも行われていた。マルコポーロの旅行記にもこのことははっきりと書かれている。また、これはすこし古いはなしだが、バビロニアでは、未婚女性は必ず一度はヴィナスの神殿に詣《もう》で、そこの森で他国の男性と交わらねばならないというきまりがあった。

いったいなんだって、初夜権というものがかつて存在したのであるのかしらん、これはわたしの長い疑問だった。

ところが、この疑問がこのあいだあっさりと解けた。ひょんなことから知り合いになった滞日中のウガンダ人の技師が、雑談のあい間にふとこう言ったのだ。

「むかし、わたしの国では、処女から女になるときに女性の流す血が子孫に危険を及ぼすという信仰がありました。ですから、初夜には、新郎は新婦と寝ないのです。つまり、精液が処女の出血と混ると、生れてくる子どもが早死すると信じられていたわけです」

そういえば紀伊風土記には、高野山の高僧の袈裟《けさ》に処女の血がかかったとたん、その袈裟が火を吹いて燃えあがった、という伝説も載っている。つまり、わたしたちの祖先は、処女の血は不吉だ、と考えていたのだ。そのために、力ある者に処女の血を流し出してもらうという風習、つまり初夜権がかつてあったのではないか。

ついこないだまで（あるいはいまも？）、金持は何百万という大金を投じて芸者の水揚げ式なるものを行っていたが、世の中かわれば変るものである。

初夜権の是非はとにかく、若い娘さんたちが処女膜とやらを後生大事に守り、また破られたら貼り替えたりなどして、男どもにすこしでも自分を高く買わせようと狂奔しているのをみると、そして、男どもが結婚の相手は処女が一番などとさわぎまわり、相手の娘さんの質の良否よりも膜の有無を気にしているのをみると、わたしはひょっとしたらむかしの人の方が利口だったのかもしれないな、と思わないでもないのである。

誤字脱字

夏目漱石は、ひろく知られているように、当字の大家である。そこへ行くとわたしは誤字の大家かもしれぬ。あまり威張れたことではないが、ついこのあいだまで、わたしは、

幻を幼
絨毯を絨毯
塗るを塗る
実を実
勤勉を勤勉
帯を帯

などと書いて平然と澄ましていたからである。おっとまた誤字を書いてしまった。澄ます、は間違い、澄ますが正しい。

もっとも、誤字の大家であるわたしをもしのぐ、大誤字の巨匠連がこのごろ各大学をわんさと徘徊《はいかい》しているらしい。その巨匠連の漢字に対する知識がいかにすさまじく貧弱であるか、ここにその例を掲げよう。これは東京山手のさる大学（特に名を秘す）で収集されたものである。

誤字脱字
(あやまった字とぬけた字)
クイズ
このヘンな新聞に
誤字がいくつあるでしょう….
0円 12月18日(水)
夕刊ゴジ
ゴジ新聞社
新緩線また混乱
三億円範人はどこに
中年ご惨家だ一万五千人
"親子の断舌"が背景か
主賽者も首かし
本紙調差
政腐・自眠党の支持率上る
斜会、共散伸びず 公迷下落
YAMA Fuji '74

沖縄変換（返還）
他国に浸入する（侵）
粉争（紛争）
こんな時制（時世）
新見な体度（真剣な態度）

毎日の苦らし（暮らし）
全題未聞（前代未聞）
基調な青春（貴重な）
万千の処置（万全）
見識と気白（気迫）
混乱を縮正する（粛正する）
筋張する（緊張する）
無規道な行い（無軌道）
角命分子（革命分子）
学校から返る（帰る）
価格狂定（協定）
春画秋冬（春夏秋冬）
士農高商（士農工商）

書き写しているうちにどうも妙な気がしてきた。わたしは前に「その巨匠連の漢字に対する知識がいかにすさまじく貧弱であるか」などと書いたが、どうもそう思っては間違いではないかという気がしてきたのだ。たとえば「毎日の苦らし」なぞ、すばらしい誤字ではないか。インフレ地獄、交通地獄、公害地獄のなかであくせくと生きているわたしたちの毎日は「暮らし」というより「苦らし」の方がはるかにふさわしかろう。

「角命分子」も言いえて妙である。角棒をふりまわすから（もっともちかごろでは鉄パイプやハンマーであるが）「角命」なのだ。「価格狂定」また然り、企業家たちのぶっ高い統一価格の決め方をみていると狂っているとしか見えぬ。「春画秋冬」にもうなずける。この十年来、暖い冬や冷たい夏の異常気象つづきであるから、文字の方だってへてこりんにならざるを得ない。「士農高商」と書いた学生には尊敬の念さえおぼえる。江戸期、とくに元禄のころの商人たちには途方もない資産家たちが大勢いた。たとえば、驕奢《きょうしゃ》を理由に財産没収の刑に処せられた淀屋三郎右衛門辰五郎はあっちこっちへ一億三十三万両という巨額の金を貸しつけていた。これはいまの金にしてざっと四兆円に相当するのだ。「高商」と書いた学生は、こういったことを知っていたのではないか。

なお、このときの調査では、どの学生も「東西南北」だけは正しく書いたという。いまの大学生はみんな麻雀に夢中だからこれだけは間違いようがないのだろう。おっとまた誤字だ。夢中ではなく、夢中だった。しかしそれにしてもどうもわたしの誤字は、彼等に較べるとスケールがちいさいな。

清濁併呑

わが国では清濁併呑《へいどん》、清濁を併せ呑むのが人物であることの証左とされているようである。清らか一方では大器ではないのだ。

とくに政治の世界ではこれが器量を計る唯一の尺度のようで、昼は議事堂（すなわち清）、夜は待合（これは濁だろう）、この両方を往復しながら政治家諸公は国事に奔走するのである。

だが、この清濁併呑、すなわち良いところも悪いところも併せ呑み、人間なんてだれでもたたけば埃《ほこり》の出る躰だ、おたがいなあなあで参りましょう、という処世法は、ほんとうにわれわれに利するところがあるのだろうか。われわれ自身も政治家諸公にならって清濁併呑に志すあまり、けじめをつけるべきところをつけないでルーズに過してしまっているのではないかしらん。

たとえば、われわれは議員定数の不平等を黙って見逃している。例を参議院の地方区にとれば、議員一人に対する有権者の数が、東京・神奈川では百二、三万であるのに、鳥取ではたったの二十万だ。

つまり、東京や神奈川に住む人間は、鳥取県人と較べ、こと選挙に関する限り半人前どころか五分の一人前にもならないのである。世の中は不都合だらけ、いろんな不都合

清濁併呑
(善・悪のわけへだてをせず受け容れること)
「世の中は澄むと濁るで大ちがい」のポルノ版をひとつ……
・時は金なり　伽はマシなり
・タッチは亭主　ダッチはワイフ
・先端は臭く　梅檀は芳し
・佐藤は平和賞・サドは乱暴ショー
・ヘアはチン上げ　ベアも賃上げ
おまけをふたつ……
・章二は清潔　情事は不潔
・ひさしはつめたく　日差しはあたたか

があるけれど、しかし、これほどの不都合はそうざらにはないだろう。

東京人や神奈川人や千葉人が鳥取人と一緒にレストラン「日本」でとんかつを喰う。そのとき、われわれが千円の代金を払っているのに鳥取人は二百円で「毎度どうも」と礼をいわれる、たとえとしては適切でないかもしれないが理屈としては通るはずだ。

こんな理不尽をされてはだれだって腹が立つ。いや、これは義務としても腹を立てるべきだろう。こんな不都合不平等を黙って見逃しているわれわれ都会人はずいぶんと妙だ。自分の不平等に文句をいわないということは、他人の不平等にも鈍感だということだろう。そうなったら人間としてはおしまいだ。自分たちが人間であることを証《あか》し立てるためにも、政治家諸公の清濁併呑主義とは早く手を切る必要があると思われる。

ところで、この清濁併呑が大いなる誤謬《ごびゅう》であることをこれから証明しよう。証明法は数多くあるが、わたしの趣味に合う言語学的証明法でやってみよう。

世の中は澄むと濁るで大ちがい
人は茶をのみ　蛇は人をのむ
世の中は澄むと濁るで大ちがい
福は徳なり　河豚は毒なり
世の中は澄むと濁るで大ちがい
刷毛《はけ》に毛があり　禿に毛はなし
世の中は澄むと濁るで大ちがい
墓におまいり　馬鹿はおまえだ
世の中は澄むと濁るで大ちがい
母は美容院　婆《ばば》は病院
世の中は澄むと濁るで大ちがい

父に歯があり　爺《じじ》に歯がなし
世の中は澄むと濁るで大ちがい
妊娠めでたく　人参たべもの
世の中は澄むと濁るで大ちがい
タンゴはダンス　ダンゴはアンコ

書いているうちに阿呆らしくなってきたからこれでよすが、しかしまあ、澄むと濁る、清と濁、だいぶちがいますなあ。

自給自足

わが国の食糧自給率が約四割で、食糧の備蓄量が二ケ月足らずであるということを、わたしは野坂昭如さんの選挙演説を聞いてはじめて知った。つまり、昨年の石油危機と同じように、近い将来、食糧危機などというものが到来し食糧の輸入がとまれば、数字の上から行けば、国民の約六割が二ケ月後には飢えてしまう、というわけである。

野坂さんの演説を聞いて愕然《がくぜん》となったわたしは、すぐさま書店へ走って農業関係の書物を買って乱読したが、その乱読の末に判然としたことは、日本の農業はもうほとんどどうにもならないところへきている、という事実だった。その理由はいくつもあるが、ひとつだけ記そう。化学肥料の施しすぎで日本の農地は瀕死《ひんし》の状態にある。本年度の上半期の日本の会社の売上げベスト百には肥料会社が七、八社入っているが、この事実は、日本の農地にどれだけの化学肥料が撒《ま》かれたかを如実に物語っている。すなわち言い方をかえれば、財閥系の大肥料会社を富ませるのと引き換えにだれかが日本の農地を殺してしまったのだ。

だれかとはむろん、農林省と大肥料会社と農民であり、そしてこういったでたらめ農政を放任していたわたしたち、以上、引っくるめて日本国民全員である。となると、餓死をしようが野垂死をしようが、これは自業自得か。

高度成長神話にうかされていたわたしたちに較べ、たとえばシンガポールの人たちなぞはよほど利口だ。この国では、食糧はむろんのこと、家庭で使う熱エネルギーはすべて自給自足だそうだ。その熱エネルギー自給の供給源は豚である。豚小屋から排泄物を密閉タンクに流し込み発酵させ、それによって発生するメタンガスを炊事に用いるわけである。豚一頭の糞で人一人の必要エネルギーを賄《まかな》うことができるそうで、なんとまあ

自給自足
（自らの需要を自らの生産でみたすこと）
ムッ！きわめて個人的体臭の濃厚な傑作である……
（評論家）
三年間のシンケツをそそいだ作品です……
（自給自足派の画家）
画材
〈黒〉ハナクソ
〈赤〉ハナ血
〈黄〉耳アカ又は歯クソ
〈白〉ザーメン
〈青〉青ッパナ
〈茶・黄土・緑〉大便
'74 YAMAFUJI

これは素晴しい智恵ではあるまいか。

そこでわたしは、だれにも頼まれもしないのに余計なお節介ではあるが、日本国民自給自足の道を講じてみた。少々、変則的な自給自足の方途ではあるが、日本の場合、医学立国が最良の道ではなかろうか。

まず、全国の医科大学に裏口入学をやめさせ、なるべく貧しい者の子弟で、勉強がよく出来て、貧しいということの辛さ悲しさをよく知り尽した青年を入学させる。むろん裏口入学廃止による収入減は国庫が負担する。そのほかにも国立の医科大学を北海道から沖縄までの国立公園に二つか三つずつ建てる。

同時に、世界各国の医学者を高給をもって招き、日本人医学者ともどもチームを作らせ、研究をさせる。そうすればノーベル医学賞は毎年、日本在住の医学者が獲得するようになるだろう。

医者に高給を支給するのは言うまでもないが、看護婦さんにも銀座のホステス並みの高いサラリーを出す。利にさとい現代ッ子の女の子たちはこぞって看護婦を志すはずである。その他の国民も、薬局、医療事務員、炊事係、検査員になる。つまり、日本を巨大な病院、もしくは保養所にしてしまうのだ。

国立公園のある景勝の地に建つ病院、優秀な医学陣、美人ぞろいの看護婦さんたち、これが三位一体となって世界中に「病気を治すなら日本で」という評判がひろまるはずである。石油王国の王様たち、キッシンジャーにコスイギンに毛沢東、世界を動かすトップ政治家たちが（どんな偉い人でも命は惜しかろう）病気のたびに来日し滞日する。そのとき治療費のかわりに石油や食糧を寄越すように頼むのだ。こうして、国民は全員、医学に関係のある仕事について励むわけであるが、そうなったら文士や絵描きはどうなるか。病院の壁新聞係だろう。

国際理解

「日本で最も広く信仰されている宗教はシントイズムである。シントとは神々の道を意味する」（イタリア、高校生用）
「北海道は温暖で、豊富な油田に恵まれている」（レバノン、中学生用）
「日本の貧乏人の主食はサツマイモである」（マレーシア、中学生用）
「曲亭馬琴は七匹の犬という物語の作者である」（アルゼンチン、百科事典）
「日本では着物も靴も紙である」（レバノン、小学生用）……

右は外国の教科書や百科事典に載っている日本像である。腹が立つのを通り越して思わず吹き出してしまうではないか。
「北海道は豊富な油田に恵まれている」などという文章を読むと、豊富な油田があったら、石油危機にあんな大さわぎはしないですんだろうになあと思い、なぜか知らん、涙さえこぼれ落ちてくる。

などと書くと、レバノンにしろマレーシアにしろ、いずれも発展途上国ではないか、欧州の文明国はそんなひどい間違いはしないさ、とおっしゃる向きがあるかもしれないが、はたしてそうか。

たとえば、英国の競走馬には、ちかごろ、日本語の馬名のついたものが多いらしいが、競馬研究家の大村益三氏によると、これがじつはとんでもない名前が多いのだ。たとえば、こうである。

「フジサン」「ハイカラテ」（ハイカラとカラテをつないだのか？　それとも高度な空手術、HI-KARATE なのか、よくはわからない）

国際理解
（外国のことをお互いによく知りのみこむこと）
マスコミの発達した日本では
小説家は 1年に 1000枚
イラストレーターは 1年に 100枚
という異常なまでの大量生産を
しいられている。これでは質的水準
が低下するのは 当然である。
わかってないなァ！
WORLD'S REPORT JAPAN
ひと月に 1000枚の小説家
〃 100枚のイラストレーター

「ジンリキシャ」「カワサキ」「シオバラ」「スイカ」（こんな名前をつけられた馬がいったい走るものかね。しかし、ひょっとしたら、馬は歯が出ている、西瓜は歯が出ている者に適《む》いた食物である、したがって西瓜と馬にはある種の密接な関係が認められる、という論理的連想から、こんな名がついたのだろうか。だとしたら、わたしは英国へ行くのはやめにしたい。わたしも歯出男である。スイカなんていうあだ名をつけられてしまいかねぬ）

「フジタ」「コンニチハ」（これも競走馬には適さないだろう。日本の勝負社会に於いてコンニチハとは八百長勝負を意味するからだ）

「マツヤマ」「ミチコ」「サムライ」「ワビ」「アラシ」「アリガト」「ゲイシャノイメージ」（ここまでくると呆然とせざるを得ない）

「イケバナ」「ムサシ」……

英国といえどもこのありさまであるから、決して安心はできないのだ。

もっとも外国ばかりも責めてはならない。

イタリアの高校生は日本はシントイズムの国である、と多少は日本について知っているのにわれわれはどうか。イタリアが世界一のカトリック国ということを知っているだろうか。

北海道に豊富な油田がある、と教えるレバノンの人々を笑うまえに、われわれがレバノンについて、なにを知っているか、を考えてみるべきだろう。

さらに、日本の競走馬に「タケホープ」「ストロングエイト」「ベルワイド」などという名前の馬がいると知ったら、英国人は仰天するだろう。「ストロングエイト」すなわち「強い8の字」。なんのことやらちっともわからんではないか。

自由自在

勝負事はあまり好きではない。理由は勝ったことがないからである。子どもとページワンをやっても二百、三百と巻きあげられてしまうのだから話にならない。ひところ麻雀に凝っていたことがあるが、このゲームでも勝てなかった。将棋でも連珠でもそして麻雀でも、なにかゲームを始めると、わたしは机上高く小山のように手引書や参考書を積みあげて、実技の向上よりも理論を究めようとする悪癖がある。その結果、頭でっかちになってしまう。たとえば、麻雀の本に、

「もっともうまい上り手は、役満をがめることなんかではありません。なに喰わぬ顔で、リーチ・ピンフ・タンヤオ・三色なんて手をつくる。こういう人こそ真の上手といえるのです」

と、書いてあれば、それを鵜呑《うの》みにしてしまう。配牌でたとえ、白発中が二枚ずつきていても、それをわざわざ捨てて、リーチ・ピンフ・タンヤオ・三色を作ろうとする。したがってあがれなくなる。あがれなければつまらない。つまらないからすぐ熱がさめる。とまあこういうわけだ。

競馬にいたっては一度も馬券を買ったことはない。やっても、競馬理論や中央競馬会の仕組に詳しくなるばかりだろうということがわかっているから、気が乗らないのであ

る。

　とはいうものの、自分の思いのまま自由自在に手を作ったり、自由自在に当たり馬券を買ったりできたら、さぞ痛快だろうなあ、と考えないでもない。そこでこのごろまた麻雀の本を読み返し、競馬の参考書などを揃えたりしはじめているのだが、それはとにかく、この間、小説の取材で都内のさる賭場《とば》を見学した。おどろいたことに、その賭場

自由自在
(思いのままにすること)
オレが次にリーチをかけるのがどうして分っちゃうのかなァ？

では、胴元の勝ちになるように自由自在にサイコロの目が出る。そこへ案内してくれたのは某組の幹部で、わたしの二十年来の親友であるが、わたしは仰天して彼にこう訊いたものだ。

「この賭場の壺振り氏は天才だね。ずっと胴元に勝たせ続けじゃないか」

「なになに、やつはただの人形さ」

と、彼は答えた。

「これは口外されては困るが、賭場の押入れの中に仲間が隠れているんだぜ」

彼によると、その仲間が押入れの中から、電磁石でサイコロの目を自由自在にあやつっているのだ、という。つまり、電磁石がプラスの場合は奇数が、マイナスの場合は偶数が出るような仕掛けがほどこしてあるわけである。そして、味方が「丁」に賭ければ、奇数と奇数、あるいは偶数と偶数、を出し、「半」と言えば、奇数と偶数を出す。

「花札なんかの場合は、裏面に印をつける。そして、もう一度、セロハンで包装し直して、あたかも、封を切ったことのまだないパリパリの新品のように見せるのさ」

なるほど、とわたしは思った。仕掛けなしで客と勝負するのじゃ、たしかに商売にはならないだろう。商売となればここぞというときに必ず勝たねばならない。暴力団としては、電磁石や爪の跡を助ッ人に、必勝の術をサイコロや花札にほどこしているわけである。

彼は別れぎわにわたしに言った。

「おい、あんた、間違っても賭場なんぞに出入りするんじゃねえよ」

家へ帰ると、わたしは子ども部屋にもぐり込み、子どもたちのトランプの裏に爪でしるしをつけはじめた。しるしをつけておけば、トランプ札の数字や種類が自由自在に読めるにちがいないからだ。が、そのうちにわたしは愕然となった。子どもたちのトランプの裏にはすでに、ある法則性のもとに針で突いた穴が穿《うが》ってあったのだ。

「道理で連中、トランプが強いはずだ」

と、わたしは唸《うな》り、それ以後、子どもとページワンをするのはやめにしている。

生者必滅

生あるものは必ず滅ぶ、この運命からはどんな大権力者も大金持もまぬがれることはできないだろう。われわれ大衆が、この世がいかに不平等に満ちていても、結構、気楽にのどかに日を送っているのは、陽のあたる場所でぬくぬくと生きている肥った連中も、いつかは自分たちと同じように蛆虫《うじむし》の餌になるほかはないことを知っているからにちがいない。

ところで、平等についてはいろんな考え方がある。キリスト教徒たちにとってそれは「神の前における平等」である。また近代市民社会は「法の前では何人といえど平等である」という考え方を大きな柱にしてなり立っている。もっともこれを信じている近代市民はあまりいないだろう。われわれは法の名により税金をびしびしと取り立てられているのに、われらが前首相には税法など存在しないかのように見えるからである。また、われわれ庶民は法によって、金銭で女体を買うことは禁じられているが、政界や財界の諸公に法の網の目は粗い。このことは、たとえば午後の三時ごろ、赤坂の高級喫茶店に入ってみればすぐわかる。店内は、稽古帰りや買物帰りのそれ者（それしゃと読み、芸者のこと）たちでいっぱいで、聞き耳を立てれば彼女たちが、

「ほんとうにターさんはこんどは可哀そうだったわね。こんどターさんをしっぽりと慰

めてあげなくちゃ」

「ターさんはもう過去の人よ。それよりわたしはナーさんに賭けたいわ」

「ターさんもナーさんも結局は財界の人形よ。財界の人と出来ちゃうに限るわ。四菱のフーさんはどう?」

と、ひそひそ声で喋っているのに気付くことが出来るだろう。むろん、ターさん、ナ

ーさん、フーさんが、あのターさんであり、あのナーさんであり、あのフーさんであることはつけ加えるまでもない。庶民のやれないことをこの人たちはやっている。法の前の平等なぞ、まるっきり絵に描いた餅なのだ。法は頼りにならない、というわけで運の前ではだれでも平等である、という考え方がいま流行している。競馬・麻雀・パチンコなどが大いに受け入れられているのは、人々がいかにこの「平等」を欲しているかの証左である。

　わたしは、冒頭ですでに述べたように死の前での平等をかねてから信じている。権力者や大金持はこの世に執着があるだろう。だから死ぬのは辛いはずだ。がしかし、こっちには失うものはなにもない。気楽にこの世に暇乞《いとまご》いができる。やーい、ざまみろ、とこういうわけである。死で連中とさらに差をつけるためには、いまわのきわの苦しみからできるだけ逃れなくてはならぬ。そこでこのごろは安楽死の研究もはじめている。

　いずれその研究の集大成をこの紙面をかりて発表できると思うが、とりあえず、ここで手軽に出来る安楽死の方法をふたつみつ紹介しておこう。

①足の裏と脇の下に強力ボンド糊で一万円札をしっかりと貼り、半裸のまま、キャバレーに行き、「これはチップだ、持って行け」と怒鳴る。ホステスたちが一万円札を剝《はが》そうとして、足の裏や脇の下を引っ掻く。引っ掻かれれば擽《くすぐ》ったい。げらげら笑ううちに笑い死できる。

②山口百恵の後援会の大集会に出かけて行って「桜田淳子大すき」と叫び、仕上げに『花占い』を歌う。そうすれば山口百恵のファンにあッという間に殴り殺されることができる。

③山藤章二画伯の家の前で「やーい、へぼ絵描き！」と怒鳴る。自尊心を傷つけられた画伯はペンを片手にかっとなって外にとび出してきて、そのペンをこっちの胸に突き刺してくれる。

罵詈雑言

なにかで腹が立ったとき、わたしは机上から一冊のノートをとって、そこへ気がすむまで呪いの言葉を書き連ねる。このノートは、わたしがひそかに「罵詈雑言《ばりぞうごん》帳」と名づけているものだが、むろん門外不出の機密書類だ。

がしかし、本日は愛読者サービスとして、その一部を特別に公開しよう。

「なんてきれいな嫁さんだ。尻に牡丹餅くっつけて、後から花婿食らい付く」

これは、さる結婚披露宴に出席したら、花嫁があまりにも美人なので、岡焼半分口惜しさ半分で書きつけたもの。

「イモ、サバ、三流、ドジ、間抜け」

締切が過ぎても一行も書けず、催促電話がきたら居留守を使ってくれと頼んでおいたのに、女房がその電話を取り次いだときのもの。

「なんて馬鹿だ。提灯《ちょうちん》買いにやったのに、馬のきんたま買ってきた」

女房にあちら版の『プレイボーイ』を買ってくるよう言いつけたのに日本の週刊誌の『プレイボーイ』をかかえて戻ってきたときのもの。

「向こうの山で火が燃える。あれは火花か山火事か。よくよくみれば禿頭。あれで日本中みな照らす」

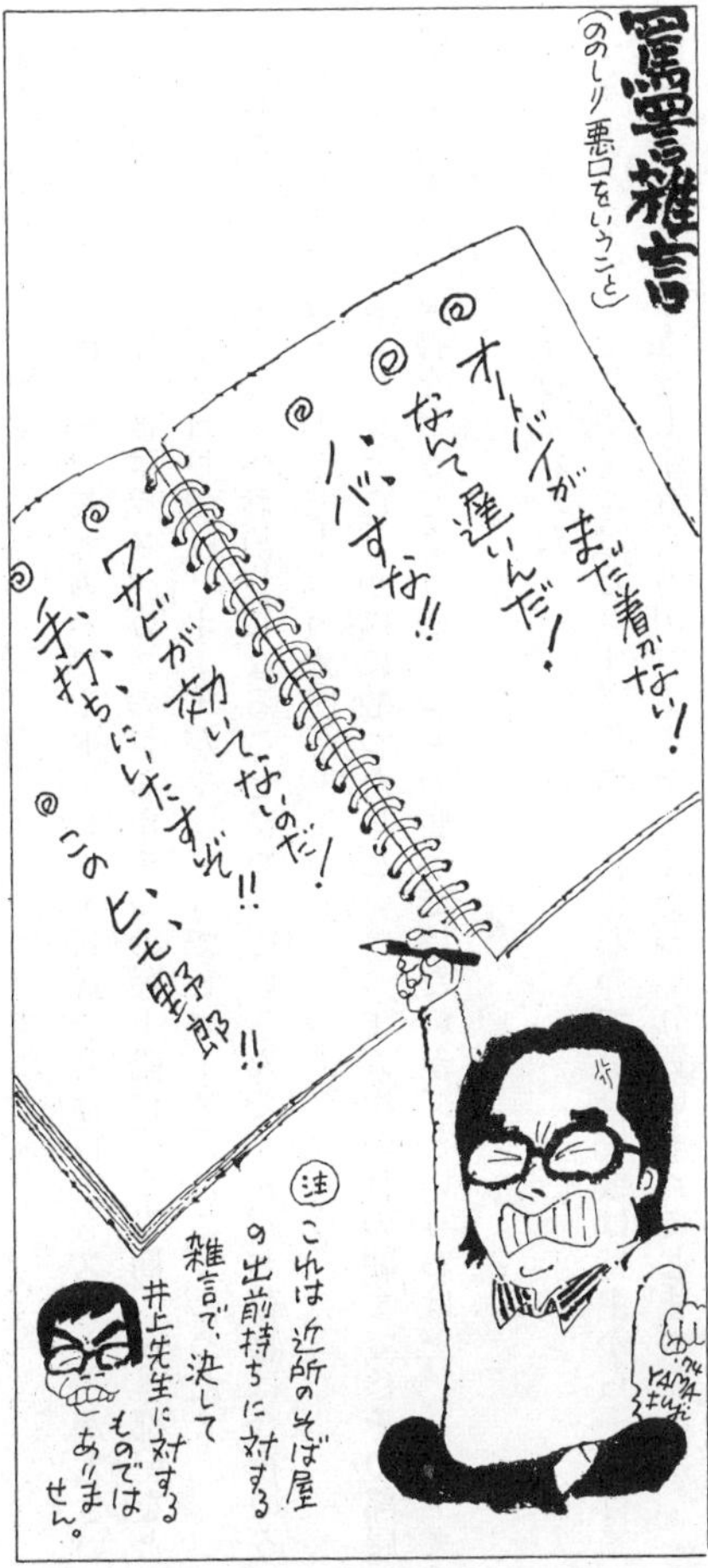

仕事の最中に隣の親父さんがうたいを始めたときのもの。しかし、これはすこし言いすぎかもしれない。反省しております。そしてわたしは、夕刊フジの山藤章二画伯の絵を見るたびにこう殴り書きする。

「畜生、またやられた……」

だが、ノートを書き写しているうちにどうもわびしい気分になってきた。やることのスケールがちいさすぎる。

そこへ行くと米国の億万長者のハワード・ヒューズ氏などは百桁《けた》もスケールが大きい。たとえば一九六六年、彼はラスベガスのさるホテルの最上階に三十日間、続き部屋をとって泊っていた。三十日目の夜、ボーイがやってきてヒューズ氏にこう言った。

「明日から別の方がここへお泊りになることになっているんですが、お荷物は今夜のうちから下へお運びしておきましょうか」

ヒューズ氏にはこのひとことが癪《しゃく》に触ったらしい。つまり次の日の朝まではその部屋は自分のもの。荷物をどうしようがこっちの勝手ではないか、というわけだ。ヒューズ氏はそこで言った。

「このホテルの持主はだれかね?」

……あくる朝、そのホテルはヒューズ氏の持物になっていた。彼は持主から千三百二十五万ドル(三十九億七千五百万円)でホテルをそっくり買い取ってしまったのだ。

しばらくたったある夜のこと、ヒューズ氏はなかなか寝つくことが出来なかった。そこで、テレビのスイッチを入れた。が、放送は終了していた。彼は放送局に電話をして、もうすこし放送時間を延長してはどうか、と進言した。が、電話に出た守衛さんは、

「どこの馬の骨だか知らんが、あんたひとりのためにそんなことができるか」

と答えた。ここでもヒューズ氏はこう訊いた。

「テレビ局の持主はだれかね?」

そのあくる朝、テレビ局は彼の持物になっていた。むろん彼は、テレビ局を買い取ってしまったのである。値段は三百六十万ドル（十億八百万円）。

わたしも一度でいいから、ヒューズ氏の真似がしてみたい。

たとえば山藤章二画伯の絵を見て「やられた……」と思ったら夕刊フジへこう電話するのだ。

「持主はだれかね？」

持主が出てきたら、むろんこう切り出す。

「じつは……、いつもお世話になっています」

やはり途中からはこうなってしまうだろうなあ。

十大事件

今回は、この一九七四年のわたしの個人的な十大事件を公開しようと思うのだが、ただそれをずらずらと書き出すだけでは芸がないので、ひとつの事件にひとつずつ諺《ことわざ》のもじりを付してみた。

①銭は急げ（善は急げ）
今年はカメラに凝った。凝っているうちに舶来の高級機が欲しくなり、講演の謝礼を貯め出したが、それが十二万円に達したときにどこかへ落っことしてしまった。落す前に急いで使ってしまえばよかった。くやしい。

②ポーズまるまる毛（坊主まるもうけ）
ヌード撮影会にも参加した。ヌードモデルが一糸もまとわず、註文に応じていろいろに躰を動かすので目のやり場がなくて困った。またそのとき持参したレンズは広角の二十八ミリだったが望遠の二百ミリを持って行ってあのあたりを大写しにしてみればよかった。くやしい。

③税金の辟易（青天の霹靂）
おかげさまで去年はずいぶん皆様に本を買っていただいた。印税が入ってきた。こ

れ全部、おれのものかとにこにこしていたら、なんのことはない、あらかた税金で持っていかれてしまった。くやしい。

④気にはくわねどまた工事（武士はくわねど高楊子）

道路工事のためにいらいらして過した。が、公共のためであるから仕方がないと思い、我慢をした。仕事の能率が下ってずいぶん編集者に叱られた。くやしい。

十大事件
（十の大きなできごと）
井上さんの十大事件のうち⑤のさし絵です。
ばあさんや いつもいつも すまないねえ また先にイク……
'74 YAMA FUJII
これは森繁久弥氏おとくいのコントだそうです……

⑤墓は死ななきゃ立ちゃせぬ（馬鹿は死ななきゃ治りゃせぬ）
墓地の出物があったので買おうと思ったら、女房が反対した。「あなたが死んだらわたしが心掛けますよ」だってやがら。おれより長生きする気だな。くやしい。
⑥セにパはかえられぬ（背に腹はかえられぬ）
実力はパの方が上らしいが、長年、スワローズファンだったのでむろんセに声援した。しかし中日は負けてしまった。くやしい。
⑦シンパイはナイコーのもと（失敗は成功のもと）
変なおできが足のあちこちに出たので皮膚癌《がん》かと思い心配した。その心配がたたって初期糖尿病になった。医師の話では心配やストレスは肥りすぎや過労と並んで糖尿の三大原因だという。それにしてももう米の飯を腹いっぱい喰うことはならぬ。くやしい。
⑧猫もくわん（猫に小判）
犬どころか猫もくわぬような夫婦喧嘩を五回もやった。それにしても女房はなぜおれに逆うのか。おれは舐《な》められている。くやしい。
⑨誤報でまちまち（果報は寝てまて）
ある文学賞が舞い込むらしいという情報がもたらされた。そわそわして正式の知らせを待っていたら、なんのことはない、先の情報はガセネタであった。文学賞に価いするような仕事もしていないのにもしやと思うなぞ、おれは相当の阿呆である。

が、それにしても、くやしい。
⑩しらきりおとぼけ（知らぬが仏）
女房のへそくりを発見した。いつの間にこんなにへそくったのか、と訊いたが、さあ、なんて澄している。やっぱりおれは舐められているのだ。くやしい。

なんだか今年はくやしいことばかりだった。ほんとうにしまらないったらありゃしない。

迂闊迂遠

さる出版社から三年前に書き下しの童話を依頼され、ある迂闊者《うかつもの》の哀れな一生を書こうと思い、あれこれ思案しているのだが、まだ一行も出来ていない。ずいぶんと迂遠《うえん》なはなしである。

もっとも文字にはしていないが、頭の中には、あっちの部分がひとかたまり、こっちの部分がふたかたまりという具合に形をなしている。それを無理矢理、いまここに書きつけてみると……。

……あるところに、時計の竜頭《りゆうず》を巻こうとしていつもうっかり自分の首を巻いてしまうのが癖の青年と、雨の日に外出から帰るたびにいつもうっかり自分と傘を間違えて、傘をベッドに入れ、自分は部屋の隅に寄っかかっているのが癖の娘がおりました。二人ともうっかりしてばかりいるので、会社に入ってもすぐお払い箱、恋人が出来てもすぐ袖にされたり肘鉄《ひじてつ》をくらったりで、とうとう生きる望みを失い、あるとき偶然にも、同じ駅の同じプラットホームの、しかも三米《メートル》と離れていないところから、線路の上に身を投げました。つまり電車の前に飛び込み自殺をしたわけです。

ところが、二人はうっかりして気がつかなかったのですが、電車は入れ替え作業のためにバックしているところでした。そんなわけで二人は命拾いをし、これが機縁になってつきあうようになりました。

何回目かのデートのとき、二人はうっかりして待ち合い場所を連れ込み旅館の前に決めてしまい、落ち合ったとたんにそれに気づいて顔を赤くし、走るようにしてそこから立ち去ろうとしたのですが、ついうっかりして連れ込み旅館の門の中に手をつないで走

迂濶迂遠
〈不注意で役立たずのこと〉
あるウッカリ屋の男が、カンナの歯をひっこめるためにカンナの頭をたたこうとして
ウッカリ自分の頭をたたいてしまいました。
ところが、彼の歯も持主に似てウッカリ者だったので、あわててひっこんでしまいました。
YAMA

り込んでしまいました。二人に「いらっしゃいまし」と女中さんが声をかけました。青年は「そんなつもりできたのではない。立ち去るつもりだったのについうっかりして飛び込んでしまった」と説明しました。娘もそばから「もめていないで早く帰りましょうよ」と言うつもりで口を開きましたが、ついうっかりして「もめていないで早く入りましょうよ」と申してしまいました。

こうして二人は連れ込み旅館の一室で何時間か過すことになったのですが、そのとき青年は例のゴム帽子を装塡《そうてん》するつもりでついうっかりしてそれを忘れてしまいましたので、十ケ月後に、娘はひとりの赤ん坊を生み落しました。がしかし、この赤ん坊には生後、六ケ月で孤児になるという運命が待っておりました。というのは、ある夜、停電があり、赤ん坊の母親はベッドの横でローソクの火をたよりに本を読んでいたのですが、そのうちにねむくなり、彼女はついうっかりローソクを布団に入れ、自分をふっと吹き消してしまったのです。父親の方もまたその数日後、ネクタイを締めようとして、ついうっかり自分の首を締め、帰らぬ人になってしまいました。こうして、ひとりぼっちになった赤ん坊は不幸にも両親に輪をかけたうっかり者で……

……とまあ、こんな具合にして物語がはじまるのだが、連れ込み旅館が出てくるような童話には問題があるだろうと思われる。やはりもうすこし考えなくてはなるまい。しかし、なんでまたわたしはこんなに迂闊者にこだわるのだろう。ひょっとしたら自分も迂闊者だからではないだろうか。そういえばこの話を考えついたのはさる市民公館ホールのトイレの中、講演を終えて謝礼を貰い、その中身を確めようとトイレに入ったわたしが、中身を確めた後、ついうっかりして捨てるべきのし袋をポケットにしまい、お札を流してしまったときだった。

（編集部注　闊の字が、本文とイラストで違いますが、本来は闊が正字。しかし、一般的には俗字の濶が使われ、両方ともウカツに間違えたのではありません。もちろん常用漢字表外字です）

珍問愚答

『青葉繁れる』という小説の中にもちらっと書いたことだが、高校時代、西洋史の試験に、

「ドイツを舞台としてヨーロッパ諸国をまきこんだ宗教戦争の最後にして最大のものである三十年戦争は何年続いたか」

という問題が出たことがある。これなどは珍問の最たるものであろう。三十年戦争というぐらいだから、三十年間、続いたに決まっているではないか。

もっとも、この珍問にクラスの三分の二以上の生徒が満足に答えることができなかったのであるからおもしろい、というか情けないはなしである。

中には、一三三七年から一四五三年にわたってイギリスとフランスの間で続けられた、いわゆる百年戦争と勘違いして、

「三十年戦争は百年続いた」

と、書いた馬鹿もいたが、この馬鹿はじつをいえばこのわたしだった。

あのころのわたしたちは、右の例でもわかるように学校の勉強はまるでだめだった。が、別の勉強には精を出していた。別の勉強というのは、たとえば、

「〝若草物語〟を書いたルイザ・メイ・オルコットの本当の名前はルイザ・メイ・オル

コックスである」

などという下らぬ知識を仕入れることだった。ではいったいこの『若草物語』の著者はAlcoxをAlcottに変えたのか。Alcoxだと米国では卑猥なのである。Cock（「陰茎」を意味する最も通俗的な卑語）と発音が似ているからやばいのだ。日本にたとえれば「チンポ子」なんて名前にあたるだろう。そこでAlcottに改名したわけである。

珍問愚答
（見当はずれの問題とおろかな解答）
①当っても痛くなくてうれしくなるものナーニ？
②いくらこいでも行かないものナーニ？
③入れたのに出したというものナーニ？
④大きくなればなるほど小さくなるものナーニ？
①宝くじ ②ブランコ ③てがみ ④洋服
①数の子天井 ②不感症の女 ③射精 ④ふぐり
YAMA FUJII '74

その他、月経のことを英語では「シック」（病気）「マンスリー・フラワー」（月々の花）「イン・シーズン」（期間中）「アイス・ボックス」（氷の入った箱）だのということも、知っていた。こういうくだらない勉強をしていたから、三十年戦争は百年続いた、などという愚答を出してしまったのだろう。

あれから二十年経って、いま、そのわたしが問題を出す順番にまわっている。というのは、新劇のある劇団に関係しているので、そこの研究生採用試験の出題者を、わたしがさせられているからである。このあいだ「次の書物の著者はだれか」という下らない設問をしたところ、次のような愚答珍答がかえってきた。なお、括弧《かっこ》の中に記したのが正しい答である。

痴人の愛――大久保清（谷崎潤一郎）
網走まで――高倉健（志賀直哉）
自分の穴の中で――ベトコン（石川達三）
夫婦善哉――ミヤコ蝶々（織田作之助）
真空地帯――宇宙飛行士（野間宏）
結婚の生態――朝日新聞社会部（石川達三）
伊豆の踊子――山口百恵（川端康成）
女であること――カルーセル麻紀（川端康成）

おとうと――美空ひばり（幸田文）
娘と私――草柳大蔵（獅子文六）
姿三四郎――夏目漱石（富田常雄）
ファウスト――王貞治（ゲーテ）
サロメ――チール（ワイルド）
巴里の憂鬱――岸恵子（ボードレール）

これらの研究生諸君は、いったい、いま、どんな別の勉強をしているのだろうかしらん。

停車時間

ひと月ばかり前、札幌に用事ができたので上野駅を夜の八時五十分に発《た》つ急行に乗った。青森に着いたのがあくる朝の九時〇四分。青函連絡線で函館港埠頭に降りたのが昼すぎの一時四十分。札幌までの鈍行を探したが見当らず、涙をのんで特急に乗り、夕方の六時三十二分に札幌駅に到着した。所要時間は二十一時間四十二分である。上野・青森間を特急でくれば、十九時間ちょっとで札幌へ着けるし、飛行機を利用すればわずか二時間足らずで、足の下に北海道の大地を踏みしめて立つことができるが、このふたつの方法は、わたしにとってはとても損なので、可能な限り、のろい列車で旅をしたいと心掛けている。

では、なぜ、のろい列車でないと損なのか。速い乗物ほど停車駅がすくないから損なのである。とりわけ飛行機には停車駅というのがないから（もっともそんなのがあった日にゃ、飛行機は失速して落ちてしまうが）つまらない。なるべく乗らぬようにしている。新幹線や特急も停車駅がすくなく、停車時間も短いから、仕事で急いでいるときはとにかく、普段は敬遠している。

とくに新幹線の停車時間は短くて困る。このあいだ、神戸に出かけたとき、どうしても、ある総合雑誌を読む必要があって、名古屋でホームへ降りた。三十米ほど後方に売店があったのでそこへ行き、売子さんに雑誌の名を告げたら、はるか前方のもうひとつの売店を指して向うにあります、と教えてくれた。その日はたぶん大安吉日でもあったのだろう、ホームは、数組の新婚さんを見送る人たちで混んでいた。ようやくのことで、いくつもの人垣を抜けて目指す売店まで辿りついたとき、二分間の停車時間が切れて発車ベルが鳴り出した。こまかいのがなかったので、心のうちで「これはひょっとすると

停車時間
(車がとまっている時間)
どことなくオレに似てるんだけど
とまらないのが面白くねェな……
YAMA FUJII

やばいことになりそうだな」と思いながら一万円札を出して、雑誌を摑み「ひかりがもう出る。お釣を早く頼む」と売子さんに言った。が、急がせたのがわるく、あわてた売子さんは銭箱を床にぶちまけてしまった。そのときベルが鳴り終った。わたしは「明日の夕方、またここを通ります。そのときにお釣をください」と叫んで、もっとも近いと思われる乗車口の方へかけ出そうとした。「わたし、明日は非番でおりません。お釣が揃いましたから、はいどうぞ」売子さんが売店の中からこっちへいっぱいに千円札の束を持った手を差し出している。かまわずにとび乗れば間に合ったのだが、このぎりぎりのところで貧乏人根性が出た。わたしはお釣を受けとるために数歩引き返し、そのために、乗りそこねてしまった。つまり、わたしの鞄だけが神戸へ発ってしまったのである。

話がすこし横にそれたが、わたしが特急などより停車駅をたくさん持つ急行や鈍行を愛するのは、そのほうが旅の気分を味わえるからである。上野駅を真夜中近くに発った急行は、岩手県中部の花巻あたりで通学列車になり（このごろの高校生諸君はすこし遅れたとなると、急行に乗るのである）、盛岡近くで通勤列車になる。そのたびに車中の雰囲気が変り、乗客たちの訛《なま》りがすこしずつ変る。それを、停車するたびに駅弁や蜜柑やお茶を買い求めて食べたり飲んだりしながらたのしむ。これがこたえられないのだ。

ところで、これまでにわたしの経験したもっとも長い停車時間は、これも名古屋、仕事で豊橋から尾張一宮へ行こうとして、二十二時二十四分豊橋発の１５４３Ｍという鈍行に乗ったときの四十二分間である。この列車は名古屋に二十三時四十一分に着き、再び発車するのが〇時二十三分なのだ。これにはさすがに驚いて、そんなばかな、と思い時刻表をたしかめてみると、時刻表でもそうなっていた。ぼんやりしていても仕方がないので一旦、改札口を出て、屋台で酒をのみ、おでんを喰って時間を潰したが、酔うにつれ、戻るのが面倒くさくなり、その夜は名古屋に泊ってしまった。停車時間のあまり長すぎるのもこうなるとやはり考えものです。

小人閑居

小人閑居《しょうじんかんきょ》して不善をなすとは古人の教えるところだが、わたしの場合は不善をなす気力もない。暇が出来ると新聞の映画案内欄やテレビの番組表に赤鉛筆で、

◎　どうしても観たい映画や番組。

○　気が向いたら観ようという映画や番組。

△　どうでもいい映画や番組。

×　どんなことがあっても観たくない映画や番組。

という四つの記号を付ける。映画案内欄のすべての映画に、そしてテレビ番組表のすべての番組に記号をつけるのだから、これは意外に手間を喰うし、頭の芯が疲れる。だから、そのころには◎印の映画やテレビ番組を観に机の前から立つ元気もなくなってしまっている。

仕方がないから、しばらく漫然と本の頁を繰《く》る。やがてこれにも飽きる。そこでとうとう原稿用紙の上に数字を書き散らしはじめる。むろん、あてずっぽうな数字を書くわけではなく、ある計算をはじめるのである。どんな計算かというと、たとえばこうだ。

わたしは煙草愛好者である。一日に六十本から八十本は灰にする。が、この習慣はおそらく他人に、そして社会になにがしかの迷惑をかけているはずである。家の中で喫《す》う

本数は前掲の半分ぐらいだろうが、この分に関しては問題はない。自分で灰皿の掃除をするし、万が一、火事を引きおこしても、隣りへ延焼しないかぎりは、身から出た錆《さび》で、自分が損をするだけのことだ。

問題は外で喫う残りの半分である。そこでわたしは専売公社の電話番号を調べてダイアルを廻す。そして、昨年一年間で煙と化した煙草が何本か、を訊く。専売公社広報部

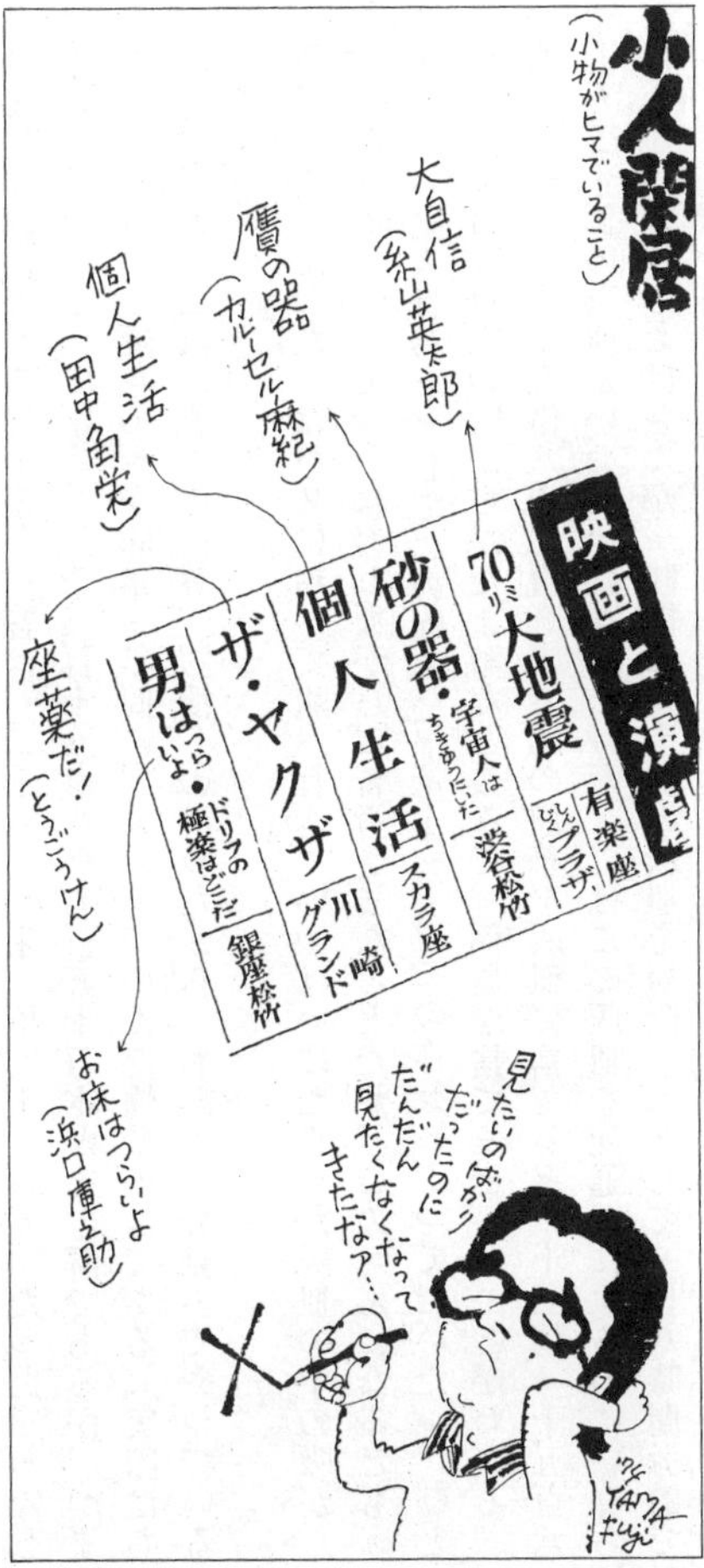
小人閑居
（小物がヒマでいること）
映画と演劇
70ミリ大地震
有楽座
プラザ
砂の器・宇宙人はちきゅうにいた
渋谷松竹
個人生活
スカラ座
ザ・ヤクザ
川崎グランド
男はつらいよ・ドリフの極楽はどこだ
銀座松竹
大自信
（糸山英太郎）
贋の器
（カルーセル麻紀）
個人生活
（田中角栄）
座薬だ！
（とうごうけん）
お床はつらいよ
（浜口庫之助）
見たいのばかりだったのにだんだん見たくなくなってきたなア…
'74 YAMAFUJI

が教えてくれたところによると、答は、二千六百三十一億七千五百万本だった。わたしはその本数を「2」で割る。一千三百十五億八千七百五十万本がその解であるが、つまり、これが日本の煙草のみが昨年一年間に、家の外でのんだ煙草の数である（実際はちがうだろうが、これは机上の計算、暇潰しの計算だから、おおよその見当でやっているのだ）。

さて、ここでわたしはバスに乗って駅へ行き、いっぱいにたまった灰皿の中の吸がらの数を調べる（考えてみればわれわれながらご苦労さまなことだが、このへんになるともう夢中だから当人は喜々としてこの作業に従事する）。この作業によってだいたい、ひとつの灰皿に百本以上の吸がらがたまったところで、係員が捨てるということがわかる。つまり、一千三百十五億八千七百五十万本の煙草を灰皿に捨てると、十三億一千五百八十七万五千個の灰皿がいっぱいになるわけだ。ではこの灰皿を元通りにするのにいくらかかるか。掃除のおばさんが一時間に六十個の灰皿を掃除するとして一日八時間労働で、ざっと三百万時間、時給四百円として十二億円。つまり、大ざっぱな計算ではあるが、わたしたち煙草のみは家以外の場所で捨てる煙草の吸がらで社会に十二億円の掃除費を負担させているわけである。

まだある。昭和四十八年の火災による損害は八百四十一億。火災の原因の十八％が煙草の火の不始末というから、仮に八百四十一億の十八％の百五十一億円を煙草のみの共同責任とすれば、前のと合わせて、わたしたちは百六十三億円の余計な出費を社会に強いていることになる。また仮に日本に四千万人の煙草のみがいるとするなら、百六十三億円割る四千万人で、ひとり四百円。つまり、わたしたち煙草のみは一年に一人四百円ずつ、世の中に迷惑をかけているという答が出る。

そこでわたしはその日一日、四百円分ぐらい肩身のせまい思いをしながら暮すことになる。自分で言うのもおかしなことだが、それにしてもこの計算癖は妙な癖ではある。

有為転変

今年最後の「巷談辞典」は七四年版の「時事いろはカルタ」である。あまり上手には出来なかったが、これでせめて今年の世相の有為転変ぶりを偲《しの》んでいただければありがたい。

い　犬も歩けば倒産に当る
ろ　論より節約
は　花より団子より物価の安定
に　憎っくき絵描きは山藤章二
ほ　惚れて通えばすってんてん
へ　変身すたれて超能力ブーム
と　年寄の作った改正刑法草案
ち　地獄の沙汰も石油次第
り　律儀者も子をつくるな（人口危機近し）
ぬ　盗人が多いも不景気のせい
る　ルンペンを品よく言えば一時解雇

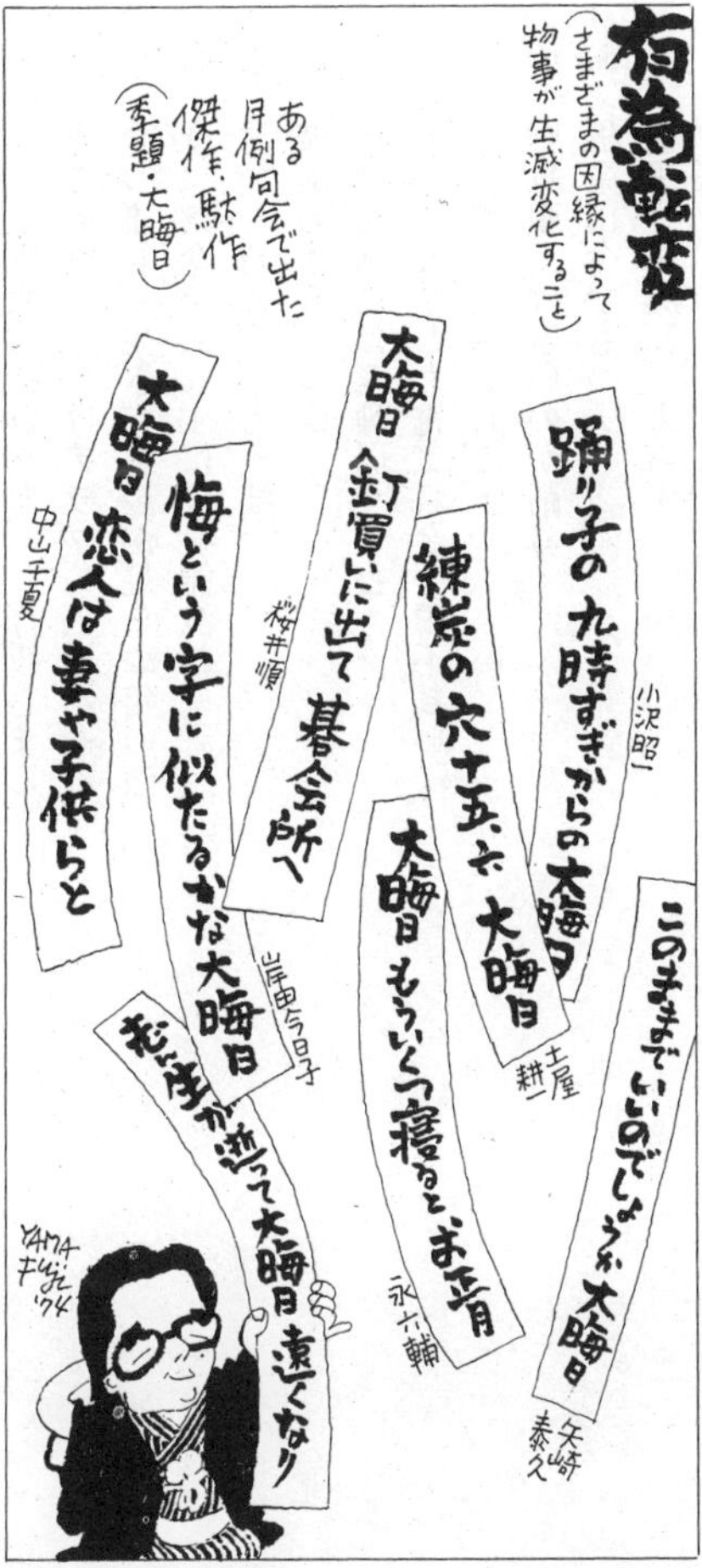
有為転変
(さまざまの因縁によって物事が生滅変化すること)
ある月例句会で出た傑作・駄作
(季題・大晦日)
踊り子の九時すぎからの大晦日
小沢昭一
このままでいいのでしょうか大晦日
矢崎泰久
練炭の穴十五六大晦日
土屋耕一
大晦日もういくつ寝るとお正月
永六輔
大晦日釘買いに出て碁会所へ
桜井順
悔という字に似たるかな大晦日
岸田今日子
大晦日恋人は妻や子供らと
中山千夏
YAMA FUJII '74

を　老いては日本で荒稼ぎ（ディートリッヒ）

わ　ワイン買いすぎお金がナイン（ワインブーム）

か　かもめのジョナサン産をなす

よ　よろこべ女房、落し紙《トイレットペーパー》を買って来たぞ。

た　叩けば埃の出る田中（角さんのこと）

れ　レコード大賞だれかしら（今夜きまる）
そ　そこのけそこのけアラブの王様が通る
つ　つつましく生きても金が足らぬ年の瀬
ね　念には念を入れずに放射能洩れ（「むつ」）
な　泣いた自民党がもう笑った
ら　楽あらず苦ばっかり
む　無理を通せば総理引っこむ
う　うっぷん晴した電気料金一円不払い
ゐ　鰯の頭も公害かしら？
の　野坂唄えば若いのが踊る
お　男糸山金でもつ
く　君子、株券に近よらず
や　山から出てきた小野田少尉
ま　負けても人気のハイセイコー
け　ゲリラ、日本の特産品
ふ　文はやりたし切手代は上るし……
こ　ゴルフ流行《はや》って山河荒れる
え　栄ちゃんにっこり国民びっくり（ノーベル賞）

て　テロの女王は重信房子
あ　あの声で中年殺すか百恵ちゃん
さ　さすが一本足で三冠の王
き　巨人の長島から長島の巨人へ
ゆ　油断大敵（油が断《き》れたら大変）
め　メンソレータムよさようなら（倒産）
み　ミニがすたれて男ががっかり
し　しんかんせんはかんしんしんせん（事故続き）
ゑ　絵にも描けないマイホーム
ひ　ピアノ殺人狂奏曲
も　モナリザ一人に客二百万人
せ　ゼネスト、ゼニスト、ゼニヌスト
す　坐って歌って大当り（梓みちよ）
京　京の夢は二千万円宝くじ

まだ紙数が余っているので「いろは」にかけて即席のなぞなぞをひとつ。「いろはにほへととかけてわが家の家計ととく」。心は「散りぬる」前だ

まだすこし紙数が余っているので「いろは」と関係のないなぞなぞを付録につけよう。

「来年の生活とかけて糊のきいたワイシャツととく」。「心はコワゴワ」

まだわずかに紙数が残っているのでなぞなぞの第二付録。

「今年の庶民生活とかけて水俣病患者の病状ととく」。「心は、聞けば聞くほど涙が出る」

まだ紙数が……もう残っていない。それではみなさん、よいお年を。

謹賀新年

わたしには年賀状を暮のうちに書くという習慣がどうもうひとつぴんとこない。なんで十二月のなかばころから「明けましておめでとうござい」だの「今年もよろしく」だの「元旦」だのと書かなくてはならないのか。これは日付を偽ること、すなわち一種の詐術ではないか。

なんて偉そうなことを言ったが、これはじつは強がり、ごまかし、もったいぶりで、書きたくても書けないのが実情である。

書くのがのろくていつもぎりぎりまで仕事が片づかない。それで年賀状を年内に投函できないのだ。したがって年賀状書きは正月まわしになるが、そのせいかどうか正月はあまりうれしくありませぬ。ぶつぶつ言いながら机にへばりつき暗い顔をして「明けましておめでとうございます」なんて書いております。

そんなとき、わたしはつくづく自分がイタリア人であったらと思う。

イタリアに生れていたら、年賀状書きはむろんのこと、手紙や葉書など一通も書かなくてすむのに。

なぜというと、これは最近イタリアに三ケ月ほど滞在していた弟のはなしの受け売りであるが、イタリアでは常識で考えられないほど郵便物が遅れているそうで、なんでも、イタリア国内では郵便物が宛先に届くまで半年はかかるものと覚悟しなければならないという。

昨年おきたポール・ゲッティ三世誘拐事件のとき、犯人たちがゲッティ家に送りつけたポールの耳が二十日間で着いたのがスピード記録になったほどだから、そのスローモーぶりは想像を絶している。

それればかりではない。この間などは、郵便の山に音《ね》をあげた当局が「えい、もう面倒くさい」というので、その郵便物を直接《じか》にパルプ工場に送って裁断させる、という事件まで起っている。

こんなことを言ってはなんだが、半年待たないと届かない手紙に文句をいわない国民も呑気といえば呑気、郵便物をパルプ工場へ運ぶ当局も無責任といえば無責任なはなしである。

そういえばいつぞやのフランスのルモンド紙は「チベットを除けばイタリアは郵便で通信不能な世界で唯一の国」という論評を載せ、これに対しアメリカのタイム誌は「イタリアと一緒にしてはチベットが気の毒というものだ」と皮肉っていたが、とにかくこれは真実なのである。この郵便物の遅滞の原因は、超過勤務はさせないという当局の方針と、超過勤務をさせてほしいと要求しているイタリアの郵便労働者の計画欠勤戦術にあるらしいが、日本の郵便事情はこれに較べたらむろん段ちがいによい。だからつまり、年賀状などという虚礼も成り立つわけである。

イタリアの郵便事情はしかし、わたしの如きなまけ者の物書きには便利だろう。なにしろなまけるだけなまけておき、編集者から催促の電話が来たら、

「おかしいですね。あの原稿は四ケ月前に速達で送っているはずですよ」

なんて答えておき、それから書いて、出版社へ持って行けばいい。

「仕方がないからもういちど書いて持ってきましたよ」

謹賀新年
（つつしんで新年のおよろこびを申し上げること）
賀
春
YAMA FUJI '75

と、恩着せがましいことを言いながら。

正月早々、こんなことを書いているようではどうも進歩がないな。

今年こそ、編集者の方たちや画家の方たちに迷惑をかけないようにしようと決心したのに、これではどうやらその決心も怪しいものだ。

口琴演奏

去年の夏、あるレコード会社のディレクターが拙宅にお見えになってこうおっしゃった。

「どうですか、あなたも野坂昭如さんの向うを張って歌を唄われては。もし、そのおつもりがあれば、わたしが責任もっていい先生をおつけいたしますよ。まあ、発声練習に二ケ月、新曲練習に一ケ月で、秋のなかばには華々しくデビューできると思いますが。むろんそのときは、わが社の専属歌手になっていただきます。契約書を持ってまいっております。署名をしていただけますか？」

自慢ではないが、わたしは中学生のころ、孤児院の聖歌隊のスターで、「天使の声」とほめそやされていた。だから、わたしは思わず、

「やりましょう。そして野坂昭如さん、小沢昭一さん、永六輔さんなど、いわゆる『中年花のご三家』といわれている人たちに、本当の歌というものはどういうものか教えてあげましょう」

と、言いそうになったが、やはりまだどこかにひとかけらかふたかけら理性が残っていたらしく辛うじて自制した。それに考えてみれば、あのときのボーイソプラノは高校時代の声がわりによってあとかたもなくなってしまっている。いまの声は唐辛子を

喰べすぎた風邪引き象の声よりもっとひどいのだ。つまりがらがらの嗄《しわが》れ声である。そこでわたしは、

「中年の歌唄いのように、歌唄えというが、歌唄いぐらい、歌唄えれば、歌唄うが、歌唄いぐらい、歌唄えぬから、やはり、歌唄わない」

と、早口言葉の出来損いみたいな文句を並べて断わったのだった。もっとも、歌手になるのは諦めたものの、舞台に立つ夢はこのディレクター氏の来宅を境いに大いにふくらんだ。というのはほかでもない、わたしは口琴、すなわちハーモニカについてはなかなかうるさくて、自信もあるのである。これまた孤児院のハーモニカ・バンドの一員として、毎日曜ごと、仙台近辺の進駐軍キャンプを巡回してまわったぐらいだ。ハーモニカはいつも「C」と「C#」を同時に重ねて持つ。「C#」のハーモニカを添え持つことによって、理論的にはどんな曲でも演奏できるわけである。ベース奏法なぞ朝飯前、三度演法、五度演法、そしてオクターブ奏法などの中級技術も完璧にこなせるし、分解和音奏法という高級テクニックもお手のものだ。だいいち出ッ歯男がハーモニカを吹くというのが凄い、これは話題になる、とわたしは思った。出ッ歯は西瓜を喰うには便利だが、ハーモニカには適さない。なぜなら、ハーモニカを滑らせるときに歯に引っかかるからだ。その不利な条件を克服し、N響とベートーベンの『バイオリン協奏曲』を協演する(むろん独奏バイオリンのパートをハーモニカが代行するのである)。これはまさに奇蹟といってもいい。

数日後、神戸市のさる女子大へ講演に行ったが、そのとき、わたしは前宣伝のつもりで最後をこう結んだ。「この秋からぼくはハーモニカ演奏家としてデビューするつもりです。ぼくはハーモニカ吹きの名人なのです」

すると女子学生たちがどっと笑った。

笑ったばかりではない、「まあ、いやらしい」と叫んだ娘さんもいたのである。つま

り教養はとにかく性知識豊かな彼女たちは「ハーモニカ」を「尺八とハーモニカ」のあいのハーモニカと考えたらしかった。そのとき以来、口琴演奏家としてデビューする夢は捨てた。あっちの口琴と誤解されてもつまらない。いずれにせよ、性知識の異常なまでの普及がひとりの口琴演奏家の誕生を闇から闇へ葬り去ってしまったわけである。

公衆電話

昭和二十八年の春に、わたしは仙台一高という学校を出た。

一年上に菅原文太氏や旗照夫氏がいて、菅原文太氏は新聞部、旗照夫氏は野球部だった。わたしも新聞部員だったので菅原文太氏とは数度話をしたことがあるが、当時もやはり無口な硬骨漢だった。

旗照夫氏は名内野手でしかも甘い顔の二枚目、近くにある女子高の生徒たちにはずいぶん騒がれていたようだ。もっとも、旗照夫氏は途中で東京の日比谷高校に転校してしまったが。

この高校の卒業生は結束の固いことで仙台市では有名であるが、とくにわたしたちの同級生ときたらそれがすこし狂的である。

なにしろ、年に三回も四回も同級会をするのだ。そのたびに、わたしも仙台に出かけることになるのだが、どんなに急いでいるときでもかならず立寄る店がある。

その店というのは駅前の大通りにある『南部軒』というラーメン屋だ。

もっとも、昼間、行ったたって絶対にこの店は見つからない。なにしろ、それは夜になると忽然《こつぜん》と出現する屋台店なのであるから……。

さて、このラーメン屋だが、全国に屋台店が何万軒あるのかは知らぬが、電話を持っているのはここぐらいのものだろう。

などと書くと読者諸賢のなかには、

「それはすこし変じゃないか」

と、首を傾《かし》げられる方もおいでかもしれない。

「いったい、どうやって屋台に電話線を引くのかね？」

じつは、この屋台の主人は電話を引いたわけではない。主人は屋台を毎晩、決まった場所に出しているのだが、じつはあるとき、その決まった場所に隣接して、公衆電話ボックスが建ったのだ。そして常連たちがその電話に目をつけ、

「おやじ、これからラーメンを喰いに行きたいが、いま席があいているかい？」

と問い合わせたのがはじまりで、全国でも稀有《けう》な「電話のある屋台」が誕生したのである。

いつ行っても客がいるのは、むろん、ラーメンが美味いせいであるが、どうした風の吹きまわしか、客の寄りつきの悪いときなど、主人は近くに住む常連のダイヤルをまわす。

「南部軒ですが、今夜は暇です。よかったら、ラーメンの出前をしましょうか」

出前に応じる屋台店というのもおもしろいではないか。

このあいだ、この屋台に寄ったら、どういうわけか、公衆電話ボックスと屋台との間が四、五米もあいていた。

「おやじさん、どうしたんだい？　前はボックスにくっつけて屋台を出していたはずだが……」

　と訊くと、主人が答えた。

「ボックスの近くに屋台を出すと、ベルが鳴るたびに電話に出ます。そして暇なときは出前を引き受けてしまう。それが困るんですよ」

公衆電話
(一般の人々が料金を払って自由に使える電話)
仙台二高といえば、井上氏原作の東宝映画「青葉繁れる」は、実に面白かった。原作者の青春時代を演じた丹波義隆(哲郎の息子)が何しろよく似ていて
ズッコケ具合、スケベ具合、マジメ具合それに デ具合まで もうそっくり! お見のがしの方は 二番館 三番館で 捕まえることをおすすめします!
'75 YAMAFUJI

「どうして出前の電話が困るのかな?」

「じつはこないだ、出前に出かけている間に、屋台が盗まれましてね。蒼くなって探しまわったら酔っ払いが四、五人でこの先を引っ張っていくところを見つけました。すぐ取り戻しましたが……」

店が盗まれるというのも珍しい。

とにかく珍しものだらけのへんな屋台ではある。

浅酌低唱

いろんな酒の飲み方があるだろうが、わたしには浅酌低唱がもっとも適《あ》っているようだ。すなわち、『平凡』や『明星』の付録についてくる歌謡曲集をめくりながら、鼻唄まじりで、ビールなら一本、銚子なら一本半、水割りなら二杯ぐらいをゆっくりと胃袋に流し込む。そのうち眠くなるからすぐに布団にもぐる、これぐらいのところが自分の背丈に合っている。

バーやクラブやキャバレーに縁がないのは、そのような場所では、この浅酌低唱がなかなか実行しにくいからかもしれない。それにクラブはホステスのお守《も》りがしんどいし、キャバレーに通うには体力がいる（ぼくの友人のなかに御徒町《おかちまち》のキャバレーで怪我をし、一週間も会社を休んだのがいる。堂々たる体軀《たいく》のホステスにいきなりどすんと太股の上に乗っかられ、肉ばなれを起してしまったのだ。こうなるとキャバレー遊びは命がけ、女房と水盃を交してから出かけなければならぬ）。バーには深酌高唱の酔っぱらいたちがいる。この連中にからまれるのは不愉快だから、敬遠しているのだが、バーの酔客たちをよく見ていると、それぞれが剣豪のようでありますね。

たとえば「卜伝流」の使い手がいる。マダムが「なにかたべるものを用意しましょうでおでんを所望するなぞは、これはいやがらせだ。ぼくおでん、ボクオデン……」と連呼している。バーか」と訊くと「ぼくはおでん！　ぼくおでん、ボクオデン……」と連呼している。バー

「一刀流」の使い手も気色が悪い。「ぼくは東大出て一流会社の社員だ。下郎ども、頭《ず》が高いぞ」とデュポンやカルチェなどという一流銘柄のライターでシュバ！　なんて煙草に火をつけていなさる。なんでも一等趣味の一等流、すぐ講釈や説教をはじめるし、こういうのに傍にいられると酒がまずくなる。

「巌流」の使い手はもっと困る。なにかというと周囲のお客にガンをつけ、睨みかえすとパッとツバメ返しならぬツバキ返し、表へ出ろ、決闘だと騒ぎ立てる。どうもバーと巌流島とをごっちゃにしているらしい。

「鐘捲《かねまき》流」もいやらしい。競馬で儲けたのか、ボーナスがたんまりと出たのか、それは知らないが、酔って気が大きくなってやたらに金をばらまく。

「示現《じげん》流」には、すこし可愛いところがある。どんなに酔っていても時限《じげん》を忘れない。さっさと帰ってしまう。よほど女房殿が怖いのだろう。

浅酌低唱
（あっさりと酒を味わいながら小声で歌いたのしむこと）
いつものように
幕があ〜き
恋の歌うたうゥ
わたしに
とどいた 知らせは〜
低唱の客
黒い
ふちどりが
ありま〜したァ

「甲源流」は広言を連発する。「おれがいないと会社が潰れる」「部長にはおれが部下についているから、あれでなんとかもっているのだ」「おれがはね満をつもったとき……」「おれはこないだの有馬記念で馬券を当てたが……」と、おれおれの総揚げ。そのわりには背広がよれよれだったりして、これはなんとなく寂しい。

「二刀流」も多い。酒をのむとホステスを口説くのとを同時に進行させている。結局、ホステスには肘鉄を喰い、そのショックで酔いもさめ、蒼い顔をして酒場を出て行く。二刀流と書くよりも二兎を追うもの一兎をも得ずの「二兎流」と書いた方がよいかもしれぬ。

というわけで、わたしがバーに行くときは酒を飲むのは第二、第三の目的、酔客の生態観察が主なる狙いである。いや味といえばこれもいや味だが、こういうのをなに流というのだろうか。

銀座八丁

このあいだ、銀座には下着が売っていない、ということを発見した。

コロンブスのアメリカ大陸の発見やニュートンの万有引力の発見、あるいはアインシュタインの相対性原理の発見にくらべればいかにもささやかな、とるにたらない発見ではあるが、とにかく発見は発見であるので、そのことについてすこし書かせていただきたい。

昨年の暮、年末年始用の書きだめで、銀座に近いさるホテルに閉じ籠った。二泊三日ぐらいで仕事は全部片付くはずだったが、これはつまりは予定であって、現実は常に予定を裏切る。三泊四日、四泊五日とカンヅメがのびていった。

そのうち持ってきた下着が底をついた。はじめは自分で洗ってどこかに干して、それを着ようと思っていたが、そんな余裕もなくなってきた。自分で洗って干すよりも、そのへんで買った方が手間がかからぬだろうと思い、銀座へ出た。

が、三十分歩きまわっても、それが一時間になっても、下着を扱っている店が見つからない。

そのうちにデパートにならあるかもしれないと気付き、Mデパートに入った。（銀座には、松屋、三越、松坂屋の、三軒のデパートがあるが、いずれもローマ字で書くと頭文字がMである。これも大発見だ）さすがにデパートには下着があった。だから、冒頭の一行は正確には「銀座にはほとんど下着が売っていない」と訂正すべきだろうが、それはとにかく不便な街ではある。

立正大学の服部銈二郎教授の研究によれば、いま全国に「××銀座」と称する商店街が四百八十七あるそうだ。つまり、地方の商店店主たちにとって銀座に店を持つことは憧れなのだろう。しかし、その夢はなかなか成就できない。そこで自分の住む町に銀座を求める、本家にあやかろうとするわけだ。

だが、銀座なんてそんな結構な街なのだろうか。

たとえば銀座に広場があるか。数寄屋橋ショッピングセンターと西銀座デパートの横に、猫の額よりもまだ狭い広場があるが、あの辺は銀座四丁目から見れば辺境である。つまり銀座の中心部には、どこにも人のたむろできる広場がない。

腰をおろして、ぼんやり出来る広場のない盛り場なぞ、へそのないアンパン、空中ブランコのないサーカス、性交シーンのないポルノ映画のようなもので、なにかもの足りない。

そこへ行くと浅草はいい。なにしろ浅草全体が全部広場みたいなものだ。どこへ腰をおろそうが、交通のさまたげにはならぬ。

もっとも、それがじつは浅草をさびれさせた原因のひとつになっているのかもしれないが。つまり、わたしたちがそれだけ気ぜわしくなったのだろう。

銀座のようにベルトコンベアよろしく、ただ流れて行くだけの街がわたしたちには、より適《あ》ってきたのだ。

値の高い舶来品、国産の上等品はそろっているが、人間の生活になくてはならぬ下着類がなかなか見つからない銀座は、ひょっとしたら日本のミニチュアなのだろう。

重化学工業は超一流の下、社会福祉や社会保障では五流、そして公害と物価上昇率は

銀座八丁
（東京都中央区の中心街）
とび出す
あのストリーカー、「下着を売ってないから」というもんで交通標語のタレ幕を一部かしてやりましたッ！
場所が悪いナ……

超一流中の超一流の日本、すなわち、人間としての生活を重く見ないところは、銀座も日本も共通している。

銀座は、わたしには出来れば行かずにすませたい街である。

記憶増進

ギリシャの詩人のシモニデスという人は超人的な記憶力の持主だったらしい。

あるとき、彼は宴会に招かれたが、途中で用事ができて中座した。ところが中座して間もなく大地震があって、宴会場の客が全員、建物の下敷になってしまった。建物は、むろん石でできているから、すぐに取りのけるわけにはいかない。したがって、だれが下敷になっているのか確かめることは不可能である。そのうちに、シモニデスが宴会に出ていたことがわかり、人々は彼に、

「どういう人たちが出席していたか憶えていませんか。思い出せるだけ思い出してみてください」

と、頼んだ。むろんシモニデスは快諾し、記憶している人名を片っぱしから並べたてた。しばらくして、宴会場から数百の死体が掘り出された。シモニデスの告げた名前と死体とは一人の狂いもなくぴったりと合っていたそうである。

また、ナポレオンも抜群の記憶力に恵まれていたらしく、自分がフランス海岸に配置させた大砲とその種類、そしてその門数を諳《そら》んじていたという。

そこへ行くと、わたしの記憶力ははなはだあやふやである。大切な編集者の名前もなかなか憶えられない。締切日などは聞いたそばから忘れてしまう。たまに時間ができる

と犬を散歩に連れ出すが、咄嗟《とっさ》には犬の名前が泛《うか》んでこないときがしばしばある。犬の方はちゃんとこっちの顔を憶えていて尻尾を振るのだから、ひょっとしたらわたしの記憶力は犬以下なのかもしれない。

近く引っ越すので荷物の整理をはじめたが、押入れの奥から古ぼけた英単語帳が出てきた。「小松中学校一年C組・五番　井上ひさし」と表紙に金釘文字が書いてある。表紙をめくると、

寝台がベットリ濡れてる寝小便
泥棒は大きな犬にビックリし
死ぬまでは絶対生きるつもりデス
王様は家来を連れてハイキング
法律を破ればだれでもロウ屋行き
いざさらば明日も元気にあツマロー
大地震　茶ダンスまでが踊るなり
金持のマネーして金をためたいな
新しい空気は　エアーいい気分
パックリとお菓子をまとめて食べました
トークトクと自慢話をまた話す
来いと言うたとて行かりょかカムチャッカ

などと下らぬことが並べてあった。どうもわたしの記憶力欠乏は生来のものらしい。記憶力がないから、英単語さえも、語呂《ごろ》合せの力をかりないとできぬのだ。サミュエル・ジョンソンという英国の学者は、

「記憶力というのは集中力のことである」

と言っているけれど、するとわたしには集中力がないのだろう。

記憶増進
（ものおぼえを増しすすめること）
井の上の蛙しめきりを知らず〜
ひさしを待っておもゆをする〜〜
原稿待ちで胃を悪くした男には子供たちの遊ぶ「コトワザかるた」がおかしくきこえてくる……

いま、記憶術がもっともさかんなのはアメリカで、一流の講師が一時間三十ドルで個人指導してくれるそうだ。一時間三十ドルというのは高いが、できれば渡米して記憶の増進を計りたい。もっともそのためには英会話を憶えなくてはならないが、語呂合せで英単語を憶えたような英語力では、とても英会話はおぼつかないか。

ただ、女房の顔と山藤章二さんの名前だけは、これは忘れませんのだ。理由はむろん、どちらにもどうも頭があがらないからである。なんてことを書いておくと世の中しばらく平和だろう。

女子大学

　講演は苦手である。とくに女子大へはたとえ百万金を積まれても行きたくはない。女性は笑いを解しないからいやなのである。日本の女性がもっと笑いの感覚を会得したら、そのときはまあ、出かけて行ってもよいと考えている。

なーんて、恰好をつけたがこれはじつは大嘘、負け惜しみ、本音はこっちから金を払ってでも、女子大生を相手に講演をしてみたいのだ。が、その依頼がないから、精神衛生のために、講演は苦手、というポーズをとっているにすぎない。

　昨年秋は辛かった。野坂昭如大兄が全国の女子大を四十だか五十、講演してまわられたと聞いたからである。たしかに野坂大兄は数多くの佳品を書いておられるし、ベストドレッサーでもあらせられるし、歌手でもまたあられる。もてるのはわかる。ひきかえわたしは駄作につぐ愚作をひり出してばかりいるし、着るものといえばジャンパーとセーターしか持っていないし、作詞はするけれど歌は唄えないし、だからもてていないことは承知しておる。がしかし、せめて一校か二校、わたしめにもお声ぐらいかけてくださってもいいじゃありませんか。

　と、はじめは自分のもてなさ加減を嘆いていたが、そのうち腹が立ってきた。〈よし〉とわたしは思った。〈全国の女子大生どもめ、おれにそんなにつれなくするなら、こっちにも覚悟があるぞ、全国の女子大学を語呂合せや当字によってはずかしめてやる〉という逆恨みから出来上ったのが、以下に記す女子大の名前のもじりである。

躮裸揺女肢大（白百合女子大）
頭狂女肢大（東京女子大）
狂慄女肢大（共立女子大）
猥用女肢大（和洋女子大）
汚妻女肢大（大妻女子大）
娼話女肢大（昭和女子大）
蕩叫女肢慰過大（東京女子医科大）
乗取溜性診女肢大（ノートルダム清心女子大）
好男女肢大（甲南女子大）
香屁女核陰大（神戸女学院大）
詐我魅女肢大（相模女子大）
見夜戯愕淫大（宮城学院大）
売素裸女肢耽喜大（ウルスラ女子短期大）
痛駄熟女肢大（津田塾女子大）
酷律汚血夜悩身豆大（国立お茶の水大）

女子大学
（女だけの教育最高機関）
えへー、父の父はジジであり、母の母はババであーる。かかるがゆえに……
♪♬子は子
子の子は孫
子の子の子はヒ孫
孫のおててはマゴの手〜〜エ〜
「日本の家族構成の伝統と展望に関する講演」ってきいたから呼んだのに…
YAMA Fujii '75

除脂肥術大（女子美術大）
実洗女肢大（実践女子大）
厚恥女肢大（高知女子大）
拭丘女肢大（福岡女子大）
身暇核艶女肢大（三島学園女子大）

後味嚇怨女肢大（跡見学園女子大）
女肢映妖大（女子栄養大）
青楼家姦肌大（聖路加看護大）
性専女肢大（清泉女子大）
桃嬌過性拡引大（東京家政学院大）
倒共女肢体行大（東京女子体育大）
糞禍女肢大（文化女子大）
閨頻女肢大（京浜女子大）
性丸穴慰姦大（聖マリアンナ医科大）
昼嬌女肢女（中京女子大）
戯婦女肢大（岐阜女子大）
躁愛女肢大（相愛女子大）
性慎女肢大（聖心女子大）

これで昨秋来の胸の閊《つか》えがすこしはおりた。ざまあみろなのだ。

なお、最後の聖心女子大だけは「性を慎む女体の大学」とやや好意的であるのは、聖心が美智子さんの母校であることを勘案したせいである。そうでなければ、性賑女肢大か、性親女肢大と言いかえていたところだ。

発明発見

十年ばかりも前のことになるだろうか、さる情報通の友人がわたしにこんなことを言った。

「おまえもいつまでも学校放送の台本書きではうだつがあがるまい。このへんですこし金儲けを志してはどうだい？」

わたしは学校放送の台本書きの仕事を愛していたから、うだつなぞあがらなくてもべつに構いはしないと思ったが、「金儲け」というところにはすこしく気をそそられた。いったい金儲けを志すとはどういうことなのだろうか。

「発明、あるいは発見のことさ」

と、情報通の友人は答えた。

「いま、米国の国務省では自動車のワイパーにかわる装置の発明を世界中から募集している。一等の賞金は百万ドル、三億六千万円（当時は一ドル＝三百六十円）だぜ。おれも智恵を絞っているところだが、おまえもひとつ試みてはどうだい？」

三億六千万円という賞金額につい惹かれてそれ以来しばらくのあいだ、わたしは仕事はそっちのけで、原稿用紙の上に怪しげな設計図ばかり描いて暮した。自動車のワイパーにかわる装置はとても難しくてわたしの手には負えなかったが――手に負えなかったのはわたしだけではないらしい。世界中の発明家たちがまだ手古摺《てこず》っているようだ。その証拠にワイパーは依然としてワイパーのままである——副産物はずいぶんできた。

たとえば、酸素飴。都会の空気は汚れている。喘息《ぜんそく》や気管支炎で悩んでいる人たちも大勢おいでになる。そういう人たちのために固型にした酸素にキャンデーのような味をつけて供したらどうだろうか、という思いつきである。この思いつきは抜群だったなといまでもわたしの自讃するところであるが、なにしろ、現在の科学の力では酸素は固体化するのは不可能だそうで、こういうのをアイデア倒れという。

次にわたしが思いついたのは、「銭湯の洗い場で流される石鹸の泡から再び石鹸を取り出すのはどうか」というアイデアである。石鹸の泡に、メチルアルコールと食塩を入れ、湯の中にしばらく置くと泡の石鹸成分がかたまって浮き上ってくる。わたしの実験では、百グラムの泡から六グラムから八グラムの石鹸がとれた。がしかし、これは案外手間と暇の喰う仕事で、その労力を考えれば、新品の石鹸を買った方がはるかに安く、このアイデアは実用化されなかった。

そのほか、靴を左右とも同じ形にした方が、急いでいるときや、暗がりではくときに便利だろうとか、ボクシングの公正な判定法としてグラヴの先に特殊な墨を塗ってはどうか（負けているボクサーは真黒になるはずである）とか、くだらないことをたくさん思いついたが、なかでひとつ、いまだに未練の残っている稀代の大アイデアがある。それは燃料を一切使わずに風呂を沸かす装置だ。

装置と書いたが、じつは装置などはいらない、幅三尺長さ四尺の板が一枚あればよいのである。

方法もしごく簡単である。

一秒間に三回の割でその板をもって湯槽《ゆぶね》の水をかきまわす、つまり、仕事のエネルギーを熱のそれに変えるわけである。

発明発見
（新たに物事を考え出すこと
と知られていなかったものを
はじめて見つけ出すこと）
'65 YAMAFUJI
十年ほど前、写真に年月日が
刻まれたら便利だろうと、今で
いう「×××デイト」を考えついた。
しかし僕の設計、試作では
際限なく大がかりなものになり、
駅弁売りスタイルになって
しまったので残念ながら
断念した。
それにしても「×××デイト」
はどうしてあんなに小さく
できるのだろう。

わたしの計算によれば、一秒間に三回の割で約七百時間（およそ二十九日）かきまわしていれば、湯槽の水は、摂氏五十度の湯になるはずだが、こんなのは不況時代、節約時代向きではないかしらん。

もっとも、七百時間というところが、ちょっと困るけれども。

空理空論

前回にひきつづき、わたしの古ぼけたノートから、目ぼしいアイデアを抜萃《ばっすい》してお目にかけよう。

魚を一匹一匹釣るのは手間暇がかかる（じつは魚釣の魅力は、この手間暇のかかるところにあるのだが、当時のわたしはそれに気付いていなかったのだ）。

そこで、わたしはまず磁石応用の魚獲法を考案した。前日、魚のいそうなところに大量のみみずを撒く。といってもこのみみずはただのみみずではないのだ。鉄粉を五、土を五の割合で混ぜた土の中に飼っておいた、鉄みみずなのである。さて、釣師はあくる朝、前日みみずを撒いたあたりに釣糸を垂れるが、その際、従来の如き釣針は用いない。釣針のかわりに磁石を結びつけて投ずるのだ。魚は鉄みみずを食したために鉄気を帯びている。そこへ磁石を投げ入れれば、これはおもしろいように魚が吸い寄せられてくるだろう。もっとも、わたしの実験したところでは釣果は皆無だった。

おそらく、魚が利口なのかわたしが馬鹿なのか、原因はこのどちらかだっただろうと思われる。

この失敗にもめげず、わたしはつづいてより化学的な魚獲法を考案した。希塩酸に亜鉛を投ずると水素が生じるのは、広く知られている事実であるが、わたしはこれに着目したのだ。まずみじんこを飯粒で練り、それをカプセル状にし、天日に干してコチンコチンに固める。このカプセルに希塩酸と亜鉛をすばやく入れ、やはり飯粒かなんかで密閉する。そしてこの餌を魚の居そうなところへ大量に撒くのである。

やがてカプセルは魚の胃の中に入る。そしてこなれて胃袋は水素で風船のようにふくらむ。自然に魚は水面に浮きあがらざるを得なくなるだろう。そこを素手で次々に掴みどり……というわけだが、そううまく行くかどうかは実際に試してみないからわからない。

これらの魚獲法のほかに、たれ耳の猫を作るアイデアも開発した。

どんな猫でも耳をぴんと立てているが、あの耳をだらりと垂らす方法を考えついたのである。猫の耳をぴんと立たしめているのは軟骨だ。しかして軟骨はカルシュームを主成分とする。そしてこのカルシュームは酢酸に弱い。そこで、猫の耳に酢酸を注射するのだ。

しかしいったいたれ耳の猫を作ってどうするのか。むろん、愛猫家たちに売りつけるのである。愛猫家たちに特有なのは、

「うちの猫はそのへんにいるのとはちがう特別の猫ですよ」

という心理、見栄だろう。そこにつけ入ることができれば、これはかなり売れるのではないか。猫が手に入ればすぐにでも実験しようと考えているのだが、小宅の近辺に出没する野良猫たちはわたしの悪企みに気づいているのかどうか、うちには全くといって

よいほど近づかぬ。そこでこの方法の有効性についてはまだ確かな自信は持てないでいる。つまりまだ空理空論の域を脱することができないでいるわけだ。

なお、このたれ耳の猫を作るアイデアは酢につけておいた卵を一升びんの中に入れてもからをこわさずにすんだという事実がもとになっている。

ところでからをこわさずに一升びんの中に卵を入れてなんの役に立つか。べつに何の

空理空論
（実際とかけはなれた理論と議論）
僕の好きなバカバカしい発明ふたつ
「坂道を歩きやすいゲタ」
2本の歯の長さが違っていて上り坂、下り坂に合わせて入れかえる
発案・柳家金語楼
（評）平らなところではどうするんだろう？
（注）長崎では売れるかも…
「お湯節約 抱き石」
1/3ほどのお湯で肩までタップリ
（評）かきまぜにくいのが欠点
（注）それにしてもワビシイ！
発案者不明

役にも立たぬ。子どもになにか手品をやってほしいとせがまれて、一升びんの中に卵を押し込んだまでのことだ。

もっとも、あとで卵を取り出すのにずいぶん苦労をしたけれど。

四百四病

人間はいつかは死ぬ。これはあたりまえだ。では、自分は何の病気で死ぬのだろうか。もちろん、かならずしも病気で死ぬとはかぎらない。自動車に轢《ひ》かれるかもしれないし、たまたま乗った飛行機が落ちるということも考えられる。あるいはまた、東京に出ているときに、大地震に遭遇するおそれもあれば、新幹線の大事故につきあってしまう可能性もないとはいえない。YS—11の設計者であられる木村秀政博士から直接《じか》に伺ったことだが、新幹線走行中のスピードは、着陸離陸時のジェット機のそれにほぼ匹敵するそうである。ことばをかえれば、時速二百数十キロで走行中の新幹線に翼を与えてやれば、空中に飛びあがってもちっともおかしくない、というわけだ。そのように速い乗物の座席にベルトがついていないのが解せませんね、と木村博士はおっしゃっていた。したがって、新幹線に万一のことがあれば、想像をはるかに超えた大惨事になることは目に見えているが、それはとにかく、自分は事故では死なぬと決め、病気だったらいったいなんだろうか、とあれこれ考えるのも、暇なときにはちょっとした時間潰しになるようだ。

つまりこれは四百四病のうちのなにがいちばん苦しむことがすくなくてすむか、と考えるのと同じわけだが、やはり心臓麻痺がいちばん楽だろう。あッといったがこの世の別れ、というのが面倒くさくなくてよろしい。

というようなことを、かかりつけのお医者に言ったら、彼は「さあ、それはどうでしょうかねえ」と首を傾《かし》げた。このお医者さんはわたしなどが足許にも及ばぬほどの駄洒落の大家で、たとえば「先生、一日に十回も尿が出るんですが、どこが悪いんでしょうか」とききに行くと、立ちどころに「一日十回の尿となれば十尿病（糖尿病）ですね」と答えるような人である。彼の語呂合せの名作はまだまだある。喘息病患者に「あなたは歩くときいつも全速力だからゼンソクなんてものになるんですよ。もっとゆっくり歩きなさい」と指示して不興を買ったり、アルコール中毒患者（このごろ多いらしい）に「アルコールの毒を取るのはわたしに委《まか》せておきなさい。なにしろわたしはドクトルというぐらいで、ドクを取るのはうまいものですぞ」などという軽口を叩いたおかげで他所《よそ》の医者に逃げられてしまったり、「胃が痛みます。痛むというよりなんだか、こう痒《かゆ》いような……」と訴えてきた人に「はーン、胃が痒いとなれば、疑いもなく胃痒いよう、つまり胃潰瘍ですな」と冗談をいって不信を招いたりしている愉快な医者である。

そういえば、わたしの女房も、一度こういわれたことがある。

「いやぁ、奥さん、おめでたですな。これからはなるべく坐っちゃいけませんよ。スワリがひどくなりますからな」

ところで、この医師によれば、人間はできるだけ苦しみながら死ぬべきだという。なぜですか、と訊《き》いたら、彼はこう答えた。

「人間は昨日よりも今日、今日よりも明日と、わずかでもいい、進歩し前進し、成長すべきです。成長するためには苦しむのがよい。それに、苦しみ抜いて死んで行く患者さんの死に際はみんな立派でしかも平和ですよ。苦しみ抜いたそのあとに誰にでもきっと安らぎがあります。もうひとつ、人間は生れるときは無意識にこの世に出てくる、死ぬときぐらい、さあこれでこの世は見おさめだな、という具合に意識的であった方がいいですよ。さらに……」

四百四病
（疾病の総称）
僕は「脂漏性湿疹《シロウセイシッシン》」
という、顔面や頭皮が
赤ムケになるヘンな病気
もちだが、いつか、バーの
女の子にいったら「まァ！」
と眼をかがやかせた。
よくきいたら
「遅漏で失神させるのネ、
すてきィ！」だと……
考えすぎだヨ！

彼はいくつもその理由を並べたてた。わたしには彼がいつものように冗談を言っているのか、それとも本気なのかはわからなかった。したがって、自分が何の病いで死ぬのがいちばんよいのか、まだ決めかねている。

予習復習

このごろの小学生を見ているとつくづく可哀そうになってしまう。理由はたくさんあるが、今日はそのうちのひとつについて書くことにしよう。

たとえば彼等はいつも数冊のドリルブックを鞄《かばん》に入れて歩いているが、あれがなんだか哀れである。われわれが小学生だったころ、宿題は担任の先生の手づくりであった。先生がクラスの連中の脳味噌の練れ具合、学業の進み具合に応じて、時間をさいて机に向い、鉄筆でがりがりと原紙に問題を書いてくれた。それを刷るのは当番の生徒の仕事だったが、こういう手づくりの宿題なら、生徒の方もやり甲斐があるというものだろう。

それに宿題は先生の手づくりだったために分量もすくなかった。われわれは三十分か、せいぜい一時間もあれば、宿題をすますことができたのである。

ところがいまはちがう。手づくりどころか大量生産である。『教育産業』というもっともらしい名前のもうけ第一主義者たちがつくり出したあれは紙屑である。（でないのもあるだろうが、わたしの狭い見聞によるかぎり、ほとんどが紙屑だ）その紙屑を「では明日まで二十ページ分やってきなさい」と言われてくる子どもたちこそ本当に災難である。だから、わたしは子どもたちに「宿題なんかやるのはよせ。暇があったら表で遊べ」というのを口癖にしており、それでも彼等が「ねえ、宿題を教えてよ」とやってくることは、次のように口から出まかせの出鱈目《でたらめ》を教えることにしているのだ。

「幸田露伴はいくつのときに『五重塔』という小説を書いたの？」

「それはどこかの社の文学全集の『幸田露伴集』の年譜を見ればすぐわかることだし、そんなことを勉強するより、『五重塔』を読むことの方がずっと大事だと思うが、まあ、宿題宿題で時間もないだろうから特別にわたしがアンチョコがわりになってやろう。『五重塔』を書いたとき、露伴は六十歳だった。なぜなら『五十の十《とう》』、五十と十を加えりゃ六十だろう」

「距離の単位で、マイルとカイリというのはどうちがうの？」

「そんなの簡単ではないか。マイルは行くとき、つまりどこかへ参るときに使い、カイリは帰るときの距離に使うのだよ」

「なぜ、赤いのに金魚というの？」

「下らない宿題だな。いいか、金魚を金魚と名づけたのは人間の間違いなのだ。金魚にとっちゃ、たいへんな金魚迷惑さ」

「どうして飛行機は空を飛ぶの？　飛行機の原理を教えて」

「飛行の原理もへったくれもないよ。いいか、飛行機だって落ちるのは怖い。それで地上を走りたいと思っている。だが地上は車で混んでいて走れない。走れないから停っていようと考えてもこんどは駐車場が満車で入れない。そこでやはり行くところは空しかないと悟って、つまりは空を飛ぶわけさな。わかるか、飛行機の悩みが……」

「で、どうして飛行機はあんなにはやいの？」

「飛行機とはつまり鉄の鳥だ。つまりだからテットリ早いのだな、うん」

「緋《ひ》鯉《ごい》と真《ま》鯉《ごい》とどっちが値段が高い？」

「冗談じゃない、鯉の値段はすべて同じだ。なぜというに、コイに上下のへだてはない、
というではないか」

予習復習
（前もっての学習とおさらい）
ガンバレよ！
えらい
小説家の先生なんて
もっともっと
たいへんなんだぞ！
でも、ときどきは
「休筆」や「蒸発」できるもんね!!

こんな出鱈目を教えても、子どもは宿題の厖大な量をこなすためにまたわたしのところへ「教えて」とやってくる。そこがやはり哀れである。

怪漢醜婦

「卑下慢」というコトバがある。「いやいや、わたしはだめな男で」とやたらに卑下し、相手に「そんなことはありません。あなたはこれでなかなかのお人柄で……」と、逆にほめさせ、そのうちに「ふーん、そうでしょうかねえ」と居直って、結局は卑下を自慢に持っていってしまうずるいやり方を、そのようにいうのであるが、決してその卑下慢ではなくいえば、わたしは「怪漢醜婦」の怪漢、すなわち不細工な容貌の持ち主である。山藤章二さんはいつも五割方は美男に、わたしを描いてくださっているが、五割水まししてもこの程度であるのだから、実物は（自分で言うのもなんだが）相当にひどい。

若いころは天を恨み、両親を憎んだが、しかし四十年も同じ顔とつきあっていると、諦めの心境に達する。それに怪漢には怪漢の取得《とりえ》もないではないのだ。この取得というやつをわたしはひそかに「怪漢五徳」と名づけて書き出し、家の鏡の前に貼り出しているのだが、それはこうである。

①怪漢なるが故に美男スターにならずにすむ。スターにならずにすんだ故にチャリティショーにセーターのたぐいなどを出品せずにすむ。したがって怪漢は衣料費を安くあげることができる。

②男性化粧品が巷《ちまた》に氾濫しているが、あんなものを使っても使わなくても同じだから、男性化粧品代が助かる。
③もてようという気持はとっくの昔に捨てたので銀座のクラブやバーへ行こうという考えがまるで起らない。したがって帰りにタクシーに乗る必要もない。タクシー代が節約できる。
④女房が「女で相手になってやっているのはわたしだけ」と安心している。したがっていつもにこにこ、家庭に波風が立たず、仕事がしやすい。
⑤怪漢の父親を見て育てば、娘たちもそれがごく当り前の顔と思い、適齢期に達しても、男の顔のよりごのみはしないだろう。故に、売れ残る心配もすくない。

これと同じ筆法で「醜婦五徳」というのも思いついた。なぜ、それを思いついたかといえば、怪漢だけが生きる望みを抱いていては、男女平等が看板の世の中だけに、いろいろと拙《まず》いだろうと思ったからである。べつに他意はないのだ。

①醜婦には、いざとなったら整形外科にとび込んで、どのような顔にも変えられるという希望がある。希望は未来への精神的な貯金である。貯金があるのはこれからの時代じゃ強いのだ。
②また、きれいな躰で死ねるかもしれない、という楽しみもある。つまり男が寄って

こないのだから、宝塚歌劇のスターよろしく「清く正しく美しく」生き抜くことができる。醜婦は精神的には宝塚スターと同じなのだ。

③冗談で「ブス」といわれてもいちいち腹を立てるわずらわしさがない。本当にブスなのだから「ハイハイ」とうなずいていればよい。

④アパートにひとり暮しでも、戸締りなどに余計な神経を使う必要がない。

怪漢醜婦
（みにくい男とみにくい女）
井上ひさし氏
本日は五割方の変形《デフォルメ》をしないで真実の姿を描く！
（でも、こういう男が書いていると思うと折角の名エッセイが面白くなくなるでしょう　だから心を鬼にして　次から元へ戻します……）

⑤いかに出世しても「ああ、彼女は社長のなにだからね」などといわれずにすむ。すなわち、すべては実力で勝ちとったと見られ、「えらいわねえ」という賞讃の声が集まる。

どうです、怪漢醜婦もなかなか捨てたものではないじゃありませんか。

高等数学

世界の数学史に名を残した大数学者のほとんどが、二十代に、さもなくばおそくとも三十代のはじめまでに、それぞれ自己最高の業績をなしとげている。たとえば、デカルトは二十代後半に座標幾何学の、パスカルは二十九歳のときまでに確率論の、フェルマは三十歳のときに整数論の、ライプニッツは二十九歳で微分積分学の、ガウスは同じく二十九歳で微分幾何学のもっとも主要な論文を執筆している。となると、数学とはスポーツと似ているところがあるのかもしれない。つまり数学には体力で考える、というところがあるのではないか。

もっとも、高等数学者とスポーツマンとを比較するのが本日の任務ではない。今日は、人間の頭脳が数学的に最も成熟するという、この二十代後半から三十代前半にかけて、わたしはいったいどのような〈数学的業績〉を残したか、について書いてみたいのだ。

そのころ、わたしはテレビ界最高の数学者だった。昨日はＮＨＫ、今日はＴＢＳ、そして明日はフジテレビという具合に東奔西走、次々に高等な方程式を発表していた。その高等な方程式は、たとえば次の如くである。

①　$50 + 50 = 50$

これは、つまり、摂氏五十度のお湯に同じく摂氏五十度のお湯を加えると、やっぱり摂氏五十度だ、ということを数式にしたわけである。

② 2－44＝29

この式はおそらくアインシュタイン先生にも解けまい。サーカスの44（獅子）が2（荷）を引いたので、サーカス団長から御褒美《ほうび》に29（肉）を貰った、というのが、この式の正しい解釈である。

③ 17÷1＝1500

これはホテルの十七階にあるレストランでお皿を一枚割ったら、千五百円の弁償金をふんだくられたということを表わす数式である。

④ 8×1000＝0

八番の馬に千円賭けたが外れてパーである、ということを表わしたもの。

⑤ $\sqrt{6}$×150＝36000

ルート六号線を時速百五十キロで飛ばしたら、スピード違反で、罰金を三万六千円とられた。

⑥　$100 \times 10 = 50$
百円の宝くじを十枚も買ったのに、五十円しか当らなかった。

⑦　$9 + 9 = 119$

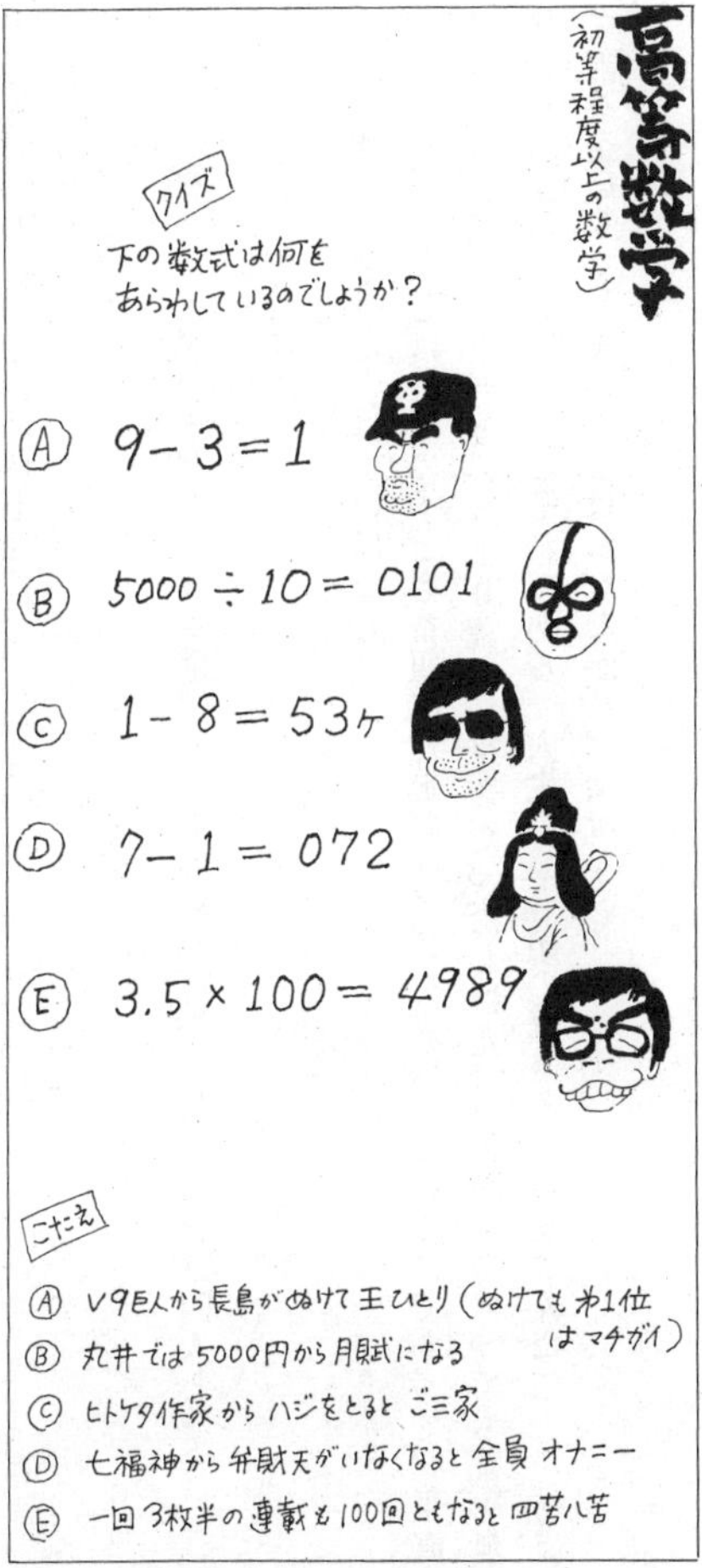

高等数学
（初等程度以上の数学）
クイズ
下の数式は何を
あらわしているのでしょうか？
Ⓐ 9−3＝1
Ⓑ 5000÷10＝0101
Ⓒ 1−8＝53ヶ
Ⓓ 7−1＝072
Ⓔ 3.5×100＝4989
こたえ
Ⓐ V9巨人から長島がぬけて王ひとり（ぬけても第1位はマチガイ）
Ⓑ 丸井では5000円から月賦になる
Ⓒ ヒトケタ作家からハジをとると ご三家
Ⓓ 七福神から弁財天がいなくなると全員 オナニー
Ⓔ 一回3枚半の連載も100回ともなると四苦八苦

救急（99）の場合は百十九番。

⑧　1＋1＝4

それぞれ一人ずつ子どものある寡婦と男やもめが再婚すれば家族は四人となる。

⑨　94＋1＝41874

九死に一生得たのはよいはなし。

つまり、わたしは各局の子ども番組に意地悪クイズを提供していたのであって、正直に言えば、高等数学者というより荒唐数学者だったわけだ。〈業績〉といっても荒唐無稽の意地悪数学界におけるそれである。人生で最も頭の冴える時期をこんなことを考えて無駄遣いしてしまったとはわれながら、情けない。

手練手管

昭和三十年代の初期、浅草のストリップ小屋に専属するコメディアンたちの間に『靴紐結び』というのが流行《はや》っていた。

たとえば、いま、AとBの二人の役者が舞台で芝居をしているとする。脚本のせいもあって、その景ではAがやたらに受けている。つまりBは辛抱役である。しかし、客に受け、客を笑わせるのがコメディアンのつとめ、というより本性、BはAが客に受けるのを妨害し、客席の笑いをすこしでもAから横どりしようと、やおら蹲《かが》んで靴紐を結び直すのである。文字で書いたのではこの『靴紐結び』の面白さを十全に表現できないのだが、きゅっと結ぶ、力を入れすぎたために靴紐が切れる、Bはズボンを脱ぎ、パンツの紐を抜いて、それを靴紐のかわりにする。あるいは、きゅっと結ぶ、力を入れて締めすぎたので足が痛む、Bはまたやり直す、今度はゆるすぎる、また結び直す……という具合に、何度もくりかえす。

とまあこのようにして、BはAに集中していた客の視線を横から分捕ってしまうのだ。

この正月、わたしはテレビを観てすごしたが、テレビの世界にも、この『靴紐結び』と似た、ある種の手練手管がひそかに流行していることがわかって、おもしろいと思った。

たとえば数人の出席者によって、ある主題について、五分間ほどの討論が行われるとする。この場合に目立つのは、ということはわれわれ視聴者に〈あの人は論客だな、そして、ずいぶん頭がいいんだな〉と思わせることに成功するのは、きまって、次のような手練手管の持主なのである。

まず彼は、司会者から「この問題についてあなたはどうお思いになりますか」と聞かれると、すぐさま、

「この問題については三つの重要なポイントがありますね。まず第一のポイントは……」

と、話し始めるのである。わたしなどはこれで参ってしまう。

複雑怪奇な問題を即座に把握し、問題点を三つにしぼるなぞ、この論者はよほどの天才にして、かつ、よほどの勉強家にちがいない、と尊敬の念を抱いてしまう。ところが、彼は第一のポイントについてはながながとお喋りをするが（そして、この第一のポイントというのが、常識論を一歩も出ない陳腐なものであることが多い）、第二、第三のポイントには一向触れようともしない。そのうちに時間がきておしまい。

つまり、彼《か》の論者は天才でも勉強家でもなんでもありゃしないのである。むろん、その問題については、痩せた常識的見解がひとつあるだけ、第二、第三の見解なども持ち合わせていない。ただ「この問題については三つの重要なポイントがある」と即座に発言することで、天才、かつ勉強家であるように思わせる手練手管を、持っているだけなのだ。

また、この手の論者は、よく統計を持ち出すようである。

もうひとつ、彼は他の論者が喋っているときは、頭を上下にこっくりさせて目を閉じている。

目を開いている場合は、かすかに頬笑んでいる。これは視聴者に〈あの人は大人だなあ〉という静かな感銘をあたえる。

手練手管
（いつわりごまかすこと）
なんにもしなくても
いるだけで
オカシイ奴には
かなわねェ
なァ…
YAMA FUJI '75

そして、彼は司会者に結論を求められると、きまって次のようなことばで話をしめくくる。

「……どんな問題にも二面がありますからね。人間性は変えるわけには行きませんよ。各人各様でいいじゃないでしょうか」

これはじつはなにも言っていないのと同じことであるが、これを耳で聞くと〈なんという自由で、寛容な人なのだろう〉という印象を受けるから不思議だ。

さあれ、こういった解説屋さんが、この正月のテレビでは目についた。

飽食美食

話は旧聞に属するが、昨年の十一月、十二日間にわたってローマで世界食糧会議が開かれ、「飢餓の絶滅のために世界的な規模で各国のこれからの食糧政策を調整していく〝世界食糧理事会〟を設置する」ことが決まった。十二日も会議を行って、この程度のことしか決めることができなかったとは呆れたものだというのが、このニュースを知ったときのわたしの率直な感想であるが、このほど、偶然、この会議で給仕を勤めていた青年に逢うことがあり、彼から参加代表の会期中の喰いっぷりのものすごさを聞き、こんどは情けなくなった。

この青年はローマに留学中、アルバイトで会議の給仕をしていたのだが、彼の持ってきた資料によると、十二日間の会議期間中、百二十三ケ国、千人余りの全代表が胃袋に詰め込んだ食料は、

肉……十二トン
魚……一トン
果実……七トン
ワインなど……八千本

で、費用は二十七万五千ドル（八千二百五十万円）だったという。

わたしの計算によれば、この十二日間、各国代表は、一食二千三百円に相当する御馳走をぱくついていたことになる。二千三百円という数字は一見安いように思われるが、これには朝食代を入れての計算である。朝食はトマトジュースにオートミル、卵二個にベーコンかハム、パンにバター、そしてコーヒーか紅茶、という献立だったそうであるから、これは五、六百円であがるだろう。となると、昼食と夕食が三千数百円分の御馳走だったわけである。

もうひとつ忘れてならないのは、日本とイタリアの物価の差である。一説によれば、日本で肉を二百グラム買う金でイタリアでは五百グラム手に入れることができるという。そうすると、彼等の食した御馳走の値段は、日本円に換算すると、一躍五千円から七千円ぐらいにはねあがる。

とにかく、世界的飢餓をどうしたら解消できるかについて討議していた世界食糧会議の各国委員は、議場の外では美食と飽食とをほしいままにしていたのである。会議中、フィリピンのロムロ外相が、

「具体的な世界の飢餓追放計画が決定するまで食事の質と量を最低にまで落し、その間の食糧をアジアやアフリカの飢えた人たちに与えよう」

と、提案したが、議場のあっちでぱらこっちでぱら、合せてぱらぱらの拍手しか得られなかったそうである。

バングラデシュでは、昨年九月から十二月までの四ケ月間の餓死者が三万人を超えた。

また塩の価格は三年間で六百倍にはねあがっているとも言う。むろん、これにはわたしたちや世界食糧会議の代表団は、直接の責任はない。バングラデシュの政府当局、ならびに上流階級の恥知らずな、そして犯罪的な無策のせいである。がしかし、「世界のどこかの人間の上にのしかかっている運命は、やがて、他の地域にも及ぶであろう」というコトバもある。わたしたちはいま、アジアやアフリカの食糧危機をあまりにも対岸の

火事視しすぎているのではあるまいか。川はせまく火の粉はその川を容易に飛びこえることができるということを、どうもわたしたちは忘れてしまっているようだ。

昨日入ったラーメン屋で、勤め帰りの娘たちが、「映画の開映に間に合わなくなりそうだわ」などと言い、チャーシューメンを一口啜《すす》っただけで、外へ飛び出すところに出っくわした。世界食糧会議の各国代表の美食飽食の滑稽さを笑う資格はわたしたちにもなさそうである。

好色多情

どなたも畳語《じょうご》というのがあることをごぞんじだろう。国語辞典には「同じ単語・語根を重ねた複合語。例、『木木』『泣く泣く』」（新潮国語辞典）とか、あるいは「名詞。複合語の一つ。同一の単語を重ねて一語とした語。体言、動詞の連用形および終止形、形容詞の語幹・連用形・終止形、副詞、感動詞、語根、連語などが重複する。語の意味を強めたり、事物の複数、動作・状態の反復・継続などを示したりする。『人々』『山々』『泣き泣き』『あかあか』『よくよく』『またまた』『おいおい』『ほのぼの』『がらがら』『知らず知らず』の類」（日本国語大辞典）と、書いてあるが、もとより、これだけでは説明は不充分であろう。わたしたちの先祖はおそらくコトバの調子を整え、その調子を口に言いよく耳に聞きよいものにしようとして、この畳語を考案し、愛用したにちがいないのだが、これらの辞典には、この、最も重大な説明が抜けているような気がする。

まぁ、それはとにかく、人間の体の各部に関する畳語を思いつくままに並べてみると、

眼…くるくる、とろとろ、めそめそ、まじまじ、しげしげ、さめざめ、さやさや。
頬…ぴくぴく、にやにや。
肌…ぬくぬく、つるつる、さむざむ、ざらざら、かさかさ、すべすべ、てろてろ。

足…すたすた、そろそろ、のろのろ、ばたばた、がくがく、よたよた、よろよろ、ふらふら、さくさく、どんどん、てくてく。
手…くねくね、ひらひら。

などを挙げることができる。ちょっと抽象的な「体」となると、

動作…らくらく、もぞもぞ、どたどた、ひょろひょろ、くねくね、すくすく、ころころ、ぎすぎす、いきいき、いそいそ、もじもじ、のさのさ、しおしお、おどおど、うろうろ、しずしず、なよなよ、しぶしぶ。

と、際限がない。が、このへんですこし程度をさげるとたとえば好色多情の畳語にはどんなものがあるか。

乳房…ゆさゆさ、ぷるんぷるん、ぶらぶら、でれんでれん、たぷたぷ、ぺちゃぺちゃ、もりもり、ぺこぺこ。
男根…にょきにょき、りゅうりゅう、ぴんぴん、だらんだらん、ぐにゃぐにゃ、でれでれ、ぴゅっぴゅっ。
女陰…はちゃはちゃ、じめじめ、ぬるぬる、べとべと、べちょべちょ、ぐちゃぐちゃ、ぺちゃぺちゃ、ちゃぽちゃぽ、がぼがぼ、ぶかぶか、じわじわ、じとじと、だら

だら、たらたら、もしゃもしゃ、ぴろぴろ、すぽすぽ、ずぼずぼ、うじゃうじゃ、ぴくぴく、さくさく、むれむれ、ぴとぴと、ばくばく、つびつび、ぴちょぴちょ、ぬたぬた、ねたねた、くたくた、しわしわ、ひたひた、へげへげ、めろめろ……。

と女陰についてはいくらでも思いつくことができるのは、やはりわたしが男だからだ

好色多情
（いろごのみで情愛のふかいこと）
Emmanuelle
エマニエル夫人
アヘ
アヘ
イラ
イラ
ゆうべ、日比谷のみゆき座に
「エマニエル夫人」を見に行ったら
切符売場の女の子に
「本日の分は全部売り切れです」
といわれた。
それはいいが、その頭上のスピーカー
から映画の声が出ているのだ
「アアアア…… ウーン、
ハアハアハア……ワオ〜〜〜」
こんなのを聞かせておいて
中にいれないのは
ベッドに誘っておいて パンティを
とらないみたいなもんだ。ケチ！

ろうか。男女合体の際の畳語もこれまた数が多いが、すでに紙数がなくなってきているので、これは読者諸賢の個人的作業にまつことにしよう。暇潰しにはもってこいだし、へんな強壮剤よりは効きますぞ。その呼び水のかわりに、紙数が尽きるまで列挙すれば、すなわち、あへあへ、ふがふが、うひうひ、いいいい、あああ、そこそこ、もっとも っと、いくいく……

衆合地獄

去年のいつだったか、有楽町駅前の喫茶店の地下室で本を読んでいると、突然、ごーっとどこからか、不気味な地鳴りが聞えてきた。

その地下室にはテーブルが二十ほど置いてあった。かなり広い。時刻は午後の五時半、勤め帰りの人たちで二十のテーブルはほぼ満席だった。

地鳴りは数秒ほど続き、そのうちにぐらぐらっと床が揺れ出した。一階への階段の近くのテーブルに坐っていたアベック客の男性の方が、

「地震や！　こら大きいでえ」

と、関西弁で叫び（そのときのその男性の声音、顔色をわたしはいまも憶えている。それにしてもつまらぬことを記憶しているものである）、連れの女性を押しのけ、階段に向って駆け出した。彼の叫び声をきっかけに、地下室のあちこちで女性客の悲鳴があがり、テーブルの上のものが床に落ちて砕ける音が続けざまに起った……。

さいわい十秒後に——時間を計っていたわけではないが、おおよそそれぐらいたってから——揺れはおさまり、地下室の騒ぎは鎮まったが、このとき、わたしが頭に思い泛べていたのは、米国の「ココナッツ・グローブ事件」のことだった。

一九四二年の十一月のある夜、ボストンの有名なナイトクラブ『ココナッツ・グロー

ブ』に火災が起り、千人のお客のうち、ほとんど半数の四百八十八人が死んだ。われ勝ちに逃げようとする客たちのために、かえってドアが開かなくなったのが原因だといわれているが、わたしは咄嗟のあいだに、これはひょっとすると第二のココナッツ・グローブになるかな、と考えたわけである。

若いころ、三陸海岸の釜石市で暮していたことがあるが、そのとき、昭和八年の三陸大津浪についていろいろと聞く機会があった。そのときの感想は、ひとことで言うと、意外に恐慌がすくなかったんだな、ということだった。いま、当時の史料を当ってみたが、やはり最初の感想と同じである。そう大したパニックは起っていない。

また、藤竹暁氏の『パニック』（日経新書）によれば、原子爆弾が投下された広島について調査したアメリカの研究者も「小さなパニックがひとつ見出されたのみで、人びとはこの悲劇に耐えていた」と報告しているという。手前《てめえ》が原爆などという悪魔の申し子のようなものを落しておいて、なにが「悲劇に耐えていた」であるか、と腹が立つが、それはとにかく、逃げ道を完全に断たれてしまうと人間はかえって諦めてしまうものらしい。わずかな可能性に向って（ココナッツ・グローブの場合は「出口」）殺到し、他人を押しのけても、という衆合地獄の惨事が起るのは、わずかでもたすかる可能性がある場合なのである。

ことばをかえていえば、おそらく人間は、他の人間もみんな死ぬのであれば、自分が死んでも仕方がない、とわりあい平静になれるのだ。

わたしたち日本人は、正確には日本人の一部は、他人を踏みつけにしても金を儲けるという才能を持っていることで有名である。それは石油危機における大企業や、スーパーの店主のやり口によってもすでに証明されているのだが、もし、喧伝《けんでん》されているように第五次中東戦争が起ったら、彼等はこんどはいったいどのような商才を発揮するのだろうか。考えるだけでも気が重くなる。

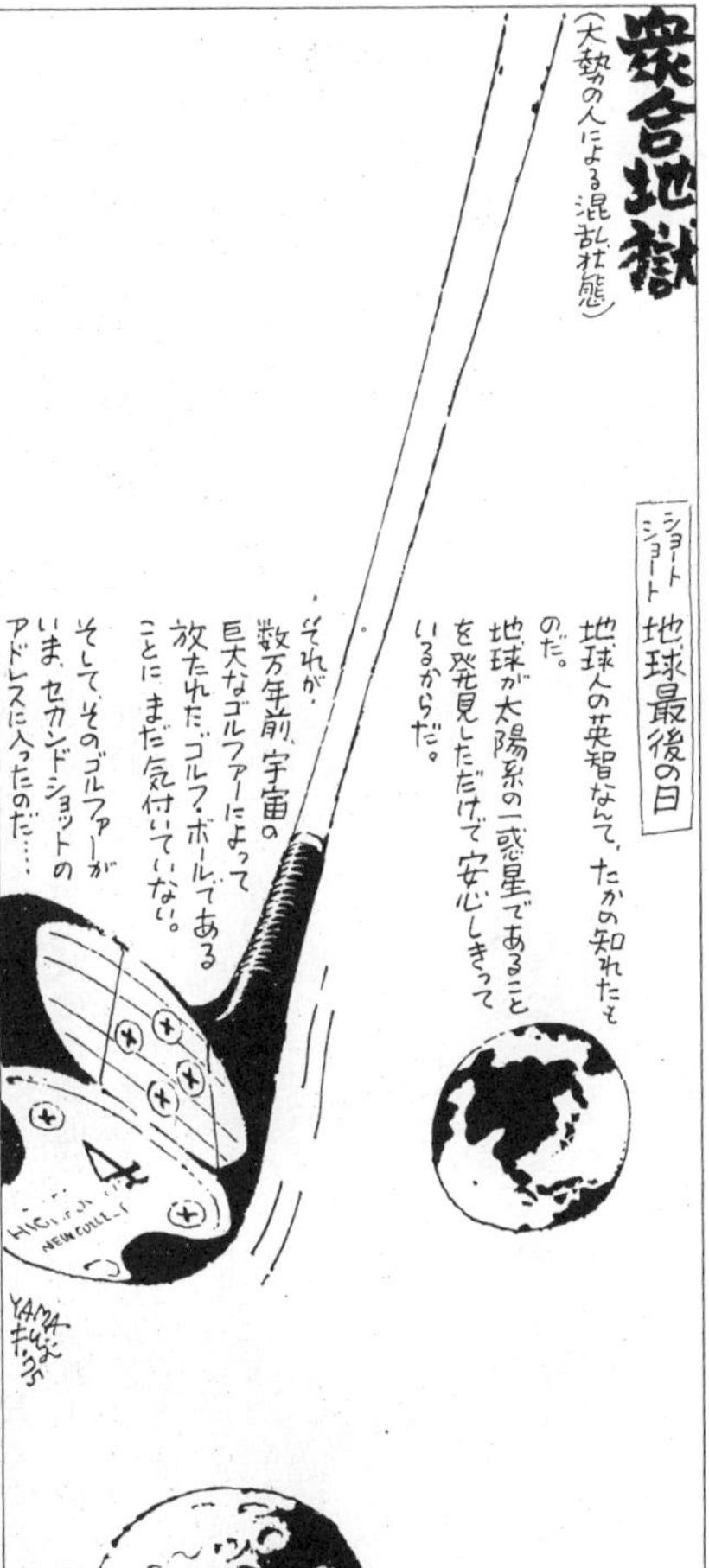
衆合地獄
(大勢の人による混乱状態)
ショートショート 地球最後の日
地球人の英智なんて、たかの知れたものだ。
地球が太陽系の一惑星であることを発見しただけで安心しきっているからだ。
それが、数万年前、宇宙の巨大なゴルファーによって放たれた、ゴルフ・ボールであることに、まだ気付いていない。
そして、そのゴルファーがいま、セカンドショットのアドレスに入ったのだ……

彼等の商才を封じるためにも、中東戦争は起ってほしくない。もし万一、起るなら、衆合地獄など生じる可能性のない、つまり、人類全滅の全面的核戦争であれ！　自棄《やけ》半分にわたしはそう考えている。今日の巷談辞典、ちょっとまじめすぎたかな。

庶民願望

江戸時代中期に書かれた随筆を読んでいたら、戯《ざ》れ歌とも落首《らくしゅ》ともつかない、次のような代物《しろもの》に出っ喰わした。

聞いてみたいもの　地獄の裁判
剝いてみたいもの　嘘の皮
当ってみたいもの　富くじ
割ってみたいもの　主の胸のうち
折ってみたいもの　天狗の鼻
振ってみたいもの　打出の小槌
数えてみたいもの　死んだ子の年
撫でてみたいもの　閻魔《えんま》の顔
殺してみたいもの　浮気の虫
拡げてみたいもの　狸のキンタ……

なんでも、江戸時代中期には、右の如きスタイルの中に、自分の望みや願いごとを織り込むのが、庶民の間で流行していたらしく、その随筆の中にも、

「……猫も杓子もすりこぎも、寄ると触ると皆、聞いてみたいもの、なんとかのかんとか、などとはじめるは、近ごろのはやり也。まことに五月蠅《うるさ》きことぞかし」

と、書いてあるのだが、この型式に、江戸中期ならぬ、昭和五十年すなわち現在《いま》の、わたしたち庶民の望みや願いごとをこめれば、どんな具合になるだろうか。たとえば、こんなのはいかがなものであろう。

聞いてみたいもの　物価抑制の妙案
剝いてみたいもの　政治家の厚い面の皮
当ってみたいもの　二千万円の宝くじ
割ってみたいもの　山口百恵の膝と膝
折ってみたいもの　女権拡張論者の鼻ッ柱
振ってみたいもの　金のなる木
数えてみたいもの　女房の顔の皺
撫でてみたいもの　池島ルリ子の乳房
殺してみたいもの　わからず屋の上役
拡げてみたいもの　わが家の敷地

どうもあまり上出来とは申せない。わたしたち庶民の、などと庶民の代表面《づら》をしたのがよくなかったのかもしれない。
もう一度今度は、わたし個人の願いごとだけで試みてみよう。
聞いてみたいもの　女房のへそくりの額
剝いてみたいもの　女房の面の皮

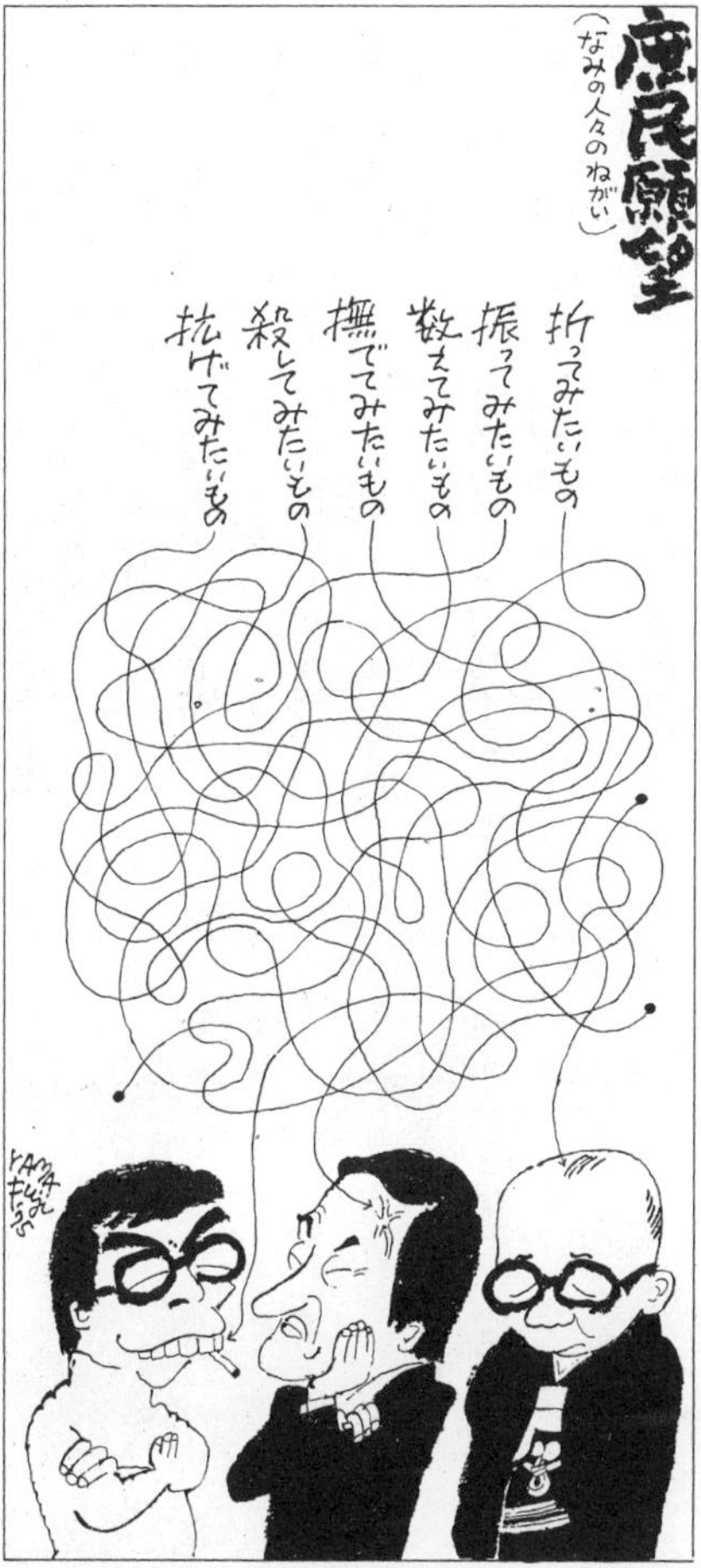
庶民願望
（なみの人々のねがい）
折ってみたいもの
振ってみたいもの
数えてみたいもの
撫でてみたいもの
殺してみたいもの
拡げてみたいもの

当ってみたいもの　事故死した女房の保険金
割ってみたいもの　女房の脳天
折ってみたいもの　女房の背骨
振ってみたいもの　女房との待ち合せ
数えてみたいもの　女房の欠点
撫でてみたいもの　女房以外の女の胸
殺してみたいもの　女……

やめておこう。これ以上書くと家庭不和、どころか、血をみることになる。
そこでもう一度、別口を。

聞いてみたいもの　山藤さんの技法のコツ
剝いてみたいもの　山藤さんの……

これもやばい。絵をつけてもらえなくなってしまう。

死刑宣告

死刑執行に関する刑法附則というのがあって、その第一条はこうである。

「死刑ハ其ノ執行ヲナス裁判所ノ検察官書記及ヒ典獄刑場ニ立会ヒ、典獄ヨリ囚人ニ死刑ヲ執行スヘキ事ヲ告示シタル後、押丁《おうてい》ヲシテ之ヲ決行セシム。但シ其ノ時限ハ午前十時前マデトス」

これはむろん戦前の法律であるが、今もおよそはこの通りだろう。おそらく諸役人立会いの上で、法務大臣からの命令書を読みあげるのではないか。わたしがもし死刑囚であったら、この執行告示でまず気を失ってしまいそうである。

もっとも人間がすこし愚かにできているから、

「井上君、これでようやく君も奥さんと手を切ることができますね」

というようなやり方で宣告されたら、二つ返事で死刑場へ出かけるかもしれぬ。

「あなたも大物になりましたねぇ。なにしろ法務大臣があなたのためにわざわざ捺印《なついん》したのですから」

と、こう言われたらどうだろう。

「そ、そうですか。法務大臣がわざわざねえ、それなら参りましょう」

などとひょっとしたら大いに張切るかもしれない。

以下、わたし好みの死刑宣告のされ方を書き出してみよう。

「あなたは半年に一回は禁煙を志していたそうですね。それで一回も成功しなかったとか。うむ、でも心配はいりませんよ。今度こそきっと、煙草をやめることができます。ええ、本官がそれを保障します。では、禁煙をはじめる前にセブンスターを一服、ゆっくりとお喫いなさい」

「あのね、楊貴妃と小野小町と静御前とクレオパトラとマリリン・モンローがどうしてもきみに逢いたいそうなのだよ。よかったね、ちきしょう、この色男め」

「あなた、よかったですね。もうすぐこの刑務所から出て行くことが出来ますよ」

「えーと、変ったネクタイがあるんですが、気晴しにちょっとかけてみませんか。いや、ランバンでもサンローランでもないんです。……はあ、それが素材が変っているのですよ。ええ、素材はロープでして」

「生活費のごく安いところへ行く気はありませんか。物価なんか、あなた、ここ何千年来、一円も上ってないというんですよ、そこは」

「スモッグもない、交通事故もない、じつに静かなところがあるのですがねぇ。そちらへ移る気はありませんか」

「科学者のノーベル氏、ノーベル賞の、あのノーベル氏が、あなたにノーベル賞のことでぜひお目にかかりたいそうです。よかったですねえ。あなた、ひょっとしたら、ノーベル賞が貰えるかも……」

「痔《じ》の新しい治療法が発見されたのです。あなたは痔でお悩みのはずですが、これで、その悩みともきれいさっぱりと手が切れます。もっともちょっと荒っぽい治療法ではありますが、いかがです？」

「あなたは、山藤章二さんの絵があまり上手《うま》すぎてどうも頭がへんになる、といっていたでしょ？　そこで、山藤さんの絵を見ないですむ方法があるのですが、どうします？」

死刑宣告
（生命を絶つ刑の実施を告げること）
あの右ハジのなんか僕にはちょっと若すぎるかしら……
YAMA FUJI

もっとも、こんな心配をするひまに、死刑になることのないよう人格陶冶《とうや》につとめるほうが早いか。

しかし、大逆事件の被告たちのように、罪もないのにフレームアップの巻き添えを喰うということもあり得るし、やはりこういう心配も、しないよりはする方がましかもしれぬ。

一字訂正

このつづきものの、その日その日のタイトルは四文字の成句である。四文字の成句を睨んでいるうちに書くべきことが決まる場合もあり、中身を書いてしまってから、その中身に適《あ》うような四文字の成句を探すこともあるが、それはとにかく、思いつくたびに四文字の成句を書きつけたノートをわたしは持っていて、その収納成句数は二千余に達した。ほんとうに日本語には四文字の成句が多い。

ところで、暇なときに、この四文字の成句集を眺めているとなかなかおもしろい。四つの漢字のうちのひとつを入れかえると、鹿爪らしいコトバが、とたんにがらりとその印象を変えてしまうのだ。つまり、たとえば「室内装飾」という四文字に一字入れ換え「膣内装飾」なる珍語新語を作ってたのしむわけだ。ちかごろの婦人方は、性知識の向上のせいもあって、膣内の清浄に心を配ったり、なかには膣内に鈴などを仕込む方が多いときくが、そういうご時勢のせいか「膣内装飾」という珍語がなんとなく曰《いわ》くあり気に見えてくるところが妙である。

この伝で、読者諸賢にもおなじみの四文字の成句の冒頭の文字を「膣」に入れかえてみよう。

膣味乾燥（無味乾燥）

膣穏無事（平穏無事）

われら疲れ気味の中年男にはこれはなんといううれしい言葉であろうか。

膣内安全（家内安全）

膣序整然（秩序整然）

女房、古い愛人、新しい愛人と、ひとりの男が三人の女性を持った場合、どうしても①新しい愛人②古い愛人③女房……という順序になにをなにしてしまう。この順序を守ることがすなわち膣序整然なのである。

膣風堂々（威風堂々）

膣中模索（暗中模索）

初手《しょて》のころは、男はみなこれである。

膣小棒大（針小棒大）

これは非常に望ましい。が、新婚当時はこうであってもやがて膣大棒小の時期がやってくる。亭主が外に膣を求めるのはたいていこの時期である。

膣口同音（異口同音）

「男女平等」「男女同権」とうるさいことうるさいこと。

膣我夢中（無我夢中）小生にもたしかそんな時期があったわい。

膣池肉林（酒池肉林）

膣変地異（天変地異）
膣嬌商売（愛嬌商売）
ホステス諸嬢、トルコ嬢諸姉、芸妓諸姫、みなこれ、あそこの愛嬌が大切。
膣念発起（一念発起）
女ざかりのはじまりである。

一字訂正
（一字を正しく改めること）
膣原小巻……右巻きか左巻きか
膣丘ルリ子……みがけば光るのかネ
膣美かおる……こんな上物じゃ男はホイホイ
膣路吹雪……しもやけになるんじゃないかネ　オレのもの

膣悪非道（極悪非道）
　高橋お伝などの妖婦毒婦のこと。
膣功嘖々《さくさく》（勲功嘖々）
　有名人を撫で斬りにしたある銀座のホステス嬢のこと。
膣術革新（技術革新）
膣攫《かく》千金（一攫千金）
膣価下落（地価下落）
膣潔無垢（純潔無垢）
膣差万別（千差万別）
膣怪千万（奇怪千万）
……この新年以来、新聞紙上に、いくつかの漢字廃止論の載っているのを見たが、このような遊びが出来なくなる、というところからも、わたしは漢字廃止には反対である。

人事管理

アメリカに全米嘘倶楽部と称する団体があって、毎年一回、アメリカのどこかの都市で総会を開き、その年最高の「芸術的」な嘘に何千ドルかの賞金を出すそうである。たしか、昨年度の嘘の最優秀作品は、

《七色のステンドグラスをはめた鶏舎で鶏を飼ったら、その鶏が七色の卵を産んだ》

とかいうやつだったと記憶する。記憶が不たしかなので細部に多少のちがいがあるかもしれない。が、大筋はまあそのような話だった。

この冗談のおもしろさは、正直にいってわたしなどにはよくはわからない。あるいはこの程度の冗談や嘘が現実にわたしたちの周囲にいくらもごろごろ転がっているので、思えば悲しいことながら、なみたいていの嘘では笑えないという習慣がついてしまっているのかもしれない。

《ちかごろではアメ玉ひとつにしても、口の中で長持ちする硬いものがよく売れている。つまり節約ムードがアメ玉にまで及んでいるのだ。また、『消えゆく商品』といわれていたふりかけやお茶漬の素が飛ぶように売れている。これはかかりのかかる肉類中心の食事を庶民が避けて、それよりは安価な米飯中心の食事に切り換えつつある証拠である。同じ理由で塩鮭などもよく売れているらしい》

これはさきごろれっきとした大新聞の経済面に載っていた記事の一部であるが、現実ではありながら、冗談としても第一級の出来栄えである、と愚考するのだが、どんなものでしょうか。

原子力船『むつ』の放射線洩れを防いだのは御飯つぶだった、というのもよく出来た冗談だったが、このたび、さる漁業会社が四十九人の大学卒業者の採用を取り消したというニュースにも、その四十九人の学生諸氏には申し訳のないことながら、結構な冗談といった趣きがある。ではこのニュースのどこが「冗談」を感じさせるのか、といえばそれはこの社の人事管理のずさんさ加減、出鱈目ぶりである。一昨年の暮の石油ショックのときに、すでに高度成長神話の「嘘」を見抜いているべき企業が、なぜ昨年の夏に四十九人もの採用者をとったのか、このへんの見通しのなさが、われわれの笑いを誘っているのだ。むろん、われわれも見通しがきかなかったことでは、この漁業会社の重役連と同じであるが、こっちはそのことによって他人様に迷惑はかけていない。見通しのきかなかったことの責任は、各自がそれぞれ背負い込んでいる。だが企業は責任をとらない。すべてを弱い立場にある学生諸氏に押しつけてしまう。企業のこの脳天気ぶりがあまりにも幼稚なので、われわれは呆れたり驚いたりするより先に笑ってしまうのである。

ガードマンに厳重に守られた宏壮なビルのなかで、おごそかに重役会議が開かれ、そこで鹿爪らしい手続きで決定されたことが、半年後に「いやァ採用決定は嘘、冗談冗談」となってしまう、そのへんがまことにおかしい。

「偉そうな顔をしてなにをやっているんです。半年後の見通しもつかないで、よくわしは経営者であるなどと言えたものですね。あなた方のその能力では、小学校の学級会も経営できないでしょうね」

と、こっちとしては憎まれ口のひとつも叩きたくなるわけである。

人事管理
(個人の身分や能力に関することをとりしきること)
なに？ワシが
「今月の冗談第一位」だと！
冗談じゃない、本音だヨ
「私はそんなに国民を
尊敬していない」って発言は…
'95
YAMA
FUJI

もっとも、日本では現実そのものがよくできた冗談で成り立っており、そのどれを取っても、全米嘘倶楽部年次大会で優勝できるほど質が高い、などと自慢するわけにはいかぬ。現実のひとつひとつがそれぞれ冗談で成り立っている世の中など、あまりよい世の中ではないことは確かだからである。

出歯礼讃

中学三年の春から秋にかけて、山形県の中学校から、青森県、岩手県、宮城県と、三つの中学校を転々と転校して歩いた。が、そのとき、わたしは次の如き独創的な理論を考えついたのだった。

『言葉の長さはその地方の冬季の最低気温の函数である』

これはつまり平べったくいえば、寒い地方ほど、人々の話し言葉のセンテンスが短くなるという理論なのである。

山形県南部では、たとえば「召し上ってください」を「あがっておごやえ」という。これが青森県南部へ行くと「食《け》」とただひとことで済んでしまう、短くなってしまう。「いただきます」という返事もまた一音「食《く》」である。

岩手県南部の中学校に転校して間もなく、わたしはそこで次のような会話を耳にした。

「ドサ?」

「ユサ」

これは、翻訳すると、

「どこへいらっしゃるのですか?」

「銭湯《ゆ》へ行くところです」

ということであるが、この会話でもわかるように、岩手県南部に於ては、日常会話の基本型は二音である（というように、中学生のわたしには思われた）。これに反し、青森県南部の日常会話の基本型は一音である。さらに山形県南部では四音が基本である。そこでは、人々は「あがって、おごやえ」というように四音ずつ発音するのである。以上をまとめると、

山形県南部……四音
岩手県南部……二音
青森県南部……一音

と、なる。

そこで中学生のわたしは、なぜ人々は北へ行くほど、短く話すのだろうかと考え、きっとそれは寒さのせいだろう、と結論を出したのだった。

この理論形成の推進力となったのは、じつにわたしの出歯《でっぱ》であった。出歯でない方にはおそらくおわかりにならないだろうと思うが、人間の躰の各部のうちで、どこが寒さに敏感かというと、じつは歯が一番なのである。

冬の朝、起きて窓を開け、外気に歯をさらす。そのとき、

歯がひんやりする場合は……五度前後
歯がしみる場合は…………零度前後
歯が痛む場合は……………零下五度前後

歯が激しく痛む場合は………零下十度前後
（いずれも摂氏）

と、出歯は温度計の役を果たしてくれる。これほどまで、出歯は寒さに敏感であり、寒さの度合いを正確に把握することができるのである。つまり、われわれ出歯族は生れながらにして感度のよい、そして死ぬまでこわれることのない温度計を内蔵しているわ

出歯礼讃
（前歯が前方に出ているさまをありがたがること）
0
10
20
30
アノー社長のご発案による例の寒暖計ですが全部返品になりました。ハイ。

けだ。

　また、出歯者は、その特徴ある前歯によって容易に他人様に顔を記憶して貰えるので、便利である。また、それだけに悪事はできない。したがって出歯族にそうたいした悪人はいないのである。そしてさらにまた出歯族は世間でもよく知られているように西瓜を食する場合にとても便利である。西瓜ばかりではない。リンゴ、梨、柿などの果実類を食するときも効率がよい。なにしろ、同じひとかじりでも、われわれ出歯族は常人の一・五倍程度は大きな容積をかじることができるのだから。

　まあ、出歯の欠点は、ラッパなどの吹奏楽器を吹くことができないということぐらいだが、なに、ラッパのかわりに、たとえばわたしの如く法螺《ほら》でも吹けばこの欠点は欠点ではなくなる。

定期預金

放送の台本を書いていたころ、わたしは次の目標を映画台本に置いていた。つまり映画のシナリオ作家になりたかったわけだ。

そして、その機会は意外に早くやってきた。ある大手の映画会社からシナリオの注文が舞い込んだのである。いそいそと打合せの席に出かけて行くと、プロデューサー氏が言った。

「なにしろあなたは新人である。いくらなんでもいきなり本篇の台本をまかせるわけには行かない。まず、ウォーミングアップがわりに二十分のPR映画の台本を書いてほしい。その出来栄えによっては、次回から本篇の台本をおねがいすることになるかもしれない」

わたしはすこしがっかりした。が、すぐPR映画も映画のうちだ、と思い直し、プロデューサー氏に、そのPR映画のスポンサーはなんという会社か、とたずねた。彼はこう答えた。

「S銀行だ。S銀行では来年から無記名定期預金を扱う。その無記名定期預金のPR映画の台本をあなたにお願いしたいのだが……。台本料は十万円でどうだろう」

十数年前の十万円は大金だった。わたしはふたつ返事で引き受け、一週間ほどかかって、大略次の如き台本を書きあげた。

……東京の下町の木造アパートの一室に眼付の鋭い男たちが数人集まっている。眼付の鋭いのも道理、この連中は銀行強盗団なのだ。

連中はアパートの壁に8ミリ映画を映写しはじめる。その映画の内容はS銀行に関するあれこれ。つまり、銀行強盗団が襲撃予習のためにS銀行の業務内容その他を研究しているという仕掛けをかりて観客にS銀行のPRをするわけである。

いよいよ、強盗団は銀行破りを決行する。研究の成果あがって襲撃は成功、強盗団は、お金の入った大袋を担《かつ》いで銀行を出ようとする。

だが、このとき、縛られていた女子行員が、

「あのう……」

と、強盗団に声をかける。

「そんな大金を持ち歩いて、もし落したらどうなさいます。それに紙幣の番号はすべて控えてありますから、すぐに捕まってしまいますよ。ほとぼりのさめるまで、当銀行で定期預金になさったら？」

「冗談じゃねえ」

強盗団員たちはこの提案を一笑に付する。

「定期預金に組むときに名前がばれらあ」

「ところが今度、無記名の定期預金ができたのですよ」

女子行員はここで、無記名定期預金の利点を懸命にまくしたてる。これまた、強盗に説明するという設定をかりて、この映画の観客に無記名定期預金の利点を説くという仕掛けである。

さて、強盗団は説明を聞くうちにすっかりこの定期預金が気に入り、たったいま盗み出した金を一文残らず、定期に組んでしまう。そして、銀行を出たところで連中はいっ

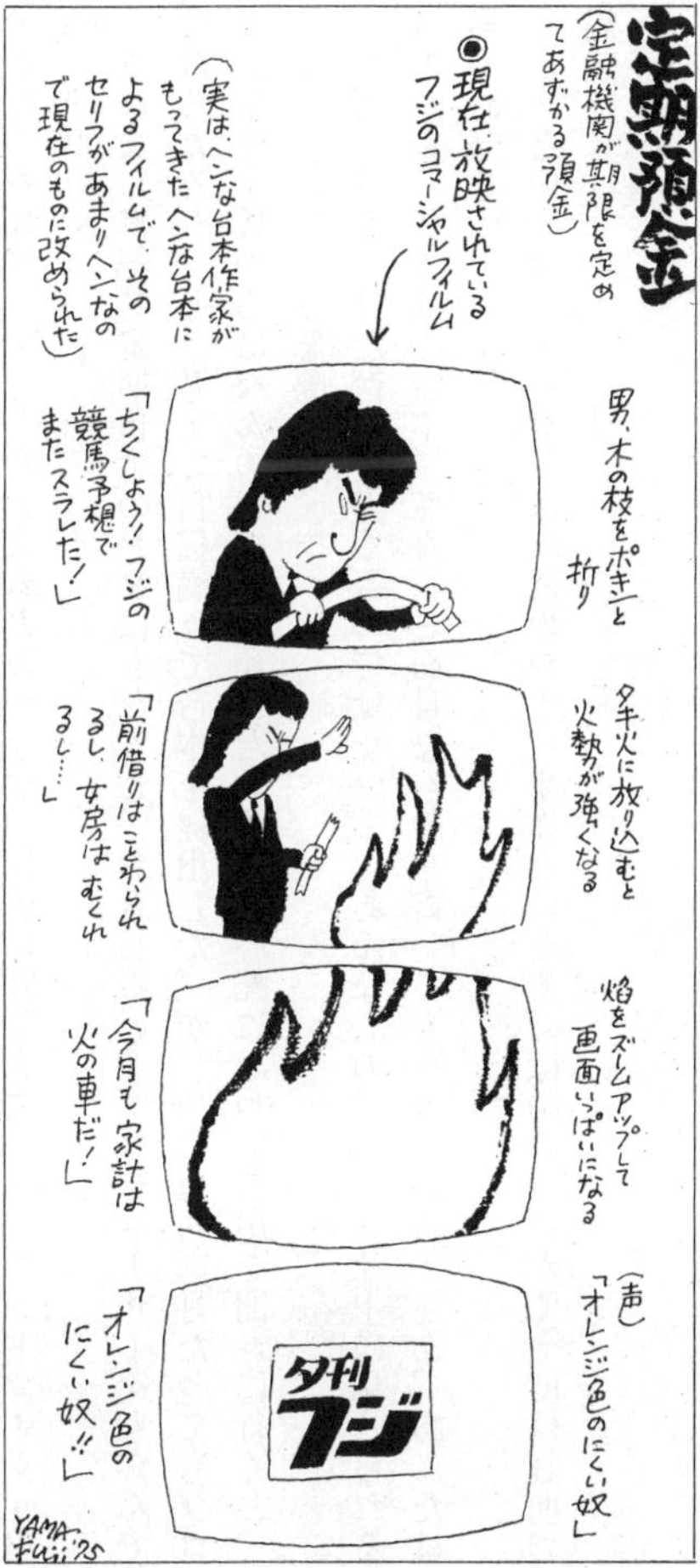
定期預金
（金融機関が期限を定めてあずかる預金）
◉現在、放映されているフジのコマーシャルフィルム
（実は、ヘンな台本作家がもってきたヘンな台本によるフィルムで、そのセリフがあまりヘンなので現在のものに改められた）
男、木の枝をポキーと折り
「ちくしょう！ フジの競馬予想でまたスラレた！」
タキ火に放り込むと火勢が強くなる
「前借りはことわられるし、女房はむくれるし……」
焔をズームアップして画面いっぱいになる
「今月も家計は火の車だ！」
（声）「オレンジ色のにくい奴」
夕刊フジ
「オレンジ色のにくい奴!!」
YAMAFUJII '75

せいに首を傾げ「でも、なんか変だな」と異口同音に呟くところへ、エンドマークが出る……。

これなら無記名定期預金のPRにもなるし、おもしろい。プロデューサー氏も喜んでくれるだろう。そう考えて自信満々で台本を提出した。が、一月たち二月たってもプロデューサー氏からはなんの連絡もなかった。すこし心配になって首尾を聞きに行くと、彼はわたしにこう怒鳴った。

「あんまりふざけた台本を書くものではないよ。あんなもの、スポンサーに見せられるものかね。いま別の台本屋さんに真面目なものを書いてもらっている。さあ、あんたは早くお帰り」

……という次第でわたしは映画のシナリオ作家になるのは諦め、やがて今度は戯曲の勉強をしはじめた……。

外来文化

わたしたち日本人には妙なところがあって、外来文化をやたらに崇拝するかと思うとその半面、外来のものをひどく毛嫌いしたりもする。その差が極端すぎて、どうも少々薄気味が悪い。

たとえば、これは学者や文化人に多いのだが、自分の書く論文やエッセイの中に、横文字を頻発するくせに、口では「このごろの日本語は乱れておる。若い者があまりにもカタカナの外来語を使いすぎるのではないか」などという御託を並べる人がいる。こういう手合いには困ったものだ。

外来語を文章の中に用いるのは、わたしは嫌いだし、東北訛《なまり》で横文字を喋っても迫力がないので、会話の中でも外来語はなるべく使わない主義だが、しかし、自分はそうであっても、日本人の会話に外来語がポンポン飛び出すのは一向に差し支えないと思っているから、カタカナの外来語が日本語を乱す、という「識者」の意見には、それはすこし偏屈すぎるのではないか、という感想を持っている。

そもそも日本語というものは、と開き直るだけの勉強をしていないので、大きなことは言えないが、かつては漢字も外来語だった。その漢字が、日本の文化の形成にどれだけ大きな役割を果したか、これについては改めて喋々《ちようちよう》するまでもあるまい。

だいたい外来語の混っていない言葉などどこにもありはしない。ピーター・ファーブという比較言語学者の書いた『ことばの遊び』（金勝久訳・佑学社刊）によれば、たとえばアメリカ人の朝食の献立ひとつとってみても、そこには外国語が氾濫しているそうであって、

グレープ・フルーツ（ともにもとはフランス語）
メロン（フランス経由のギリシャ語）
カタロープ（イタリア語）
オレンジ（アラビア語）
ベーコン（フランス語）
エッグ（古ノース語）
トースト（フランス語）
バター（ラテン語）
マーマレード（ポルトガル語）
コーヒー（アラビア語）
ティ（マレーダッチ経由の中国語）
ココア（メキシカン・スパニッシュ経由のナフウアトル語）
トマト（ナーワー語）
ヨーグルト（トルコ語）

というような具合なのである。むろん、だから日本語も、というつもりはないし、日本語と英語を同一の俎上《そじょう》で論じる愚も承知している。がしかし、これはなにかの参考にはなるだろう。

ところで、名詞や形容詞にいくら外来語が氾濫しても一向に差し支えがない、というのが、わたしの意見である。つまり、その程度の氾濫では日本語の文法が変らないから、

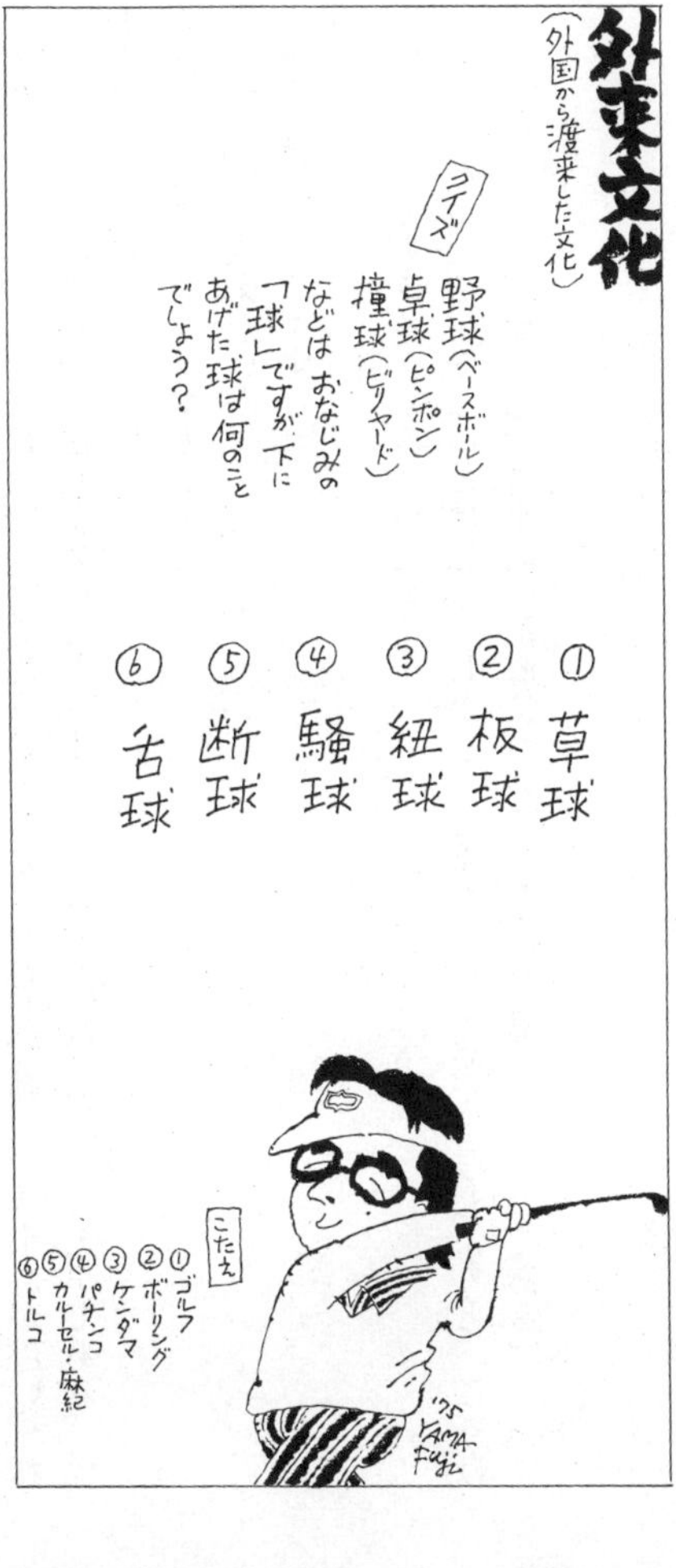
外来文化
(外国から渡来した文化)
クイズ
野球(ベースボール)
卓球(ピンポン)
撞球(ビリヤード)
などは おなじみの「球」ですが 下にあげた球は何のことでしょう?
①草球
②板球
③紐球
④騒球
⑤断球
⑥舌球
こたえ
①ゴルフ
②ボーリング
③ケンダマ
④パチンコ
⑤カルーセル・麻紀
⑥トルコ
'75 YAMA Fuji

日本語が乱されることにはならないと思うのである。ただし、動詞に外来語が用いられたり、外来語によって文法が変えられたりするならば、これはちょっと大事《おおごと》である。つまり、

「彼女はビューティフルガールだ」

などは差し支えないが、

「ぼくは彼女をラブする」

とか、

「ぼくはとてもライクする、彼女を」

などとなったら、やばいとは思う。しかし、どんなに外来語が氾濫しようと、こうはなるまい。そこでわたしは外来語の氾濫については楽観主義者でいるのである。

波瀾万丈

人間の一生はそう長いわけではないが、それでも、山があり谷があり、陽が差したりかげったりでけっこう波瀾万丈だ。十で神童、十五で才子、二十すぎればただの人、というコトバも、ひょっとしたら、そのへんのことをさして言っているのかもしれぬ。

たとえば、「私がなしとげたことを、かつてなしとげ得た者は、誰ひとりとして存在しない。全ドイツの命運は、かかって私個人にある」と豪語し、「余は戦いを欲する。そしてその目的のためには、手段を選ばぬであろう。実に戦いこそは、余にとって、この全人生の意味である」と、大見得を切った第三帝国の帝王アドルフ・ヒトラーなどは、この波瀾万丈に洋服を着せたような御仁である。十で神童、十五で才子、二十すぎればただの人、をもじっていえば、「十で神童、十五で劣等生、二十で浮浪者、二十五で兵士、三十五でナチ党主、四十五で首相、五十で第二次世界大戦の火つけ役、五十六で愛人エヴァとピストル心中、そのときすぎればただの灰」

と、変転きわまりない。が、さて、この伝で、われわれの一生を要約すればどうなるだろうか。

十で桃色遊戯、十五で中絶、二十すぎれば孫がいる（性知識記事満載の女性週刊誌を

愛読する日本の娘たちのこと）

二十で「あなたん」、三十で「とうちゃん」、四十すぎれば「このくそ亭主」（日本の女房族）

十で新聞配達、十五でスター、二十すぎたらどうなるかしらん？（山口百恵嬢）

二十で麻雀、二十五で競馬、三十すぎれば宝くじ（日本のギャンブル好きのサラリーマン氏たち）

十で平和国家、二十で高度成長、三十すぎれば低成長（日本国）

二十でホステス、二十五で玉の輿、二十八すぎれば手切金二十万円（ノーベル社長元夫人）

二十でホステス、二十五で大統領夫人、三十すぎれば自称巴里社交界の花形（デビ夫人）

十で漱石、十五でサルトル、二十すぎればゴルゴ13（読書人某氏）

一分でべとべと、三分でぐちゃぐちゃ、五分すぎればコチンコチン（ゆで玉子の黄味のことである）

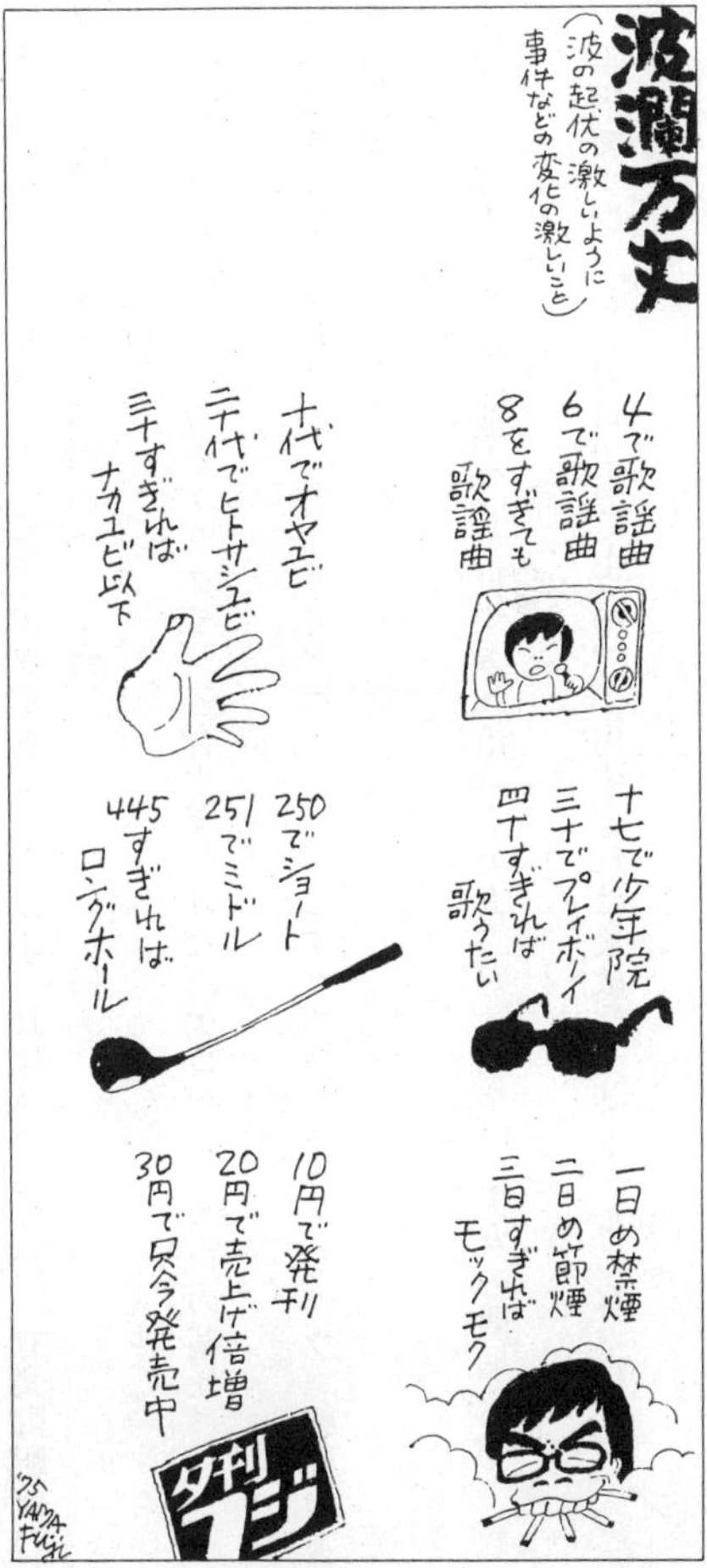
波瀾万丈
（波の起伏の激しいように事件などの変化の激しいこと）
4で歌謡曲
6で歌謡曲
8をすぎても歌謡曲
十代でオヤユビ
二十代でヒトサシユビ
三十すぎればナカユビ以下
十七で少年院
三十でプレイボーイ
四十すぎれば歌うたい
250でショート
251でミドル
445すぎればロングホール
一日め禁煙
二日め節煙
三日すぎればモックモク
10円で発刊
20円で売上げ倍増
30円で只今発売中
夕刊フジ
'75 YAMAFUJI

十分でジャラジャラ、十五分でポツポツ、二十分すぎればサッパリだ（有楽町駅前の某パチンコ店の四十一番のパチンコ台）

一合でフラフラ、二合でクラクラ、三合すぎればただゲロゲロ（下戸《げこ》の某氏）

一こすりでヒイヒイ、二こすりでアヘアへ、三こすりでアレモウアレモウ（感度のよすぎる某女）

今日は恋人、明日は他人、十日すぎれば「あの人、だァれ？」（男女の間柄）

百円でツンツン、五百円でドウモ、千円すぎれば最敬礼（某ホテルの客室係君）

そして、おしまいに「二十でスミマセン、三十でスミマセン、四十すぎてもスミマセン」、これは締切にとかく遅れがちなるわたくしめの半生であります。

迷信俗信

いま戯曲をこつこつと書いているところなのだが、江戸の男が地方に移住したとたん、その地方に網の目のようにはびこる迷信や俗信にからめとられてしまい、手も足も出なくなってしまうというのが、この戯曲のあらましである。

この仕事のために、わたしは一年半ばかりかかって全国各地の迷信俗信を集めたが、たとえば、

遠寺の鐘がよく聞えるのは雨の前兆
太鼓の音が悪いと雨が降る
朝虹が立つのは雨のしるし
夕方、魚が川を登ると雨

など、なにやら本当のような、根拠のありそうなものがあるかと思えば、以下に書き記すようなとんでもなくばかばかしいのもあって、この収集の仕事はとても楽しかった。ではいったい、どのようにばかばかしい迷信俗信があるのか。

「佐倉宗五郎の芝居を全部通して上演すると火事になる」

「忠臣蔵を全部通して上演するとかならず一座の役者がひとり死ぬ」

これらの迷信はばかばかしい。だが、そのばかばかしさの底に、時のお上による大衆意識操作の黒い影が見えているようだ。すなわち、佐倉宗五郎も忠臣蔵も、お上の決めたことに対する下からの異議申し立てである。お上はこの異議申し立てが他の異議申し立ての母になることをおそれて、迷信俗信のなかにこの手の情報をまぎれ込ませたのだろう。いまのわたしたちの心の底にも、「政治とは金のかかるものだ」(ということは政治に金がかかるのは当り前、政治家が大企業から資金をもらってもつべこべいうな、ということでもある)「ストライキを打つのはアカだ」「新聞の報道やＮＨＫのニュースはほとんど真実である」などの〝迷信俗信〟が巣喰っている。むかしの人たちは、なんて愚かしいことを信じていたのだろう、と笑ってばかりはいられない気がする。

「人のたくさん集まったとき『一ノ下ニ』と呟いて下駄を脱げば、帰りに下駄をかえられたりしない」という俗信もある。こういうのは罪がなくていい。

「火事のとき、若い女が腰巻をふると火が消える」というのは楽しい迷信だ。こういうのは是非、復活してもらいたい。もっとも現今の若い女性は腰巻をたしなまれぬ故、復活は無理か。

全国の迷信俗信には女性に関するものが非常に多いが、これは言うまでもなく、女性の生き方に大小さまざまな枠がはめられていたことを意味する。

女が棒をまたぐとその棒が折れる
女が棒をまたぐと腰が抜ける
女が棒をまたぐと淫乱女になる
女がすりこぎ棒をまたぐと味噌がくさる
女が釣竿をまたぐと魚が釣れない

迷信俗信
（理性的判断で迷妄と考えられる信仰と民衆の間で行われている宗教的な風習）
上の歯が抜けたら
縁の下に
下の歯が抜けたら
屋根の上に捨てろ
（ただし、人によってはやめた方がいい）
アナタッ 地震よ!!
いや、上の歯が抜けたから押し込んでるんだ……
'75 YAMA FUJI

女が鉋《かんな》をまたぐと鉋が割れる
女が砥石《といし》をまたぐと砥石が割れる
女が男をまたぐとその男の男根の先がまがる……

おしまいの迷信俗信は秋田県仙北地方に伝わるものであるが、女性がものをまたぐということは、むかしはご法度《はっと》のようだった。
と、書いているうちにひとつ容易ならぬことを思い出した。このあいだ腕時計のガラスが割れたが、ひょっとすると女房のやつめ、腕時計をまたいだな？

映画題名

その日、その日の題名を漢字四文字の成句と決めてから、字引をめくり、新聞雑誌をひろげるたびに、その漢字四句の成句ばかりが目につくようになった——ということは前にも書いたことがあるが、映画の題名なども気になる。漢字四文字の題名の映画を思い出すたびに、それをノートに書き写すのも習慣になってしまった。が、漢字四文字の映画の題名は意外なほどすくないのだ。

外人部隊（ジャック・フェデー）
上海特急（ジョセフ・フォン・スタンバーグ）
仔鹿物語（クラレンス・ブラウン）
探偵物語（ウィリアム・ワイラー）
若草物語（マーヴィン・ルロイ）
暴力教室（リチャード・ブルックス）
二重生活（ジョージ・キューカー）
女相続人（ウィリアム・ワイラー）
泥棒成金（アルフレッド・ヒッチコック）

原子人間（ヴァル・グェスト）
高校三年（ルチアノ・エンメル）
回転木馬（ヘンリー・キング）
上流社会（チャールズ・ウォルターズ）
女優志願（シドニー・ルメット）
地下水道（アンジェイ・ワイダ）
尼僧物語（フレッド・ジンネマン）
南太平洋（ジョシュア・ローガン）
連邦警察（マーヴィン・ルロイ）
青春群像（フェデリコ・フェリーニ）
家族日誌（ヴァレリオ・ズルリーニ）
伯爵夫人（チャールズ・チャップリン）
個人教授（ミシェル・ボワロン）
個人生活（ピエール・グラニエ・ドフェール）

こんなところが主である。まさに寂寥《せきりょう》たるものではないか。

映画は興行、そこで水もの、縁起ものである。四は「死」に通じ、死は「外れ」と同義である。そこで、洋画会社の宣伝部の方々は、漢字四文字の題名をお避けになるのかもしれぬ。それにたしかに、二、三の例外はあっても、漢字四文字の映画題名にはなにやら辛気くさい雰囲気があるようである。それも漢字四文字の映画題名のすくない原因になっているかもしれない。

小説になると、四文字についてはすこし事情がかわってくる。

たとえば直木賞受賞作で、題名の文字数の統計をとってみると……

映画題名
（えいがのだいめい）
昨年の邦画の中で　四文字題名といえば
「竜馬暗殺」が秀逸だった。
映像も見事だったし、なにより面白かった。
僕はATG系映画に対して
いだいていた自分の偏見を
恥じた。
ごく最近、某映画コンクール
の撮影・美術部門の審査会
で僕は断固この作品の映像を支持
したのだが　古参諸先生方に無視された。
「竜馬黙殺」である。
原田芳雄
'75 YAMA FUJI

一文字……　三
二文字……　八
三文字……十九
四文字……十三
五文字……十八
六文字……　六
七文字……　二
八文字……　四
九文字……　三
十文字……　一
十一文字……一

となり、三文字、四文字、五文字の題名の小説が圧倒的に多い。
これから直木賞を目指される方は、三～五文字の題名をおつけになるのがよろしかろうと存ずるが、しかし、問題は中味だから、これはあまり参考にはならないか。
ただし、四文字の題名を持つ直木賞受賞作は多いけれど、漢字の四文字はまことにすくない。戦後ではわずかの二例あるのみである。それは、
小山いと子『執行猶予』
井上ひさし『手鎖心中』

やはりわたしはむかしから漢字の四文字が好きだったのかしらん。

電波障害

十年も前のはなしになるが児童文学者の山元護久氏と二人で『ひょっこりひょうたん島』という人形劇を書いていたころ、局あてに毎日のように同じ文面の手紙が届くので音をあげたことがある。

差出人は福島県の山間部の、とある中学校の先生で、手紙の文面はまず、「ひょうたん島はまことに愉快でおもしろい。このような人形劇を放映してくれるうちは、わたしはよろこんで受信料を払うつもりでいる」

という讃辞ではじめられているのが常だった。がしかし、正常なのはこのあたりまでで、文面は次第に奇ッ怪な内容になって行く。

「ところで、ドンガバチョ大統領（その人形劇の主人公たちのひとり）の本日放映分の行動はわたしがこのあいだとった行動と同一であり、その点ははなはだもって遺憾である。貴局は（すなわちNHKは）わたしの身辺にスパイを大勢配置し、わたしの行動をこっそりと追跡し、それを人形劇に仕組んで全国に放映しているのではないか。いや、どうしてもそれ以外に考えられない。

このようなけしからんことをこれからも続けるのなら、こっちにも覚悟がある。二度とひょうたん島を観てやらないばかりではなく、交番に訴えて出る決心すらかためている。そうされるのがいやなら、即刻、原作料をお支払いただきたい……」

このような文面の手紙が十通、二十通と机上に積み重ねられて行くにつれて、こっちも少々、薄っ気味がわるくなってきた。

そこで共作者の山元護久氏と相談し、わたしは現金書留封筒の中に五十円玉を一個入れて、この自称ドンガバチョ氏に送った。

電波障害
(電波によるコミュニケーションをさまたげること)
「モシモシ、お染か。予じゃ、柳沢保明じゃ 今宵の伽、そちに申しつけるゾ よいか、11時に来てチョーダイ!」
若尾文子
僕のいまいちばんやりたい電波障害

数日後、彼から次のような文面の手紙が届いた。

「原作料が五十円とはなにごとであるか！　ひとを馬鹿にするにも程がある。

そこでわたしはここに左記の額面の原作料を要求するものである。

一金壱百円也」

五十円と百円では五十歩百歩、似たような金額であるが、とにかくわたしはもう一度、五十円玉を彼宛に送ったのであった。

聞けば、最近、右のような電波障害者が多くなっているという。

放送局の受付のお嬢さんたちのはなしでは、

「この局の電波が無断で家に入ってきて困る」

「わたしは石坂浩二だが、妻の浅丘ルリ子に逢いにきた」

「この局のナントかというドラマの主人公のカントカ氏のモデルはわたしである」

などと言ってくる人たちが、一日最低二、三件はあるらしい。

さすがはテレビ文化全盛時代だが、しかし、電波障害者の数は殖えたものの、ひところのように、

「おれは石坂浩二である」

「おれは大石良雄である」

「おれはナポレオンである」

「おれはキリストである」

と己れをなにかもっと大きなものになぞらえる人たちの数は減ってきている傾向にあるようで、かわりに、

「おれは電波で監視されている」

「おれの悪口をＮＨＫが電波で全国にひろめている」

という苛められ型が殖えている。おれはナントカである、という大言壮語型から、苛められ型へのこの移行、電波障害者たちも時流に合わせて、小形化、小市民化しつつあるのだろうか。

往復葉書

アンケートが流行しているようだ。わたしのところにも、一日に最低一通はアンケート用の往復葉書が舞い込む。ところで、そのアンケートの内容がまことにおもしろい。たとえば、

「あなたのお好きな女優を三人あげてください。そして、その三人のうちに、この女優となら寝てもいい、という人がいたら、その旨、明記してください」

なんてのがある。

こういうアンケートは楽しいが、しかし、大変に時間を喰う。まず、原稿用紙に、若尾文子、浅丘ルリ子、草笛光子、太地喜和子、平井道子……と、好きな女優の名前を書き並べてみる。だれか落ちていては大事《おおごと》であるから、キネマ旬報のバックナンバーを持ち出して、脱落のないように点検する。すると、菅井きん、春川ますみ、花柳幻舟、原知佐子……、そう目立たないが、いい女優がたくさん見つかる。

もっともここまではいいが、この先が大変である。いったい、「この女優と寝たい」などと高言していいものかどうか問題だ。

若尾文子さんには、高校時代、キャンデーを売っていただいた恩がある。（わたしした

ちのよく行くキャンデー屋に彼女はアルバイトで勤めていたのだ）

浅丘ルリ子さんは、石坂浩二さんの奥さんである。石坂浩二さんはテレビでわたしに扮していただいたという恩があり、やはりそういうことを言ったのでは失礼であろう。

往復葉書
（発信用、返信用とを一続きにした郵便ハガキ）
郵便往復はがき
東京都品川区上大崎
三ノ一〇ノ五ノ一〇二
山藤章二様
賀正
一九七五年元旦
おところ
おなまえ
ことしの正月
「往復ハガキの年賀状」
という珍なるものを貰った。
差出人に心あたりはなかった
が住所と名前だけ書き
込めばいいようになっていたので
返信したが、どういうつもりで
こんなものを考えたのだろう。
不思議な人がいるものだ……

草笛光子・太地喜和子・平井道子の御三方はわたしの芝居によく出てくださる。商売物に手を出すのはよくないと思うので、この御三方も諦める。

菅井きんさんはわたしにとって記念すべき女性である。わたしが生れて始めてテレビドラマを書いたとき、彼女はその主役をつとめてくださった。その因縁の深さを思えば、口が腐っても寝たいなどと言ってはならぬのである。

春川ますみさんとは一面識もないが、こっちが体力的に自信が持てぬ。

花柳幻舟さんは、万一、話がこじれた場合、中ピ連を援軍に呼んできそうな感じがする。だからやばい。

原知佐子さんはまずい。彼女はわたしの尊敬する映画作家実相寺昭雄さんの奥さんである。畏友の妻君についてそのような失礼なことを書くのはいかがなものであろうか。

……というようなことを考えているうちに小半日が経つ。そして、馬鹿々々しくなり、いっそもう、「女房を女優にして、その女房と寝ます」と書こうと思う。

それがとにかく一番無難ではあるはずである。だが、その女房に女優になれるような容貌はない。

わたしは往信用の葉書を破って、紙屑籠に捨て、復信用の葉書を机の抽出しの中に仕舞い込む。机の抽出しの中は復信用の葉書でいっぱいだ。返事が書くにも書けず、それだけたまってしまったわけである。決してちょろまかしているのではない。ほんとうにアンケートの返事ほど難しいものはない。

高校時代

この間、四文字の漢字の成句のうちの一字を『膣』に置き換える遊びを試みたところ、高校時代の同級生から、二十三年ぶりに、次の如き私信が舞い込んだ。

「ずいぶん長い間、ご無沙汰いたしましたが、お元気な様子、同慶にたえません。しかし、君も相変らず馬鹿なことを考えているねえ。高校時代、よく授業時間中に、君はノートに語呂合せかなんか悪戯書きしていたものだが、いまもその語呂合せで御飯をたべているようで、まったく進歩がないな。

ところで、ぼくはあるとき、君の語呂合せを悪戯書きした紙片を貰い受けたことがあるが、それが日記帳の中から出てきた。なにかの参考になるかなと思い、その紙片を同封する。

それでは、死ぬまで、馬鹿なことをやっていたまえ。ご奮闘を祈る」

封筒の中を改めると、たしかに小さく畳んだノートの切れっぱしが底の方にこびりつくように入っていた。ひろげてみると、それには稚拙な金釘文字で、以下のような四文字漢字が羅列してあった。いずれも、四文字漢字の成句のうちの一字を『棒』に置き換えてある。なぜ『棒』に置き換えたのか。それは説明するまでもないことだが、『棒』とはなにのことである。

棒生修業（人生修業）

棒良少年（不良少年）

高校時代
（こうこうじだい）
僕の高校時代の同級生に変わりダネがふたりいる
〜親ガメの上に子ガメをのせて…で一時 売れた ナンセンス・トリオの前田りん
〜オー・チンチンの歌で一時売れた ハニー・ナイツの宍戸二郎
いずれも「一時は売れるがその後パッとしない」という共通点がある。ということは同級の僕も……！

棒殖能力（生殖能力）
棒入観念（先入観念）
棒大妄想（誇大妄想）
棒刀直入（単刀直入）
棒果応報（因果応報）
棒憤慷《こうがい》慨（悲憤慷慨）
棒康管理（健康管理）
棒力追放（暴力追放）
棒難女難（剣難女難）
棒挙妄動（軽挙妄動）
棒鬼夜行（百鬼夜行）
棒刀乱麻（快刀乱麻）
棒学理論（文学理論）
棒去完了（過去完了）
棒行作家（流行作家）
棒奔棒走（東奔西走）
棒平御免（真平御免）
棒貧書生（寒貧書生）

棒剣勝負（真剣勝負）
棒力目標（努力目標）
棒行演習（予行演習）
棒劣下等（愚劣下等）
棒身低頭（平身低頭）
棒事管理（人事管理）
棒慮遠謀（深慮遠謀）
棒乎不動（確乎不動）
棒義名分（大義名分）
棒理人情（義理人情）
棒興三昧（遊興三昧）
棒機応変（臨機応変）
棒打《ちょう》発止（打打発止）
棒楽他殺（安楽他殺）
棒出鬼没（神出鬼没）
棒骨砕身（粉骨砕身）

……高校生にしてはかなりな漢字知識であるが、しかし、授業中にこんなことをして時間を潰していたから、東大に入れなかったのだ。おかげでわたしは二度とない一生を棒に振りそうだ。

天気予報

江戸時代にも天気予報というものがあったらしい。が、その天気予報たるや、次の日が晴れようが曇ろうが雨だろうが雪だろうが槍が降ろうが、とにかく次の一行でおしまい。

「明日は雨にて候天気に御座なく候」

なぜこんなことになったかと言えば、当時の天気予報は、庶民に対してではなく、将軍個人に対して出されていたから、誤報だったら大変である。たとえば「明日は晴れるでしょう」という予報を係りの役人が出す。将軍は「それならば鷹狩でもいたそうか」と外出する。予報どおりあくる日が晴れであれば問題はないが、もし雨が降れば、係りの予報官はよくて謹慎、悪ければ減俸。万一、将軍が雨に打たれて風邪でも引けば、それこそ切腹である。そこで、さる利口な予報官が、冒頭に掲げた万能予報を考えついたのだ。つまり、「明日は雨にて候天気に御座なく候」と言っておけば、その次の日が雨でも平気である。「明日は雨にて候。天気に御座なく候」と読めば、ちゃんと雨を予報していたことになる。

次の日がもし晴天であれば、句読点の位置をずらせばよい。

すなわち、

「明日は雨にて候天気に、御座なく候」

と、読めば、

「明日は雨が降るような天気では、ありません」

ちゃんと雨が降らないことを予告していたことになるのである。以後、江戸時代の将軍向けの予報は、これ一辺倒になったそうであるが、しかし、なんと見事な智恵ではあるまいか。

さて、天気予報は二十世紀後半の現在に至ってもまだ不確実だ。不確実なものはあてにしなくなるのが人情で、人々は、

「御飯が茶碗にこびりつくようであれば晴」

「後架《こうか》の臭気はなはだしいときは雨」

など、自家製の予報に基づいて暮しているようで、たとえばわたしの場合は、以下の如き語呂合せ天気予報を愛用している。

「テンドンをひっくりかえしたらドンテンで、次の日は曇」

「肩が凝って膏薬《こうやく》を貼りたくなったら膏薬ハロー注意報」

「子どもがアメをしゃぶり、同時に庭に蚊が多いときはニワカアメが近い」

「女房の機嫌が悪いのは亭主には恐怖、そこでキョーフーに注意」

「老人が子守りしているのに出あったら、コモリのち雨か、コモリのち晴」

「外国雑誌のヌード写真で、税関が消し忘れたのか、無修正のものに出っくわしたとき

は下《しも》柱（身体下部の柱）が立つ故、霜に注意」
「電車の中で煙草をふかしているチンピラに乗客が注意するなどのユーキある行動を見たときは、ユキがあるかもしれない」
「子どもが左の眼をこするときは子左眼、すなわちコサメになる公算大である」
「食膳にトーフが供された場合は東風、東の風が吹く」

天気予報
（そらもようの変化を予想して報ずること）
朝刊をパッとひらいて
はじめに目についた有名人で
その日の天気がわかります……
見通しが悪いでしょう！
嵐になるでしょう！
（もう監督だから）
ウテンでしょう！
ハデルでしょう！
'75
YAMA FUJI

「山藤章二さんの絵を見かけたら底ビエに注意しよう。（ほんとうにいつもぞっとするような、魂も凍りそうな、凄い絵だ）」

「蜂にさされたらハレる」

……埒《らち》もない予報ばかりであるが、これでも適中するときがあるから妙である。

馬鹿番付

明治の初年に『馬鹿の番付』と称する刷物《すりもの》が東京中の人気をさらった。勧進元《かんじんもと》には「国の命を売り縮める舶来物品商」とあり、差添人は「指先細工を捨て器械製造を好む日本職人」、その解説には「世に馬鹿の種類多しと雖《いえど》も皇国の産物を用ず、競うて舶来品を購求し、それがため、真貨の輸出を日に月に増加させ、国の困難を顧みざる。是ほどの馬鹿あるべからず、今ここに馬鹿の甲乙を見立番付とすることかくの如し」と書いてある。

この馬鹿番付の東西の大関、関脇、小結を紹介すると、次の如くである。

米穀を喰わずしてパンを好む日本人
国産の種油魚油を捨て舶来の石炭油を用いる人
結構な田地をつぶし茶桑を作り損する人
従来の商業を捨て会社を結びそれがため身代限《しんだいかぎ》りをする人
輸出入の不均衡を論じて西洋料亭に懇親会を開く議員

ベロベロと洋語で国家の経済を論じて我が身を修めかねる演説先生

関脇の「結構な田地をつぶし茶桑を作り損する人」についてはすこしばかり注釈が必要だろう。

上野戦争終了後、侍は国表《くにおもて》へ帰り、その侍たちを目当てにして商売をやっていた商人たちも、次々に田舎へ引き揚げ、東京の人口は幕末のころの半分、約六十万人に減ってしまった。そこで当時の新政府は、東京を半農半商の都会にしようとし、桑や茶の植付法や栽培法を、東京残留者たちに説いてまわったらしいのだが、この「馬鹿の番付」では、それに乗せられた人たちを、馬鹿だ、としているわけである。

この番付の製作者はどうやら反欧化主義者のようで、そのせいだろうか、舶来のものはみなだめだ、というところが一人合点にすぎるが、この方法にならってわたしも「馬鹿の番付」なるものを作ってみよう。

馬鹿の横綱

食糧全体の自給率四十%、大豆に至ってはそれが三%だというのに、何の対策もほどこさず国民の税金でのほほんとたべている役人官僚。

すべてを石油に依存するのは危険だということをだれもが感じているのに、鈍感なのか呑気なのか、はたまた怠慢なのか、一向に方針を変えもせぬ役人官僚。

馬鹿の大関

それらの役人官僚と結びつき、金もうけに狂奔する大企業の社長から受付嬢までの御一統さまがた。

それらの大企業から政治献金を受け、日本の未来に対してなんの抱負もなく、ただ票

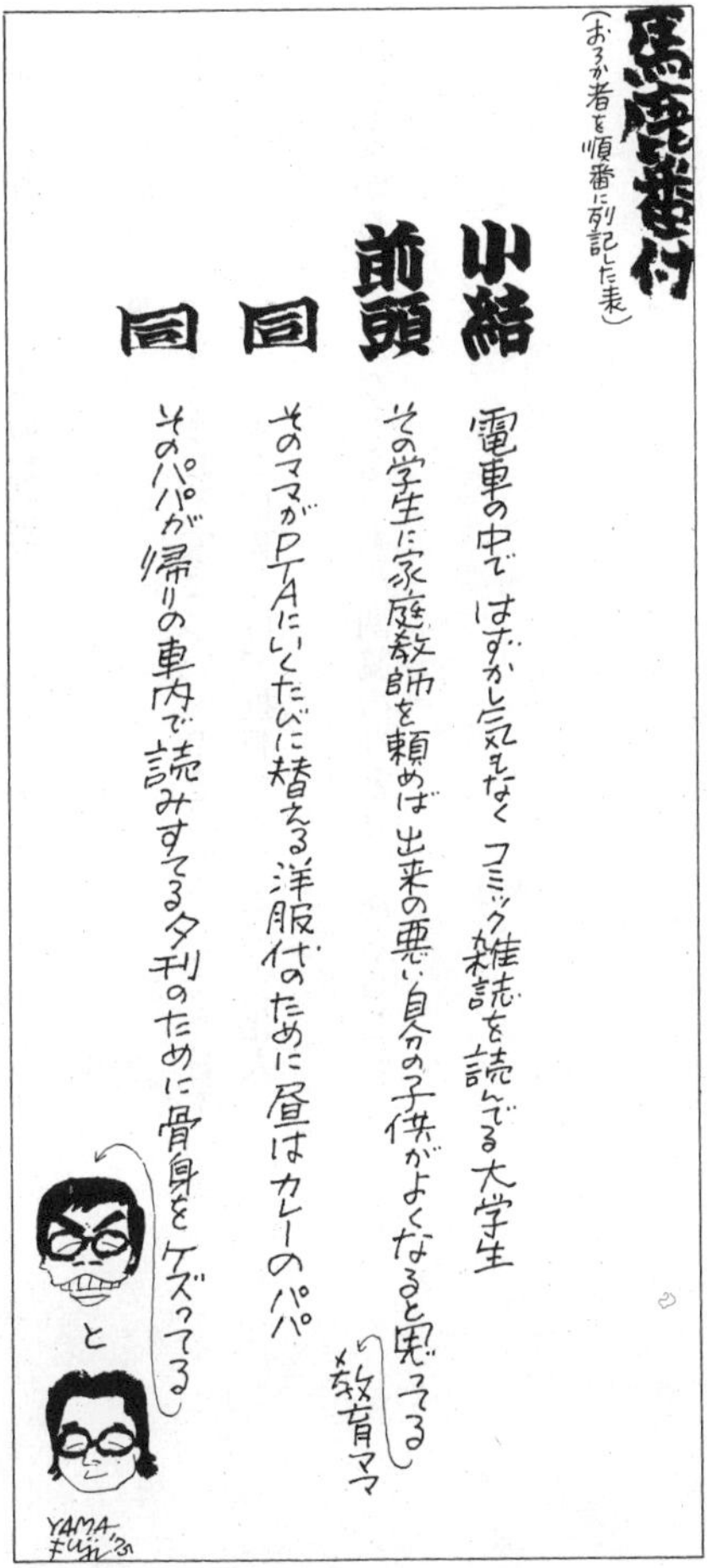
馬鹿番付
(おろか者を順番に列記した表)
小結
電車の中で はずかし気もなく コミック雑誌を読んでる大学生
前頭
その学生に家庭教師を頼めば 出来の悪い自分の子供がよくなると思ってる
教育ママ
同
そのママがPTAにいくたびに替える洋服付のために昼はカレーのパパ
同
そのパパが帰りの車内で読みすてる夕刊のために骨身をケズってる
と
YAMA

集めに狂奔する日本の政治家。

馬鹿の関脇

選挙の時に、そういう政治家についい一票を投じてしまう日本国民。
そして、そういうことを口先だけで批判する日本の文化人。
残念ながらわたしなども、右の関脇のひとりであるらしい。

表札泥棒

池田弥三郎さんの『日本橋私記』（東京美術発行）によると、戦前の慶応義塾の学生の間に、三越本店正面入口の青銅ライオン像にのぼり、これにまたがり、しかもそれを他人に見つけられなければ落第しないという迷信があった、ということである。また、京都の学生の落第よけの迷信は、平安神宮の大鳥居の柱を小便しながら一周すると落第しない、というものだったそうだ。

わたしの通っていた上智大学にも、落第よけの迷信があった。

国電四ッ谷駅のプラットホームの真上に鉄製の大きな橋が架っているが、あの橋の欄干の上を、新宿側から半蔵門方向に渡ることができれば落第しない、というのだ。考えてみると、この迷信はかなり危険だった。なにしろ、橋下二十米のところが国電中央線の線路である。足を踏み外したら最後、命はない。万が一、助かっても、そこへ電車が進入してきたら、それこそ確実に人生から落第してしまうではないか。

高所恐怖症の気《け》もあって、わたしは一度もこの欄干渡りをしないですごした。そのせいか大学を卒業するのに七年もかかった。

高校三年の三学期には、ずいぶん表札を集めてまわった。そのときのことは『青葉繁れる』という題で小説にしてあるのでここでは触れないが、『荒城の月』の作詞者である土井晩翠先生の表札から、警察署や女学校の看板まで集めてまわったのだから、考えてみれば悪戯の域を脱して、これは多少犯罪的である。

むろん、この表札狩には大学受験に成功したい、という願いがこもっているのだが、その年の春の受験の成績は惨々《さんさん》たるものだった。東北大、東京外語大は落第、早大には補欠で合格。カトリック信者だったせいもあって上智に辛くも引っかかったのが唯一のめぼしい収穫だった。表札狩に熱中する暇に教科書を一頁でも余計に読んでおいた方がよかったと思う。

もっとも、この大学受験の成功を祈る表札狩はいまでも流行しているようである。現に二月一日の朝、わたしの家の表札が盗まれている。表札のかわりに手紙が一通、門柱にセロテープで貼りつけてあったが、その文面は、

拝啓。わたくしはこの近くに住む一高校生であります。

高校三年は、あなたの小説や戯曲、五木さんや野坂さんや筒井さんの作品を読むのに追われて受験勉強をする時間がとれませんでした。

その責任をあなたにとってもらいたい、と言うつもりはありませんが、受験が終るまで、表札をお借りいたします。

志望は千葉大医学部と慶応です。どうか、わたくしの合格を、下総国分寺に祈ってください。

というもので、わたしはこの表札泥棒氏の礼儀の正しさに感服した。

わたしたちが表札泥棒をしていたころは、ただ無断で掻っ払ってくるだけだったが、「いまどきの若い者《もん》」はきちんと挨拶状を添える。大したものではないか。

そんなわけで、わたしは仕事に飽きると、仕事部屋の窓を開け、国分寺の屋根に向っ

表札泥棒
（居住者の氏名を門口などに標示する札を盗むひと）
表札泥棒に安眠をさまたげられた可哀相な人のヒトコトを考えて下さい
YAMA FUJI
（例）
・誰だ，表札をウメ込ミにしとけば大丈夫だっていったのは？
・そういえば あの棟梁「軽量鉄骨」を強調してたっけ……
・オイ，君．体育大学に入るのにも 表札のお世話にならなきゃならないの？

て、

（……表札泥棒氏に合格の栄冠を）

と祈っている。

しかし、こんなことが効《き》くかどうかわからないことは、つけ加えるまでもない。

海外旅行

よほど臆病なのだろう、飛行機に乗るのは死ぬほど辛いが、もっとも、これはわたしだけではないらしい。空港の待合室に行けばそれがわかる。

そこではみんな暗い顔をしてぼんやりと搭乗のアナウンスを待っている。そして、飛行機が目的とする空港の滑走路に無事に降りた瞬間の、機内のあの吻《ほっ》とした雰囲気、みんな飛行機は苦手と見える。

が、他人様《ひとさま》のことはとにかく、わたしはこの飛行機嫌いのせいで、これまで一度も海外に出たことがない。海外どころか、九州にも行ったことがないのだ。

このあいだ、大学時代の恩師のフランス人の神父から電話をもらったが、そのとき神父は言った。

「今年の夏、学生が一ケ月間、フランスとスペインへ旅行に出かけます。もちろんわたしも行きます。飛行機運賃を無料にしてあげますが、どうですか。一緒に行きませんか？」

「飛行機は落ちます。ですから、折角ですがおことわりいたします」

こう答えると、神父は呵々大笑《かかたいしょう》してこう言った。

「落ちてもいいじゃありませんか。わたしは神父、神父と共に昇天すれば天国へ行けますぞ」

天国へ行けるのはいいが、飛行機事故で死ぬのは真っ平だ。

わたしは神父の親切な話を断った。

「それならば仕方がない。それほど飛行機がいやなら、一生、乗らないで通しなさい。海外旅行を一生拒否する、それもひとつの見識です」

神父はそう言って電話を切った。が、世の中というものは不思議なもので、同じような話が続けて舞い込む。その数日後、オーストラリア国立大学の日本語学科の教授から、ぜひ逢いたい、という電話がきた。なにごとならん、と逢ってみると、教授が開口一番、

「来年の三月から十一月まで、オーストラリアで暮すつもりはありませんか」

と訊いてきた。

「オーストラリア国立大学で、日本の現代文学について講義をしてください。拘束時間は週六時間。報酬は一万ドルです」

オーストラリア・ドルは一ドルが三百七十円。つまり、週六時間、日本語学科の学生に、日本語で喋るだけで、三百七十万円くださろうというわけ。他の時間は、観光旅行をしようが、蟄居《ちっきょ》して小説や戯曲を書こうが、酒を飲んでぼんやりしてようが、一切勝手だそうである。

わたしはかなり心を動かされた。それを見抜いたのかどうか教授（といってもまだ三十代前半の、ジーパンにジャンパーのヒッピー風な、きさくな人だったが）は、国立大

学の在《あ》る首都キャンベラ市の写真を数葉、わたしの前に置いた。

「キャンベラ市はいいところです。世界最初の人工都市でしてね、まんなかに人造湖があり、湖の北の市街が文化地域、南が政治地域とかくぜんと分れています。そして、わが大学は北の文化地域の、湖のすぐそばにあります。じつに空気のおいしいところですよ」

海外旅行
（海をへだてた外国へ旅をすること）
「いま このXX航空がおっこちると、全員に このワッパがつきます。なにかご質問はございませんか……？」
YAMAfuji '75

空気のおいしい、というところにも大いに惹かれる。わたしはその写真をもらって帰り、仕事部屋の壁に貼りつけ、このところずっと写真と睨めっこしているところだ。そして毎日、

（……キャンベラへは行きたいし、飛行機は怕《こわ》し……）

と、フグを食べる前の、あのどきどきするような気分を味わっている。

女性雑誌

女性月刊誌や女性週刊誌は「他人《ひと》の不幸は鴨の味」精神と、セックスは娯楽である精神との、二本立てで編集されているようである。

と書いたからといって、わたしは別に道学者ぶって「けしからん」などというつもりはない。いやつもりがないどころか、こっちも女性雑誌の熱烈な愛読者のひとりなのである。

とくに風邪などを引いた場合、女房を駅に走らせてありったけの女性雑誌を買わせ、布団にもぐり込んで甘納豆なぞをたべながら、「岸恵子さんは次に誰と再婚するのだろうか」とか「前川清氏とアン・ルイス嬢はすでに共寝を済ませたのであろうか」とか「小坂一也氏と松坂慶子嬢の新しい恋の今後の進展具合は如何?」とか「若い女性の間に愛人を志望する声が多いらしいが、こっちに全然申し込みがないのはなぜかしらん」とか「北大路欣也氏の相手が栗原小巻嬢ではなく、二十九歳の祇園の女性だったとは意外であったわい」とか「映画『青春の門』で吉永小百合さんが衝撃的な演技を見せたというが、どう衝撃的なのかなあ」とか「小野田寛郎元少尉殿はいったいいつの間にダンスを習ったのだろうか」とか「森進一氏が天皇と皇后の前で演歌を歌うそうだが、天皇から『いしだあゆみちゃんとの仲はどうなっているの?』という御下問《ごかもん》があったらさぞ困るだろう」とか「男性性器特集に添付されているこの実物大見本はすこし大きすぎるのではないか」とか「すでに〝よろこび〟を知っている過去ある女性のための処女としてふるまうための初夜のテクニック……という長い題名のこの特集記事はじつに参考になる」とか「接吻についての三百の知識というこの特集記事を読んでわかったことは、おれには接吻についての知識がわずか六個しかないという恐るべき事実である……」とか、愚にもつかないことをあれこれ考えているのはじつに楽しい。

ただ、不満がひとつある。

それは、いまのままでは雑誌の誌名とその内容がいちじるしくかけはなれているのではないかということであって、いっそ各誌は以下に記す如く誌名を改称なさってはいかがなものであろうか。（なお、括弧内は現誌名）

婦人肛門（婦人公論）
卑笑（微笑）
女性セップン（女性セブン）
ana-ana（an-an）
nen-ne（non-no）
女性失身（女性自身）
不貞誤報（家庭画報）

臭婦の股（主婦の友）
飢《う》うマン（ウーマン）
夫辛倶楽部（婦人倶楽部）
怖寝生活（婦人生活）
脂婦と性渇（主婦と生活）

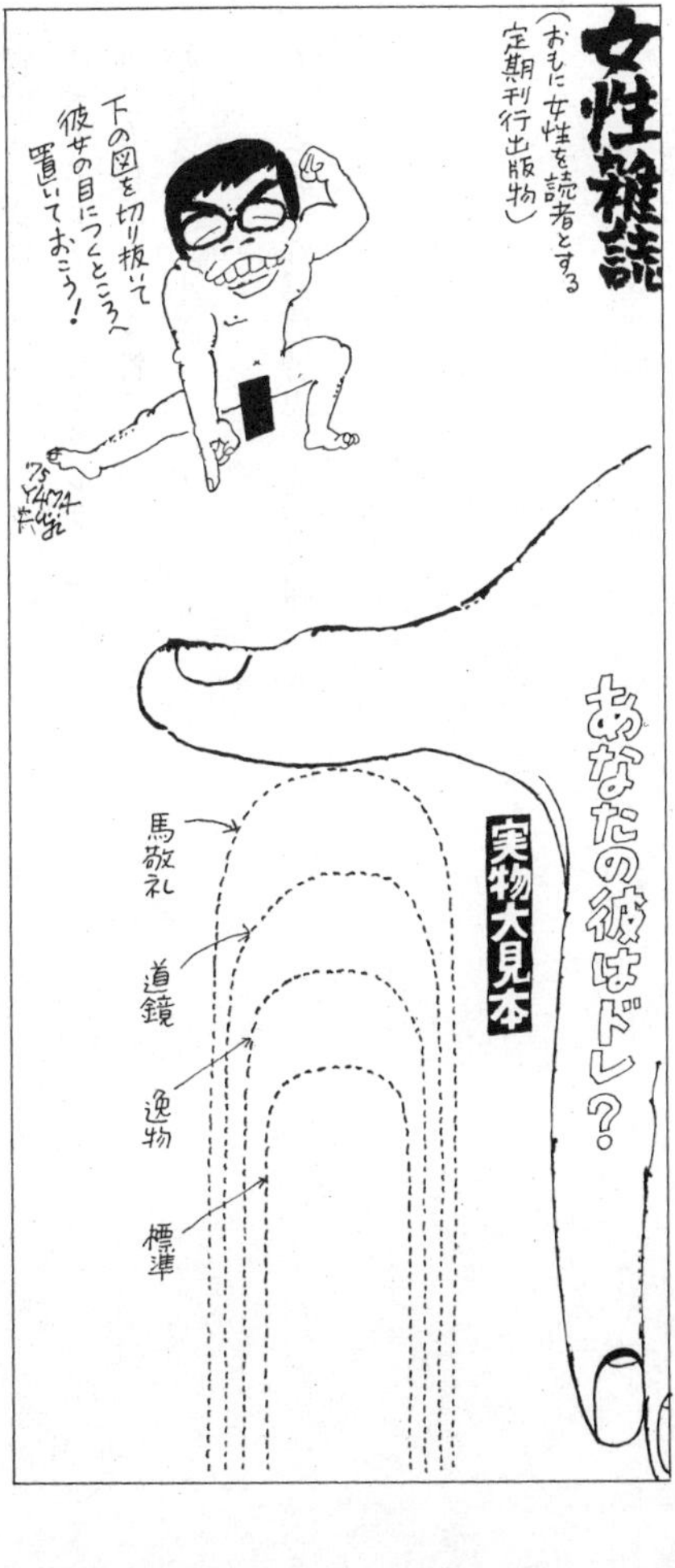
女性雑誌
（おもに女性を読者とする定期刊行出版物）
下の図を切り抜いて彼女の目につくところへ置いておこう！
あなたの彼はドレ？
実物大見本
馬敬礼
道鏡
逸物
標準

寝婦人（新婦人）
ヤサグレレディ（ヤングレディ）
吾快女性（若い女性）
娼接受寝屋（小説ジュニア）
などと勝手な馬鹿智恵で妄言多謝。

政治犯罪

これはまた聞きだから真偽のほどは保証しかねるが、アフリカの某国では他人のものを盗むと、まず耳を斬《き》り落されるという。さらに罪を重ねると次は残った耳、それから両手、ついには両足、という具合に刑が科せられて行く。

また、オーストラリアでは、ベルトで躰を固定せずに車を運転すると、かなり重い罰を加えられるそうである。ある国々では政治犯罪に対する罰が相当にきびしい。そして、その罰（すなわち刑）が確定する前の拷問も想像を絶したすさまじさだ。

たとえばトルコでは二十三歳の女性が、

「……私を床に寝かせ、私の手と足を杭にしばりつけました。男たちが三十分間、私の足の裏を打ちつづけました。（中略）そのあとで男たちは私の手指と足の指先に電線を結びつけ私の体内に電流を通しました。その間、彼らは私の素肌の太股を警棒でなぐりつづけました。（中略）この電気ショックの拷問が終ると、男たちは私を逆さ吊りにして、数人で警棒でなぐりつけました。（中略）やがて男たちは私の性器の中に警棒を突き入れました。警棒には電線がつながれていて、電流が流されました。私は失神しました。しばらくすると兵隊たちが外から空気ポンプを持ち込んできました。これは人体の中に空気を入れる機械で……」（アムネスティ・インタナショナル編、清水俊雅訳『現

代の拷問』柘植書房）
　わたしにはこの先を書き移すだけの勇気がない。国にはそれぞれ事情があるだろうし、この女性がどのような政治的犯罪を犯したのか明らかではない故に即断は避けたいが、それにしてもこれではむごすぎる。殺人や強盗と違って、いってみれば政治犯罪は行政法的なもの、政治を担当する階級が変ればそれまで犯罪だったものが犯罪でなくなることもあり得る。それだけに拷問も残忍なものになるのかもしれぬが、しかしもっと楽しい拷問はないものか。
　たとえば、

★容疑者に山いも、蜂蜜、にんにく、朝鮮人参、鰻、ステーキなど精のつくものをたっぷり摂《と》らせ、ブルーフィルムやヌード写真を観賞させ、夜は池島ルリ子などの肉体派美女を添寝させる。それらの美女たちは貞操帯を着用しておりそこが拷問なのだ。そして官憲側は、
「自白すれば貞操帯の鍵をやるが、どうかね」

と、責める。

★容疑者に一日目に一円、二日目に二円、三日目に四円、四日目に八円、五日目に十六円、という具合に現金を与える。二十四日目には八百三十八万八千六百八円の貰い分

があり、累計はざっと千七百万円。官憲側はこのあたりで、

「自白すれば娑婆《しゃば》に出て金を使えるのだが、どうかね、泥を吐く気になったかな？」

と、脅かす。

★最初の拷問の逆手だが、容疑者が妻帯者の場合、彼の女房に精のつくものを摂らせ、

政治犯罪
（政治的秩序を侵害する行為）
とり調べ室にもユーモアを！
シャレたヒトコトを入れて下さい！
'75 YAMA-FUJII
（例）
● 吐きますから、ここに居るの、女房と編集者には内緒に願いますヨ
● この対談、いちおうゲラを見せてくださいネ……
● オレより らしく見えるんだから たいしたもんだヨ、お前のニセ刑事ぶりは……

同衾《どうきん》させる。この場合、官憲側は、

「泥を吐けば、君の奥さんを家に追い返してやるがね」

と、脅す。
★山藤章二画伯に容疑者の似顔絵を描いてもらい、その絵を彼に突きつけ、こう脅迫する。
「泥を吐かないと、明日は君の顔を山藤さんにもっと似せて描いてもらいますよ……」

読者投信

読者からの手紙が最低一日に二通は拙寓に舞い込む。これらの手紙を大きく分けると、
1　有難い手紙
2　困った手紙
3　有難いやら困るやらでなんとも返事に困る手紙
と、この三種になるようである。「有難いやら困るやらでなんとも返事に困る手紙」というのは、差出し人はきまって中学生の女の子。文面も判で捺《お》したように同一である。さらに不思議なことに、封筒も便箋も字体も似ている。すなわち封筒や便箋はセットになっているやつで、スヌーピーや女の子の漫画などが印刷されており、字体はイラストレーターのそれの猿真似である。

文面は前半がほめことばの羅列であるが、後半のどこかにたいてい次の如き心臓の停りそうな文句が挿入されている。

「わたし、先生が大好き。ですから、大人になったらわたしの一番大切なものを先生にあげちゃいたい。大人になったらすぐ連絡します。先生、待っててね」

志はうれしいが、こういうことは連絡されても困るのだ。まあ、無理をせずにまわりの男の子のだれかにあげちゃってください。

困る手紙というやつには金の無心がからんでいる。たとえばこうである。

「このたび出版されました先生のナントカカントカという作品には五ケ所の誤植がありますす。先生は著者校正をなさったはずですが、これではずいぶんたるんでいるではありませんか。プロとして恥を知るべきです。このことを新聞に投書しようと思っていますが、もし二万円貸してくれるのでしたら、黙っております。至急、返事をください」

誤植の指摘は大いにありがたいが、それを脅しの材料に使われたのではかなわない。この種の手紙は黙殺することにしている。

有難い手紙というのは、案外、数がすくない。がその見本として、この巷談辞典で漢字四文字の映画題名について書いたものに対する読者からの投信をお目にかけよう。

「漢字四文字の映画題名は先生の掲げられたもののほかに以下のようなものがあります。『名門芸術』（ジョージ・キューカー）『孔雀夫人』（ウィリアム・ワイラー）『第七天国』（ヘンリー・キング）『女人禁制』（アナトール・リトバク）『犯罪都市』（R・スチーブンスン）『人生模様』（ハワード・ホークス他）『美人劇場』（R・Z・レナード）『暴力行為』（フレッド・ジンネマン）『恋文騒動』（W・D・ラッセル）『二世部隊』（ロバート・ピロシェ）『青春物語』（マーク・ロブスン）『友愛天国』『青春謳歌』『青春万歳』（以上三本、デビット・バトラー）『紳士協定』（エリア・カザン）『銀行休日』（キャロル・リード）『南方飛行』（ピエール・ビヨン）『黄金時代』（ルイス・ブニュエル）『犯罪河岸』（アンリ・ジョルジュ・クルーゾー）『維納《ウィーン》物語』（ウィリー・フォルスト）

『女郎蜘蛛』（ジャック・フェデー）『夜行列車』（イエジー・カワレロビッチ）『男性女性』（ゴダール）『恋愛時代』（ジュゼッペ・デ・サンティス）……以下『結婚哲学』『無敵艦隊』『二都物語』『憂愁夫人』『巴里野郎』『水田地帯』『逆転殺人』『高校教師』……」

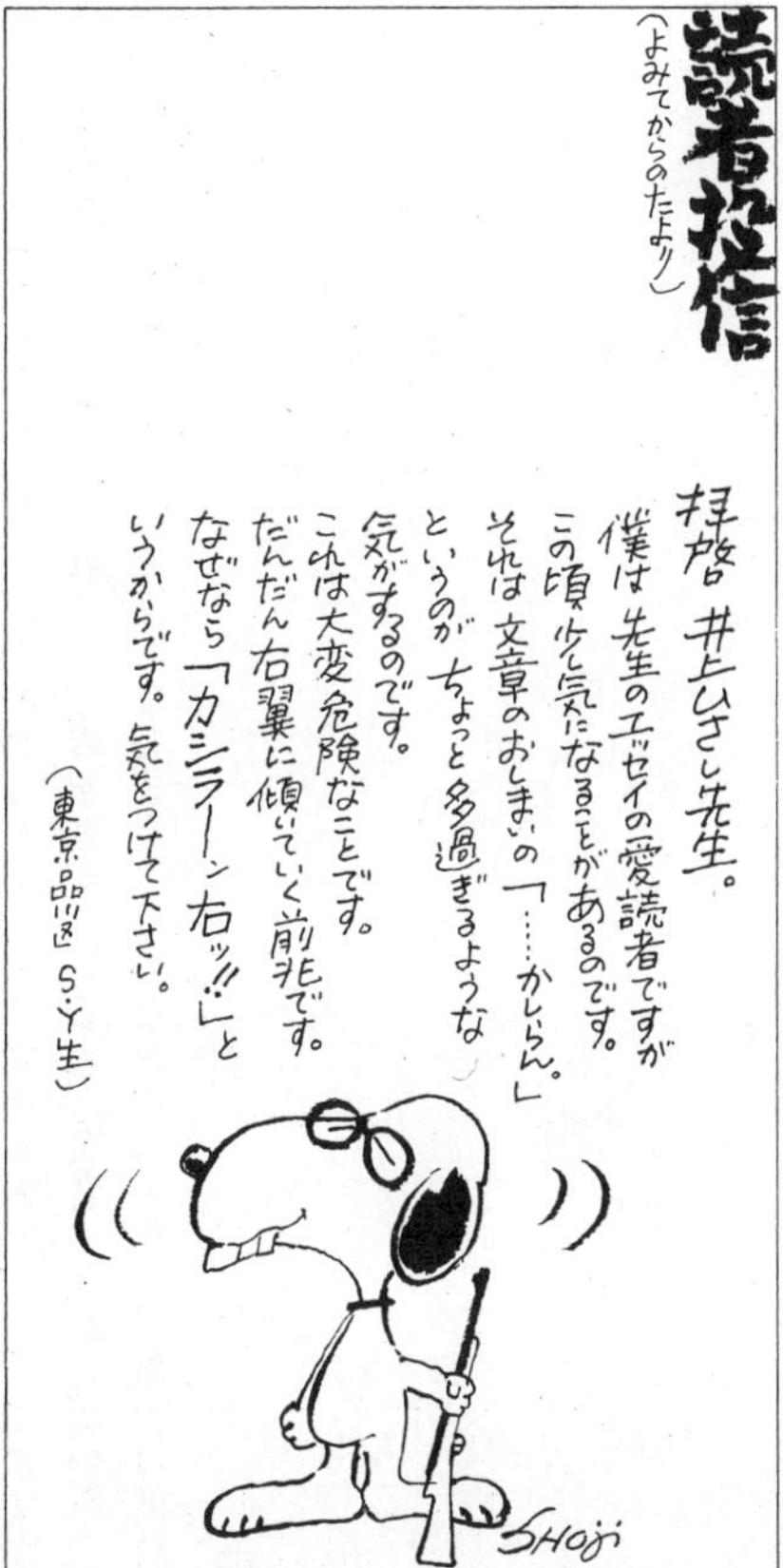
読者投信
（よみてからのたより）

拝啓 井上ひさし先生。
僕は先生のエッセイの愛読者ですが
この頃少し気になることがあるのです。
それは文章のおしまいの「……かしらん。」
というのが ちょっと多過ぎるような
気がするのです。
これは大変危険なことです。
だんだん右翼に傾いていく前兆です。
なぜなら「カシラ〜ッ 右ッ!!」と
いうからです。気をつけて下さい。
（東京品川区 S・Y生）

全文書き写すと明日の朝までかかってしまいそうであるので、これでよすが、このような手紙を読むたびに（これほどものを知っている人が読者のなかにはいらっしゃるのだ、なのに自分は……）と赤面してしまう。その意味で「有難い手紙」は同時に恐ろしい手紙でもあるのである。

愚鈍無能

東京新聞夕刊の第一面右下に『放射線』というコラム欄がある。各界の有識者の方々が六人、週に一回ずつ、日頃お考えになっていることをここで活字にされているが、このあいだの『放射線』欄に、三菱総合研究所常務の肩書を持つ牧野昇氏が次のようなことを書かれていた。

「日本では、不思議なことに、日本破局論や日本人劣等説のように、自己をさいなむような表現形式が大変好まれるし、記事にもなる。(中略) 警告論者は尊敬され、オプチミストは軽蔑されている。悲観情報が受ける国がらなのである。(中略) オイル・ショックは『国際収支』と『インフレ』の二つのインパクトを世界各国に与えたが、日本は昨年六月から貿易収支が黒字になり、まもなく基礎収支まで赤字を脱却した。卸売物価は最近低迷を続けている。これに比肩しうる国は、欧米先進国のなかでは、西ドイツぐらいのものである。過去幾たびかのショックに際して、悲観論がしたり顔で横行したが、いずれも見事に乗り切ってしまった。同じ現象が今回もみられるのである。有名なロンドン・エコノミスト誌は『一九七五年から始まる百年は、太平洋の世紀になり、その中心になるのが日本である』という論点を中心とした長文の特集を組んでいる。(中略) 筆者のエコノミスト誌副主幹N・マクレー氏によると、情報化社会に適応する能力では、日本人が最も優位にあり、たとえば『アリの群れのような大学卒技師たち』の存在があげられている。技術とともに活力も前進の支えになっているという。このような記事は、現在の日本人にとっては邪説としりぞけられる筋合いのものである。しかし、自虐的であることばかりが知識人の条件でもなさそうである。（後略）」

長い引用になってしまったことを牧野氏と、読者諸賢にまずお詫び申しあげなければならないが、それにしても「悲観論がしたり顔で横行したが」とはなにごとであろうか。悲観的な材料や悲観的な予測が立ったから、人々は悲観論の側に立っただけのことではないか。またエコノミスト誌のどなた様がどのような御宣託を垂れようと、マッチ箱のような家に住み、スモッグの空の下を這いまわり、物価の値上りや大地震の襲来におびえながらこの日本に住む日本人が、どうもこの世の中はすこしおかしいのではないか、と感じていること、こっちの方があてになる、とわたしには思われる。おそらくそう思うのはわたしが愚鈍無能なせいであろう。

しかし、大企業にコネもなく自分の健康だけを頼りにおっつかっつで生きている人間には、今の世の中おかしい、としか考えようがないのである。

太平洋戦争のさい、わたしたちは敗戦の数日前まで大本営発表という名の楽観論ばかり聞かされていた。敗戦以後は、高度成長という名の楽観論一辺倒だった。二度も欺《だま》されればどんな愚鈍無能な人間でも、すこしは利口になります。

公害や大地震や戦争は命にかかわる。だから人々はこれらのことで問題が生じると自然に悲観論に傾くのである。このとき、楽観論を唱える者がおれば、彼はよほどの大馬鹿か、さもなくばそれらの災害の中にさえ利益を見つけようとする悪魔の弟子どもだろう。「もしかしたら命が損われるのではないか」と考える方が、人間としてははるかにまっとうなのである。瀬戸内海やマラッカ海峡に重油をたれ流したのは三菱財閥に属する石油会社だったはずだ。その同族の研究所の常務氏が、「日本は悲観情報が受ける国

がらなのである」とうそぶくなぞ、これはよほどの脳天気だ。

また、やたらと「外国人がああ言った、こう言った」と騒ぎ立てるのもみっともない。外国人がなんといおうと日本人が危機のようなものを感じている。そこのところが問題なのだ。となると愚鈍無能は果してどちらか。

締切死守

日本人は標語やキャッチフレーズを好む国民だそうである。

これが当っているかどうかは知らないが、すくなくともわたしは、標語などの類が好きなようである。街を歩くとき、流行の衣裳に身を飾った美女たちよりも、銀行のウィンドウや電柱などに貼り出してある標語の方へ、目が向いてしまう。

「始めますか」というのは富士銀行の最近の標語であるが、これを見るたびにどきっとする。いつも締切に遅れがちなわたしに、編集者の方たちはよく、

「そろそろ書き始めましょうよ」

と、おっしゃる。それをつい思い出してしまい、ぎくりとなるのである。

「たしかな明日のために」は住友信託銀行の標語である。たしかな明日をきずくために、諸物価値上り（ちかごろはそんなに値上りしていないという噂があるが、わたしにはとてもそうとは思われぬ）の折から、今日のうちに銀行から金を借りて、持ち家でもお建てなさいよ、と住友信託銀行は親切にも言ってくれているのだろうか。むろんそうではない。たしかな明日のために、今日入ったお金を銀行預金にまわしなさいという、これは親切を装った勧誘文句といったところだろう。

まったくわけのわからないのが東海銀行の「友だちを大切に」である。友だちと銀行

といったいどういう関係があるのだろうか。それとも東海銀行では、友人を大切にする人間に対し、無担保無利子でお金を貸してくれるのかしらん。

最近はこの手法による、やわらかい感じのキャッチフレーズが流行っているようだが、「税金のことは税理士へ」(日本税理士会連合会)というような武骨なものが、わたしの趣味には適《あ》う。これはやはり「欲しがりません、勝つまでは」で育った年代だからかもしれないが、とにかく、これなぞは呆れるほど露骨な標語だ。

露骨といえば、高校時代に壁に貼り出していた、

「必勝! 東大突破」

という標語も相当なものだった。むろん、わたしの場合でいえば、本気で東大を受けようなどとは思っていなかった。受験勉強は軽蔑していた。そんなことで徹夜するぐらいなら、映画雑誌を眺めながら夜更しするほうがずっとましだと思っていたのだ。

ならばなぜ「必勝! 東大突破」か。孤児院の経営者であるカナダ人の修道士たちが、この標語に感動して小遣いをくれるだろうと踏んでのことである。狙い通り、修道士たちは、

「あなたが東大へ入れば、わたしたち、鼻が高いです。がんばってください」

と言い、五百円札をわたしのポケットに突っ込んでくれたが、やがてそのうち、彼等もこっちの有言不実行のはなはだしいのに気づいたらしく、標語貼り出しはまったくお金にならなくなった。

このあいだ、仙台の修道院から鹿児島の修道院へ転出することになったかつての恩師のカナダ人修道士が、わたしに逢いたいと言って拙宅に立ち寄ってくれた。がそのとき、彼はわたしの仕事部屋の壁を見てこう叫んだ。

「あれから二十五年たちますが、あなたはまだあのころと同じことをやっていますね。進歩ないですねえ」

見ると、仕事部屋の壁には、

「締切死守！」

という、いつだったかにわたしの書いた紙切れが貼ってあった。

榎本健一

演劇評論家の大木豊さんは榎本健一さんについて次のようなエピソードを書いておられる。

「……そのころ、テノールの二枚目として人気絶頂だった田谷力三をして『これは未来の大物！』と、ほとほと感心させた逸話がある。市川宗家の許しを得て、歌舞伎十八番をオペラに仕組んだ創作歌劇の『勧進帳』で、師匠の柳田が弁慶、田谷が富樫をつとめたときのことである。榎本健一は紋付きハカマの後見で舞台に出ていた。と、ある日、延年の舞を舞っているさなかに、弁慶の数珠《じゅず》が、あッという間に切れてしまった。

ピュッという音がしたかと思うと、舞台一面にぱーっと数珠玉が飛び散ってしまったから、サァたいへん。どうなることかと、客席が一瞬カタズをのんだときには、うしろから、もうひとつの代りの数珠が機をはずさずに、ちゃんと用意されていた。それも、音楽に合わせて出されたのだからオドロキである。

後見の機転で、ともかくも師匠は無事、弁慶の延年の舞を舞いおおせたこと、もちろんである。と同時に、その心がけのよさに楽屋じゅうがビックリ仰天したのはいうまでもない。しかも、自分ではケロリとして、当り前のことをやったまでといった顔つきをしてみせたものだから、評判はますます高まった……」

この榎本健一と、わたしが働いていたころの浅草のストリップ小屋の喜劇役者諸氏を較べてみるとおもしろい。むろん、右の逸話は大正年間のこと、わたしが働いていたのは二十年前の昭和三十一年ごろ、時代もちがうし、軽演劇の在り方そのものも変質しているから単純な比較は成立しないことは言うまでもないが、渥美清、谷幹一、長門勇、関敬六などの喜劇役者諸氏は、榎本健一とは逆の方向、すなわち、相手を舞台の上で閉口させ、立往生させることで切磋《せっさ》琢磨《たくま》していたように思われる。

たとえば、渥美清と谷幹一が舞台で泥棒と警官に扮して芝居をしている。芝居の筋立て上、どうしてもどっちかに重点がかかる。それだけお客に受ける。そのとき、受けない方に扮した役者が突然、たとえば、

「よう、昨日、貸した三十円、今日中に返してくれよな」

と、奇襲をかけるのだ。

舞台という作りものの世界に、いきなり実人生を持ち出し、それで相手を仰天させ、立往生させ、客に受けているのを、邪魔しようとするわけである。が、言われた方も必死だ。

「そういうけど、おまえの履いているその靴はおれのもんじゃないか。そいつを返してくれたら、三十円は払うよ」

「いや、おれはこの靴を担保にとって三十円貸したんだ。まず三十円払ってくれ……」

こうして丁丁発止の喰い合いがはじまる。泥棒と警官とに扮している、という約束事などどっかに吹き飛び、そこには渥美清と谷幹一が在《あ》るのみ。これはとてもおもしろかった。が、それはとにかく、代りの数珠を用意しておくのも、逆に相手の虚をつくのも、それぞれ切磋琢磨の方法だろう。

そういえば、二十年前に浅草のストリップ小屋ですでにスターだった宝みつ子さんが、

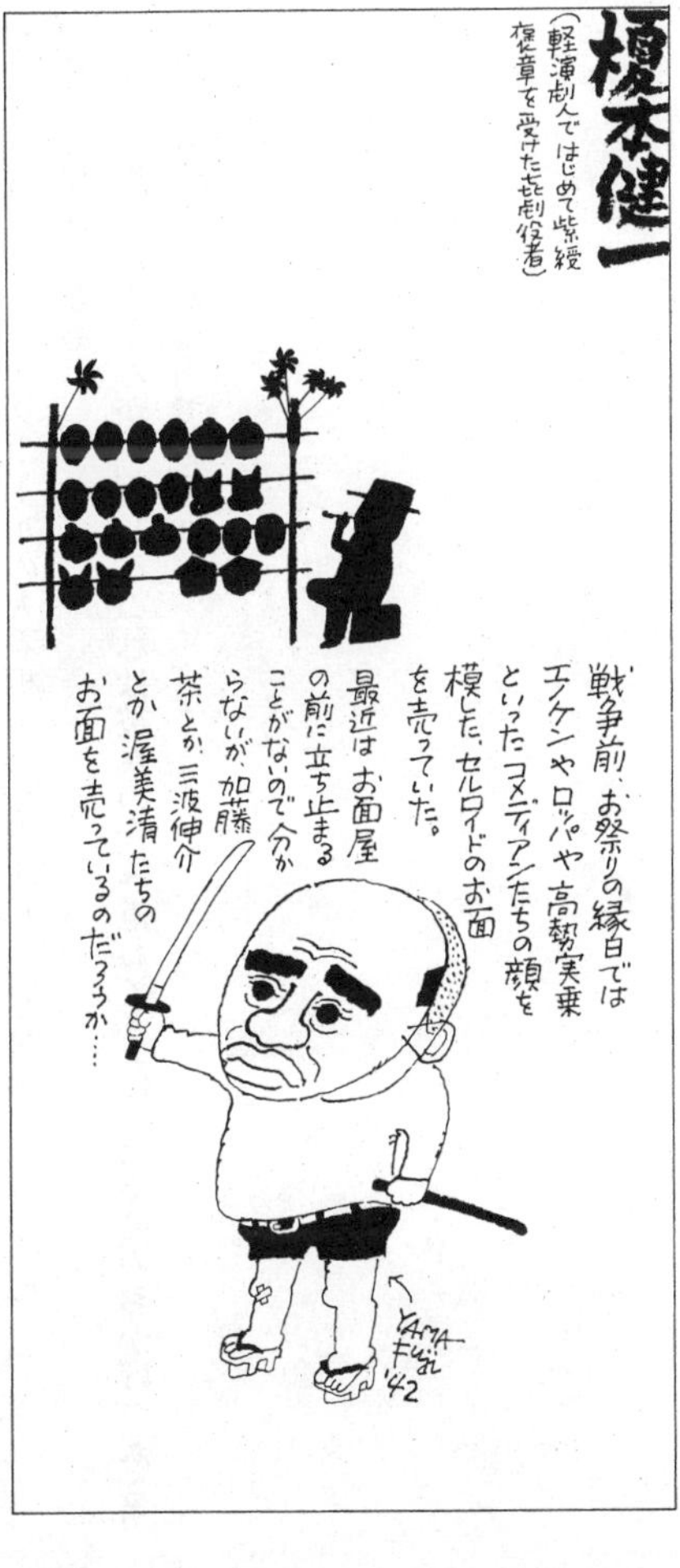
榎本健一
（軽演劇人ではじめて紫綬褒章を受けた喜劇役者）

戦争前、お祭りの縁日ではエノケンやロッパや高勢実乗といったコメディアンたちの顔を模した、セルロイドのお面を売っていた。

最近はお面屋の前に立ち止まることがないので分からないが、加藤茶とか三波伸介とか渥美清たちのお面を売っているのだろうか……

YAMA FUJI

いま、日劇ミュージックホールの大看板として出演している。

「女はお化けだなあ」

とつい思いたくなるが、むしろこれは彼女の積み重ねてきた切磋琢磨のおかげである、と言い直すほうが穏当であろう。

出前迅速

どなたも、蕎麦《そば》屋やラーメン屋の「出前制度」を悪用した、次のような悪戯を一度や二度はおやりになったことがあるのではあるまいか。

たとえば、学生時代、わりあい裕富な家庭の友人のところへ遊びにでかける。その家へはちょくちょく出かけているから、なんとなく出入りの蕎麦屋やラーメン屋の屋号は覚えている。

そこで彼の家の近くまで行き、公衆電話ボックスに十円を投資し、友人の家の名を名乗って、

「天ぷらそばを至急出前してください」

などと告げるのである。もちろん、この際、天ぷらそばに、自分の分を加えて註文することはいうまでもない。そして、附近の本屋かなんかで立読みをして時間を潰し、蕎麦がちょうど届いた頃合いを見計って、

「やあ、遊びにきたぜ」

と、友人宅の表戸を叩く。友人宅では、ちょうど、註文した憶えのない天ぷらそばが、家族の人数よりも一個多く届いたので、出前持のお兄さんとかんかんがくがくの言い合いの最中。

だが、こっちが訪れたことで数も合うので、

「ま、それでは蕎麦をいただいておくことにするよ」

ということになり、こっちはこうしてまんまと蕎麦にありつくことができる。

わたしたちもずいぶんこの手を使ったが、いつだったか文字通り『出前迅速』の蕎麦屋があったために、見事に喰いそこねた経験がある。本屋で立読みをして頃合いを計って、

「やあ、遊びにきたぜ」

と、友人の家の表戸を開けたら、なんともうみなさん、蕎麦を喰べ終ったところだったのだ。

「いやあ、今日はじつに不思議なことがあってね、註文もしないのに天ぷらそばが届いたんだ。ちょうどみんなそばでもとろうか、と相談していたところだったので、渡りに船ととびついちゃった。おれなんか二つも平らげたのだぜ」

と、友人が語るのを聞きながら、あまり出前迅速というのも困るなあ、と口惜しく思ったものである。

物書き稼業も、註文を受け、それを作り、そしてできれば早く届ける、という点で蕎麦屋の出前と原理は同じである。わたしは物書きを業とするようになってから、一度も『出前迅速』の看板を掲げたことはないが、そしてまた、物書きに出前迅速者というのもそうはいないが、放送の仕事をしていたころ、ひとりだけ、仕事のべら棒に早い人を

出前迅速
（注文された家へ至急にとどけること）
お待ちどうさま！タヌキにキツネにチカラでしたね……
ア、いけねエ！そば屋とゲテモノ・プロダクションとまちがえて電話しちゃった
YAMAFUJI '75

見たことがある。

　彼は構成番組のライターであるが、あるとき、週一回で一年間続く番組を彼とわたしで書くことになり、ディレクターをはさんで放送局の喫茶室で放送第一回と第二回の打ち合せをした。まず彼担当の第一回の相談がはじまった。傍で見ていたわたしは、彼が綿密にメモをとるのにびっくりしたが、それより仰天したのは、相談を終えたディレク

ターが、

「原稿は来週の月曜にはいただけますね」

と訊いたときに、彼が例のメモを差し出して、

「もうできてます」

と答えたことである。みると、それはメモ用紙ではなく小型の原稿用紙で、ひと枡《ます》ひと枡に、胡麻粒《ごまつぶ》のような字が入っていた。

ところで、この「出前迅速」という題名は吉行淳之介さんから、ひと月ばかり前に頂戴したものである。それがやっといま、どうにかこうにか形になった。これはやはりどう考えても出前不迅速である。

通勤電車

バス以外の乗用車に乗ったのは、昭和二十四年の秋が最初である。そのときの小生は中学三年生、車はフォードのステーション・ワゴン、運転者はカナダ人のカトリック神父、そして乗せてもらった距離は一関――仙台間の約百二十キロ。

つまり神父は一関から仙台の孤児院へわたしを車で送ってくれたのだが、このときはずいぶん吐いた。吐きながら、こんな苦しい思いをするなら、金輪際、車には乗るまい、と決心したことを憶えている。

それ以来、どうも車とは相性が悪い。いまでも徹夜をしたあとで車に乗ると気分が悪くなる。それでも免許が欲しいと思った時期があり、二年間にわたって四つの教習所を転々とし、さらに実地試験を十三回も受けたが、ついに免許はとれなかった。車が嫌いなのに免許を欲しがったのがいけなかったのだろう。

とまあそんなわけで、わたしはもっぱら電車や地下鉄を利用しているが、朝のラッシュ時の通勤電車に乗り合わせるたびに、ほんとうに仰天してしまう。まことにもってすさまじい混み方である。

医学評論家の水野肇さんによると、

「東京のサラリーマンの通勤時間は一日平均三時間二十分、この通勤によって一人平均六百キロカロリーが消費される」

そうである。

もっともこの熱消費量は〈吊革に摑まっていた場合〉で、吊革にも摑まらずに体重の移動のみによってバランスをとり、足を踏まれ、前後左右に押し押されし、なおかつ文庫本や小さく畳んだ朝刊を読む、というような場合は、とても六百キロカロリーではおさまるまい。おそらく、千キロカロリーは超すのではないか。人間の摂取する平均熱量を三千キロカロリーとするとすなわち、摂取したカロリーの約三分の一は、通勤電車の中で消費されるわけで、サラリーマンは無気力だなどとよく聞かれる批評はまったく当を得ていないと思われる。やる気十分で家を出ても、よほど超人でもないかぎり、会社へ着く頃はやる気が失せてしまう。サラリーマンにやる気を起させたいのなら、通勤電車をもっと空《す》かせなければいけないだろう。

が、一方ではサラリーマンは仕合せだなあと羨しく思うときもある。若い美人とぴったり躰を密着させ、たとえば千葉から秋葉原まで小一時間も揺られるなぞ極楽ではないか。満員の通勤電車にしばしば乗るようになってはじめて、わたしは泉大八さんや宇能鴻一郎さんの小説をおもしろいと思うようになった、とは隣の芝生はいつもきれい式の観方か。たまにだからいいので、毎日、美人とぴったりひっついていてというのも倦《あ》きるかもしれない。

ところで、小説を書きはじめたころ、通勤電車に好んで乗っていたことがある。車内には中間小説誌の広告がぶらさがっているが、自分の写真の載っている広告の下に立つようにして、市川から新宿まで行ったりするのである。

「あら車内広告に載っている写真とその下に立っている男性の顔が瓜ふたつだわ。ということはあの男性が小説家？　へえ……」

などと美人に言ってもらいたくてそんな真似をしたわけだが、われながら浅はかなは

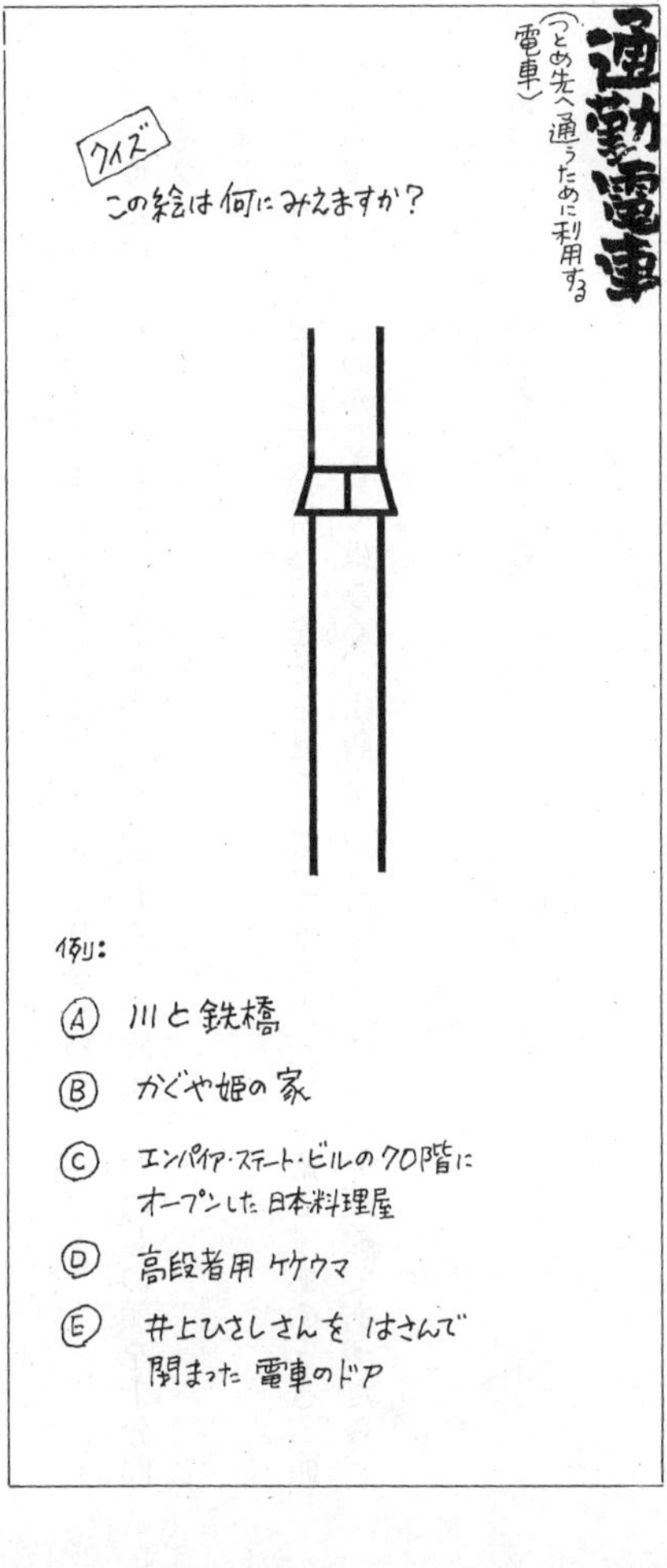
通勤電車
（つとめ先へ通うために利用する電車）
クイズ
この絵は何にみえますか？
例：
Ⓐ 川と鉄橋
Ⓑ かぐや姫の家
Ⓒ エンパイア・ステート・ビルの70階にオープンした日本料理屋
Ⓓ 高段者用ケケウマ
Ⓔ 井上ひさしさんをはさんで閉まった電車のドア

なしだ。

もっとも天罰てきめんで誰もわたしに注目はしてくれなかった。

ただ一度だけ、女子大生らしき娘さんが、頭上のわたしの写真とわたしの顔を十分間ぐらい見較べ、

「……まさか!」

というように首を振って窓外へ目をそらせたことがあっただけである。あのとき、頭上にぶら下っているのが写真ではなく、山藤章二さん描くところの似顔絵であったら、彼女は、

「……まあ、やっぱり」

と言ってくれたのかもわからぬ。

学者貧乏

太平洋戦争の前だったか、そのさなかだったか、記憶力に乏しいので忘れてしまったが、とにかく、上海租界を生涯のテーマとして自らに課し、研究にいそしんでいた学者がいたそうである。苦労して資料を集め、金の算段をして上海へ何度も足を伸ばし、一日に何十本もの煙草を灰にして考えに考え抜き、これでよし、これで立派な、そして長大な論文が出来ると、机に向ってまる一年、寝食を忘れて書き綴れば、これが最初の予想をはるかに越えた立派な出来栄え。ところが、そのときちょうど戦争終結、上海租界がなくなってしまったので、その論文もあまり値打のないものになってしまったという悲しいはなしがある。

放送作家をしていたころ、わたしは二年ほど、さる農学者の離れの二階に下宿していたことがあるが、この学者にも右のとよく似たはなしがあって、ご本人から直接にそれを伺うたびに思わずホロリとしたものだった。

このご主人は兎についての権威であるが、彼が最初に博士論文を準備したのがやはり戦争中、テーマは「どうしたら兎の糞からビタミンがとれるか」だった。そのために彼は何十羽もの兎を自宅に飼い、朝夕、巣箱から糞を収集し、それを分析したり、薬品に浸したり、乾かしたり、練ったり、まるめたり、こねったり、果ては舐めたりして、研究にいそしんだが、そのうちにだんだんと食料が乏しくなると、この兎に目をつけているんな人間が彼のところを訪れるようになってきた。

娘の結婚式の披露宴に兎の肉のお吸いものを出したいといってくる知人（若い方たちは、兎肉のお吸いもの、などと聞くとお笑いになるかもしれない。がしかし、当時、兎肉は御馳走だったのです）、出征する息子に兎鍋をたべさせてやりたいと訴える伯母さん、その他、病人に滋養のあるものを摂らせたいので、子どもが病弱で、姉が結核で、兄が戦地から帰還したので、妹が疎開に行ってしまうので、弟が年下なので、お嫁さんが女なので、といい加減な理由をつけてどんどんわいわいつめかける。このご主人は自分の研究よりも「人間」の方をはるかに大切にする人だったから、たとえ嘘とわかっていても断われない。ただみたいな値段でどんどんわけてやってしまう。やがて、戦争末期、ましな食料品はほとんど姿を消し、ついにご主人自身が食物に困るようになった。そこで彼は、自分の研究材料を食べざるを得ず、とうとう兎の糞からビタミンがとれるかどうか、という研究は中途でやめた。

研究材料の兎を一羽ずつたべて行く、でないと自分が飢える、この辛さやるせなさはわたしにもわかる気がする。かつて金に困っていたころ（といったからって、いまは金に困っていないということではないのです）、本を売って食事代にあてていた。ああ、あの英和辞典がこの一皿のカレーライスに化けたのか、そう思うと、腹は空いているのに余り美味しくはなかった。

学者貧乏
（学問を研究する人は貧しいということ）
① このまま決裂
② 共産党が歩みよる
③ 社会党が歩みよる
④ 美濃部氏翻意する
⑤ 両党独自候補をたてる
エーイ! 有金はたいて ②—④の 一本買いだッ!!
都知事レース

わたしの遠い親戚に料理学の研究家がいる。料理といっても救荒食料の調理法が専門なのでまったくお金には縁がない。

救荒食料の調理研究とは、つまり凶作のときなどに松の皮やわらをどう調理すればおいしくたべられるかを考えることであるが、この間、彼のうちで「わら餅」というのを馳走になった。わら餅は、わらを細かく刻み、三日間水につけ、乾かしてフライパンで煎《い》り、それを粉にし、里芋を少しまぜて餅状にしたもので、そう悪い味ではなかった。

この研究家の場合は恵まれている。なにしろ貧乏であればそれだけ自分の研究の基礎をひろげることになるのであるから。学者と彼の研究主題との関係はこれでなかなかおもしろいものだ。

引越荷物

三月に引越をする予定があるので、毎日一個ずつ引越荷物を作っている。わたしの家の場合、難物は書籍である。本は重くてかさばっていて、乱暴に扱うとすぐ痛む。かといって一括して古本屋に売っ払ってしまうという決断もつかない。わたしは本にすぐ色鉛筆やインクやサインペンで傍線を引く癖があり、そういう本は高くは売れないのである。売っても金にならないのだから、仕方がないから手許に置いておこう、というわけ。わが家を訪ねてくださる方は本の山をごらんになって「ほほう、なかなかの蔵書家でいらっしゃる」とおっしゃってくださるが、なに、わたしの場合はそんなわけで消極的な蔵書家にすぎないのだ。

書棚の本が片がついたので、次に押入れの中に突っ込んでおいたがらくたの整理をはじめたが、ここで妙な紙片が数百枚でてきた。

複写用の方眼紙にたしかにわたしの筆蹟で文字がぎっしりと詰まっている。

U　メチルアルコールで渋抜きした柿が出まわっているそうです。これは食品衛生法で禁止されています。

R　いま帰ったよ。

K　（子どもの酔っぱらい）ウィッ、よう、父ちゃん、元気かよ。
R　なんだ、子どものくせに赤い顔して。
C　じつは、あなた、この子、おやつに柿をたべたんです。
M　ジャン
S　宮城県気仙沼市の警察署で、勤務中に取調室で麻雀大会。
X　おまわりさん、たいへんだ！　コロシです。殺人事件です！
R　ちょっと待ってくれ。ちょうどいまリーチをかけたところだから。
M　ジャン

とまぁたとえば右のような具合、RとかUとかXとかは声優タレントさんの略称である。Rがロイ・ジェームス氏だったということだけは憶えているが、あとは失礼ながら忘れてしまった。ただし、Mは音楽のこと。

さて、この複写用の方眼紙の山はなにか、というとこれが放送用台本なのである。いまを去る十年ばかり前、東京放送ラジオに、毎日午後一時から三時までの二時間にわたる公開生放送番組があったが、これは放送開始直後の十分間に演じられたコントの台本。放送台本というのはたいてい謄写版刷であるが、この番組ではわたしが複写用の紙に書いたものをリコピーで採り、出演者に自分で配布していた。番組予算が足りなかったわけではない。このコントの趣旨は、放送当日の朝刊からかならず材料を拾う、というところにあり、そこでわたしは毎朝十時にはTBSに行き、午後一時の放送開始までにコントを十本、スタジオへ届けていたのである。原稿を印刷所に渡していたのでは間に合わないのだ。

この仕事をわたしは一年ばかり続けたが、やがてやめた。ある日、明け方まで別の仕

引越荷物
（居所をかえることに伴う荷物）
新聞
売れば三文
取っときゃ場所とり
読んでりゃ女房に叱られる
古着
着れば恥ずかし
あげればめいわく
燃やせば近所からどなられる
女房
連れてきゃ気分が変わらない
置いてきゃ通帳はなさない
殺しゃ新居がかたずかない
軟派にっぽんの100人 山藤章二
ドン松五郎の生活 井上ひさし

事をし、二、三時間だけ仮眠しよう、と横になったのがいけなかった、はっと目を覚すともうお昼すぎ、放送開始まで一時間もない。あわててＴＢＳに出かけたが、局に着いたときすでに放送が始まっていた。大変なことになってしまった、と思いながらわたしは局の廊下のラジオの前に立って放送を聞いた。出演者たちは十分間、雑談でごまかしていたが、これが台本のあるときのお喋りよりずっとおもしろかった。表向きは間に合わなかった責任をとってやめたのだが、そのじつは台本のない方が放送がおもしろいというのを知って自信を失くしたのだった。

隣室探聴

このあいだ、十日ほどホテルにこもって仕事をした。小さなホテルで造りも雑、隣室の話し声や物音がそっくり聞えるので、仕事がはかどらずに困った。

もちろん、おもしろいのは話し声の方であって、その多彩さ（なにしろ隣室には毎日違う客が入る。したがって多彩なのは当り前である）、その迫力、そのポルノ度のものすごさは大層なものである。

それについて書くのがもっともおもしろいのだろうが、もしそれをすれば夕刊フジがワイセツ罪で発売禁止になるおそれが生じる。そこで物音について書くだけで諦めることにしよう。

造りの粗雑なホテルにおいてもっとも高らかに響く物音は、意外なことに、浴室の便器に放つ小便の音である。捨丸の猥褻《ばれ》唄に、

十七、八の別嬪《べつぴん》さん、小便する音聞いたなら、松虫鈴虫鳴くように、ちんちろりんかこんちろりん。

奥さん方のは唐物屋へ入ったように、繻子《しゆす》・緞子《どんす》・羽二重・縮緬《ちりめん》・呉絽《ごろ》呉絽と。

六十ばかりのばあさんは、国づくしで、出羽・出羽・奥州・奥州・備前・備中・備

中……

という傑作があるが、これにならって隣室の客の小便音を戯唄に仕立てれば以下の如くになるだろうか。

女子大生の小便する音聞いたなら、ドッグショップに入ったようで、ドーベルマン・ドーベルマン・プードル・狆《ちん》・狆・チワワ・チャウチャウ・ポインタ・ポインター……

賢明な読者諸兄にいらざるお節介のようであるが、なるべく声を出してお読みいただきたい。そうしますと『音の感じ』がよく出ると思います。

銀座のホステスさんの小便する音聞いたなら、お花畑で遊んでいるようで、フリージャー・ジンジャー・ペチュニヤ・タンポポ・ボタン・ボタン……

どこかのおかみさんの小便する音聞いたなら、動物園へ行ったようで、駝鳥《だちょう》・獏《ばく》・大蛇・大蛇・象・豹・パンダ・テン・テン……

どこかのおばさんの小便する音聞いたなら、世界文学全集読んでるようで、ゾラ・ゾラ・ソルジェニツィン・ドストエフスキイ・ジード・ドスパソス・ドーデ・ジャリ・ジャム・シャミッソー・ポー・ポタペンコ・ボッカッチョ……

どこかのばあさまの小便する音聞いたなら、日本文学全集読んでるようで、漱石・

隣室探聴
（となりの部屋の物音をさぐりきくこと）
となりの小説家の歯ギシリ寝ゴトをきいたなら西洋美術展を見るようで
キリコキリコ
ダリダリダリ
ゴヤゴヤモネモネ
ロダン!!
（ベッドから落ちた音）

達三・健三郎・昭如《しょうじょ》・次郎（阿部）次郎・千代千代・左千夫……

なんで隣の客の職業がわかるのか、と首をお傾げになる方がおいでになるかもしれないが、フロントの女の子と仲よくなり、彼女に聞いたのである。

仲よくなり、といってもべつに怪しい間柄になったわけではない。無駄口を叩き合うほどの仲になった、というほどの意味だ。

良妻賢母

武蔵野市にある、「良妻賢母」の育成を伝統としている私立女子高校がもめている、という記事が二月二十日付の朝日新聞に載っている。入学当時から、髪形を変え、スカートの丈を長くし、つけまつげをつけ、喫茶店に出入りし、煙草をふかし、昨年のクリスマスイブには渋谷のバーで開かれた怪しげなパーティに出席する、などしていた生徒七人に学校側が退学を勧告したのが事の発端、七人のうち勧告に従わない三人を退学処分にしたことから父母の一部と学校側が目下激しく対立中、だそうである。

このやや滑稽な事件に関して、批判がましいことを書き加えるのはよす。だいたい、わたしとこの私立女子高校とは全く縁もゆかりもないのだから、黙っているのが筋道だろう。が、ひとつだけいえば、学校側の措置に対して「校則を犯したことは悪いが、いきなり退学というのは乱暴な話だ。これは教育を受ける権利を一方的に奪うもので私学といえども許されない。事情聴取の方法も暴力的で行き過ぎ」と処分撤回を要求している父母側の方が、どうしても旗色が悪いのは否《いな》めない事実だろう。ある私立高校に入学するということは、そこの高校の校則を守る、ということと同義である。子どもにそれを守らせるのがいやならば、はじめからそんな学校に入れるべきではない。校則と子どもとが適《あ》わないのだから、できるだけ早く子どもを校則＝学校から引きはなしてやるのが親の愛情というものだ。また、高校二年生の女の子が煙草をふかし、つけまつ毛をし、バーに出入りするというのは奨励には値いしない。これは親がなっていないのである。「教育の権利を一方的にウンヌン」よりずっと前の、親と子の問題である。そのへんのことをまず親が解決しないうちは、子どもはますます悪い方へと嵌《はま》っていってしまうだろう、なーんちゃって、恰好つけるのはよそう。うちの豚児《とんじ》たちだって、まだ小学生であるが、もう煙草ぐらい吸っているかもわからぬのだ。明日は我が身、という古諺もあるではないか。

学校側の掲げる「良妻賢母の育成」という校則も、考えてみればいい気なものである。そんな結構なものがたかが学校教育で育成できるものか。学校は子どもに読み書き考え算盤《そろばん》をみっちり仕込めばよい。子どもはそれをいやがればよい。そのいたちごっこがじつは教育で、いたちごっこの間に友だちが出来る。友だち、これが学校の唯一のメリットだ。学校側がそのへんを反省しないうちは……とまた恰好をつけてしまった。じつは良妻賢母を、

旅妻券母（亭主や子どもより旅行好きな妻）
虜妻剣母（亭主を捕虜と間違えている妻）
猟妻研母（パチンコ・競馬・競輪などに夢中、景品や賞品を猟することに熱心な妻）
寮妻倹母（亭主を下宿人か寮生と間違え、いいものもくわせずへそくりをためこむ

妻）

凌妻喧母（たえず隣近所と張り合い、附近の奥さん連をあらゆる面で凌《しの》ごうと思っている妻）

寥妻犬母（亭主より犬が大切、犬を相手にひっそりと暮す妻）

涼妻変母（不感症でいつも冷たい変な妻）

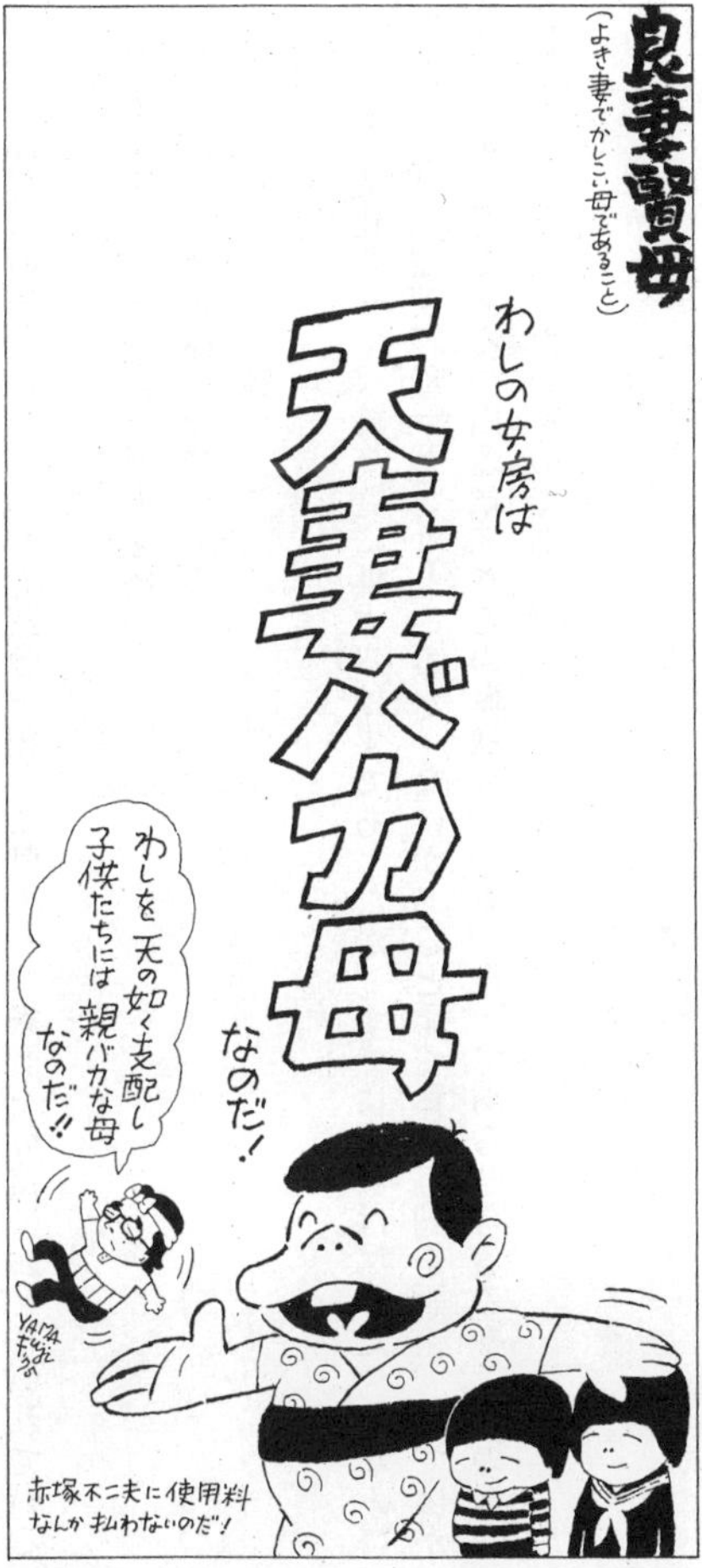
良妻賢母
（よき妻でかしこい母であること）
わしの女房は
天妻バカ母
なのだ！
わしを天の如く支配し子供たちには親バカな母なのだ!!
赤塚不二夫に使用料なんか払わないのだ！

雀妻献母（麻雀狂いで、いつも賭金を相手に献上し、家計を危機におとしいれている妻）
強妻拳母（すぐ亭主に暴力を働く妻）
脅妻険母（すぐ亭主を脅かす妻）
両妻兼母（愛人を持つ妻）

などと変化させて、御高覧に供するはずであったが、すでに紙数は尽きた。ちなみにわが愚妻は「療妻寝母」というところか。なにかあるとすぐ体の不調を訴え、寝てばかりいる怠け者である。山藤章二さんの奥様は「○妻○母」であらせらるるや。この機会に教えていただきたいものである。

流行公害

お祭りはわたしたち日本人の十八番《おはこ》である。

どんなことでも、お祭りの神輿《みこし》に仕立てあげてしまう。つまり、一時の流行にしてしまう。たとえば「公害」がそうだ。

古い資料で恐縮であるが、NHK資料センターの調べによると、昭和四十六年六月までに、マスコミにあらわれた「公害」の複合語は、

政治公害、ダンプ公害、アポロ公害、食品公害、セロハン公害、競艇公害、ハト公害、ハトフン公害、安保公害、マスコミ公害、みのべ公害、ガム公害、なれあい公害、悪臭魚公害、森林公害、いびき公害、観光公害、トバク公害、アルミ公害、火災公害、雑草公害、ブタクサ公害、ビリビリ公害、レコード公害、砂じん公害、圧迫公害、生活公害、アンケート公害、医師公害、イヌ公害、衣料公害、SST公害、親バカ公害、飼犬公害、ワン公害、行政公害、薬公害、競馬公害、国道公害、殺虫剤公害、農薬公害、採石公害、消費公害、消防公害、スーパー公害、植物公害、スト公害、精神公害、セメント公害、東名公害、新幹線公害、土建屋公害、風俗公害、物価公害、ゴミ公害、毛髪公害、連呼公害、マンガ公害、パチンコ公害、マンション公害……

など、優に百を越しているそうだ。この調査から四年近くの日月を経《へ》た現在では、ひょっとしたら、二、三百に達しているかもしれない。まことにすさまじい流行ぶりではないか。

だが、これだけ「公害」の複合語が並ぶと、そこにのっぴきならぬ、ある真実がたちあらわれてくるからおもしろい。

すなわち、「公害」はどんな言葉とでも接合できるのだ。つまり、「公害」と理屈とはどこへでもつくのである。

たとえば、女房が数回続けてぬるま湯を亭主にすすめ、亭主がそのために風邪を引いたとする。そのとき、亭主は「いやあ、ぬるま湯公害でねえ」と友人に渋面でぼやくかもしれない。

また、ある夕べ、仲間が四人で麻雀卓をかこんでいる。最初の東場、上りパイがすべて「東」である。そのとき、つもられたり振り込んだりしてもっとも出血の多かった者は、「まったく、これでは東公害だ」などと呟くかもしれない。

すなわち、大切なことはこうだ。公害というコトバがなんにでもつくということは、公害というコトバの中身がすでに稀薄だ、ということなのである。あってもなくてもよいコトバになってしまっているのだ。

これではイタイイタイ病や水俣病の患者たちが浮ばれまい。イタイイタイ病や水俣病も公害、ハトフンやブタクサ、ぬるま湯や東牌も公害では、あまりにも不公平ではないか。

公害や差別など、生命《いのち》がけで苦しんでいる人たちが現に存在するのに、このコトバを他のことに次々に転用し、流行語化することにわたしは賛成できない。公害病患者たちに救いの手ひとつさしのべてやることのできないわたしたちである、せめて、この人た

流行公害
(なんでも はやりものにしてしまう 公害)
慷慨
笄
梗概
口蓋
口外
郊外
黄害
鉱害
コウガイ だらけの男

ちのために「公害」というコトバをとっておいてあげなくては。彼等が「公害」というコトバを楯にすこしでも有利に戦いを展開できるように——。

不眠退治

わたしのところで飼っている柴犬の雄が神経症にかかった。

犬の三大病というのは、一がジステンバー、二がフィラリア、三、四がなくて五が狂犬病だそうであるが、ちかごろの犬は人間なみに神経症によくかかるらしい。犬の神経症には大別して不眠症と夜尿症のふたつがある。わが家の犬がかかったのは、不眠症の方だ。

犬の名前は鈍兵衛と言い、ちかごろ上梓した『ドン松五郎の生活』（新潮社）という小説の、彼はモデルである。わたしは犬は好きではないが、モデル料をまだ払っていないという負い目がある。そこでこの犬の不眠症退治に懸命になった。

といっても、犬の不眠症治療は簡単である。ステレオ用のレシーバーの片方に懐中時計を仕込み、それを、夜間、犬の耳にかけてやっただけである。

人間の不眠症を治療するとき、特に初期の場合には、枕元に目覚し時計を置くのが効果的だとされている。不眠症は、眠ろうとしている心に次から次へとさまざまな想念の襲いかかるのが主な原因だが、時計を枕許に置き、その単調に時を刻む音を聞くことによって、自然に精神の統一ができ、雑念は消える。

犬に雑念などあるのかどうか、それは知らないが、とにかくこれを犬に応用してみたのである。

そして結果は上々吉、犬は最初の晩からよく眠った。もっとも、この療法には弊害があるので、どなたにもあまりおすすめはできない。

なんとなればうちの犬はそれ以来、レシーバーをかけなければ眠らないようになってしまったのだ。つまりわたしはレシーバーと懐中時計を各一個ずつ損してしまったわけである。

それはとにかく、犬の不眠症治療にあたりながら、わたしは動物のかかりやすい病気について考えてみた。どうせわたしの考えることだから埒もない内容にきまっているが、その一部をご紹介しよう。

カナリアは健忘症（なにしろよく歌を忘れる）
蟻は糖尿症（甘いものの摂りすぎ）
もぐらは痀瘻病《くるびょう》（日光不足）
モルモットは対人恐怖症（人に殺されてばかりいる）
狸《たぬき》はボウコウ炎（狸のなんとか八畳敷）
みみずは腫れもの
虎はトラホーム
鵜《う》は胃病（食物をよく嚙まない）

おろちは過食（大根おろちは消化をたすけるのでつい……）
いるかは蒸発（いるか、というといつもいない）
きりんは肥満症（きりんビールの飲みすぎ）
かわずは金欠病
みずすましは神経症（日本各地どこへ行ってもみずは澄んでいない）

不眠退治
（安眠できない病を退治すること）
横にすると目をつむる人形は もう時代おくれ！
最も今日的な人形は 現代の都会人を象徴する不眠症人形〈フミンちゃん〉です。
横になるとパッチリ目があき、おきると目をとじ
ペンを持たせると イビキをかきます！
（但し、「ドン松五郎の生活」を持たせると
おこしても 目をランランと光らせます……）

ふぐも神経症（このあいだ人間国宝を殺してしまったので）
兎は化粧かぶれ（毛皮ブームで若い女性を飾る。そこで彼女のつけている化粧品のために）
ふくろうは不眠症
あんまりくだらないからもうやめましょう。しかし、考えてみると、たとえば日本沿海の魚などは、真面目なはなし、流出石油や工場汚水でみんななにかの病気なのかもしれない。
そして日本人もまた……？

四股名考

相撲力士の四股名《しこな》は、ほとんど漢字の二文字か三文字で、四文字は珍しい。現力士では琴乃富士ただひとりである。この傾向は相撲の歴史がはじまって以来ずっと続いているようで、たとえば江戸時代から明治時代までの、漢字四文字の四股名を、何百枚にも及ぶ番付から拾ってみると、以下の六名だけである。

倶梨伽羅《くりから》（寛永元年、東前頭筆頭）
田子乃浦（慶応四年、東前頭五枚目）
出釈迦山（明治七年、東前頭十四枚目）
小伊勢川（明治中期、幕下）
近江富士（〃）
琴乃富士（現力士）

ただし、漢字では四文字であるが、音にすると、倶梨伽羅を除き、いずれも五音である。

ということは、大切なのは音の数であって字の数ではないのであろう。四股名は四音か五音、という常識のようなものがあって、まず音が決まり、それと同時に文字が音に引き出されるようにして決定する、ということなのだろうか。

なにしろ、音が極端に短かったり長かったりしては呼び出しが苦労する。いくら強そうだからといっても、

〽東ィ、北の湖。西ィ、偉《い》。

と、一音では気が抜けるし、じゃ長ければいいのだろうというので、

〽東ィ、北の湖。西ィ、偉《い》武《ぶ》気《き》荒《あら》熊《ぐま》硬《こう》攻《こう》鉄《てつ》腕《わん》大《たい》叛《はん》般《はん》若《にゃ》鬼《き》子《し》母《ぼ》神《じん》蛮《ばん》強《きょう》 玉《ぎょく》 腰《よう》山……

では、呼び出しの息は長く続かなくなる。四音か五音で、字数は二文字か三文字、これが四股名の「相場」になったのだろう。

そこで、今度は二文字と三文字の四股名では、どちらが統計上、出世する率が多いかを、たとえば、明治年間八十八場所（明治元年から同四十五年までの総場所数はわずかに八十八場所なのだ）の優勝力士から割り出してみよう。

梅ヶ谷　十一回
常陸山　七回
太刀山　七回
小錦　六回
荒岩　六回

兜山　五回
大達　四回
増位山　四回
武蔵潟　三回
鳳凰　三回

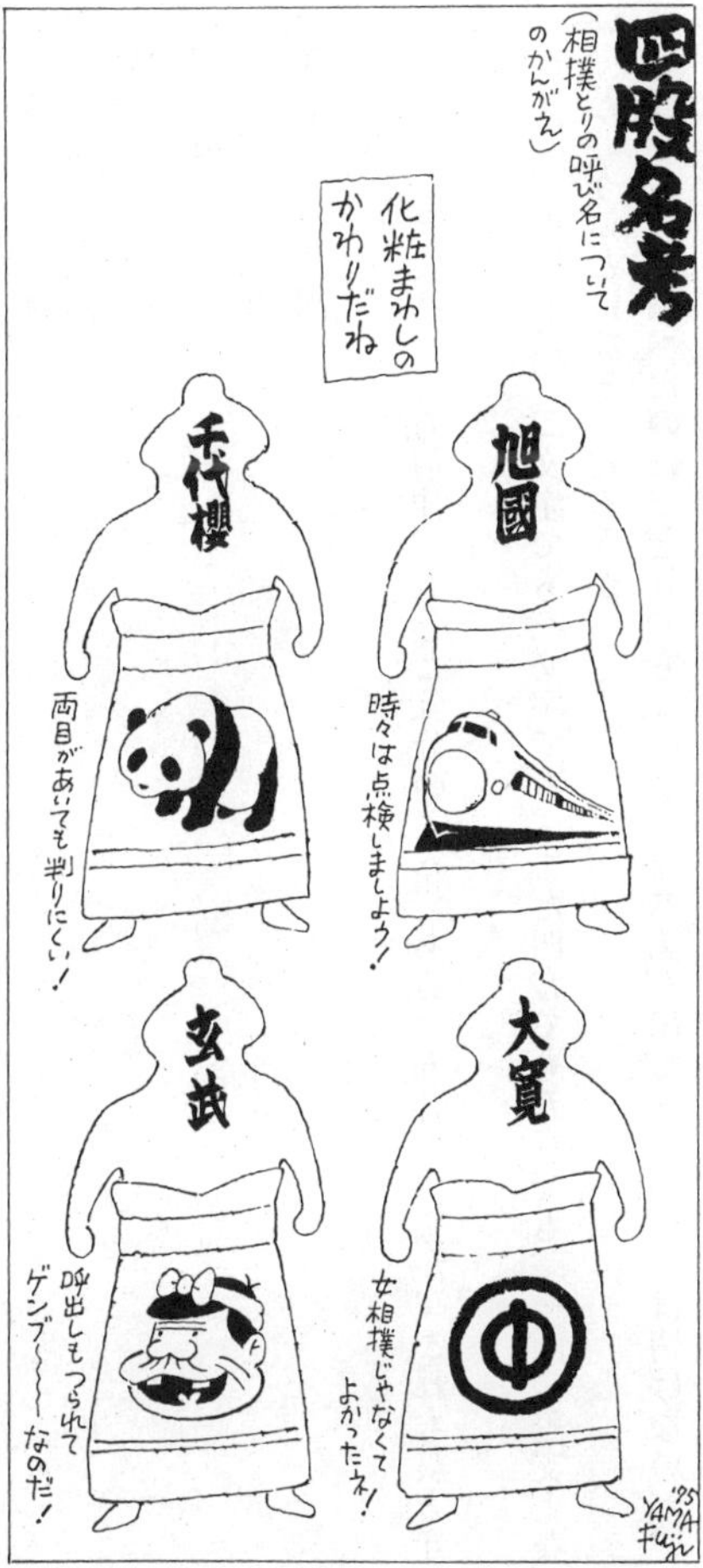
四股名考
（相撲とりの呼び名についてのかんがえ）
化粧まわしのかわりだね
旭國
時々は点検しましょう！
千代櫻
両目があいても判りにくい！
大寛
女相撲じゃなくてよかったネ！
玄武
呼出しもつられてゲンブ〜〜〜なのだ！
'95 YAMA Fujii

若島　二回
一乃矢　二回
西ノ海　二回
八幡山　二回
大戸平　二回
朝潮　二回

二文字と三文字、実力伯仲、五分と五分のようである。五音か四音か、これも双方互角だ。

つまり、四股名は、二文字でも三文字でも、また四音でも五音でも、一向に差支えない、ということになるのだろうか。

時間をかけて調べたのに、どうでもよいような結論が出てしまったのは情けないが、事実はまげられぬから仕方がない。

ところでつけ加えるまでもないことだが、四文字の四股名の力士は一人も優勝を果していない。

電話相談

会社勤めの紳士淑女のみなさんは、あるいはご存知ないかもしれないが、毎夕四時から三十分間、ＴＢＳラジオで『ラジオこども電話相談室』という番組を放送している。

この番組の歴史は古く、わたしが放送ライターとしてＴＢＳをウロチョロしていたころにすでにこの番組は存在していたから、スタートしてもう十年は経っているかもしれないが、わたしの管見によれば、ラジオテレビを含めたあらゆる番組のなかで、これがもっともおもしろい。ＮＨＫが出している放送文化賞なども、財界のおえら方に色目ばかりつかわずに、たまにはこういう番組を授賞の対象に選んではどうかと思われるが、まあこれは余計なお節介かもしれぬ。

ではいったい、この番組のどこがどう秀れているのだろうか。まず、聴取者の子どもが電話で問い合わせてくる質問が凄い。

たとえば先週、小学一年生の女の子が次の如き質問を発してきた。

「わたしは兄さんに数には限りがないといいました。すると兄さんは数には限りがあるといい返してきました。いったいどっちがほんとうでしょうか」

これは数学の根本、というより哲学の根本に触れる大問題だろう。

それを小学一年生がさらりと尋ねてくるところが凄いではないか。

これに対し、無着成恭さん以下の解答陣がどう答えるか、ここがこの番組の聞かせどころ、すなわち山場である。しかも相手は子どもであるから、難しい術語や七面倒な理屈を並べても納得しない。解答者たちは、自分自身の学問の質を、じつはここで試されるのである。

さて前掲の質問に対して無着先生は、そのとき、こう答えた。

「お兄さんにこうたずねてごらんなさい。まず『お兄さん、お兄さんは数に限りがあるというけれど、それではお兄さんが考えているもっとも大きな数を頭の中に思ってみて』というんですよ。お兄さんが『うん、思ったよ』と答えたら『じゃあ、そのお兄さんの思っているもっとも大きな数に一を加えてみて』と訊いてごらんなさい……」

たしかに、これでこの哲学上の難問は解決である。これだけのことで数に限りがないことがみごとに証明されたのだ。しかも、無着先生の「あのね、そんでね、こうなのよ、つまりね、わかるでしょ。どうしてもね、それだからやってしまうわけなのよ。だからね、それは仕方のないものなの。わかったかな。ちょっとむずかしかったかな」式の口調のおかげで、げらげら笑いながらのうちに、である。

すこし大げさな言い方かもしれないが、わたしは無着先生のうちにかのプラトンを見る。プラトンは、問答によって青少年たちを哲学の世界へ招じ入れた。が、無着先生はいまそれと同じことをやっていられるのではないか。プラトンと無着先生とのちがいは、肉声の会話か電波を媒介としているか、それぐらいでしかない。

わたしはいま子どもの声色を研究中である。子どもの声が出せるようになったら、この番組に質問を発するつもりだ。

「地球には北半球と南半球とがありますが、阪急デパートはどっちの半球だろうか」という質問を。

これに解答者たちはどう答えてくれるだろうか。もっとも、その前に、駄洒落の質問

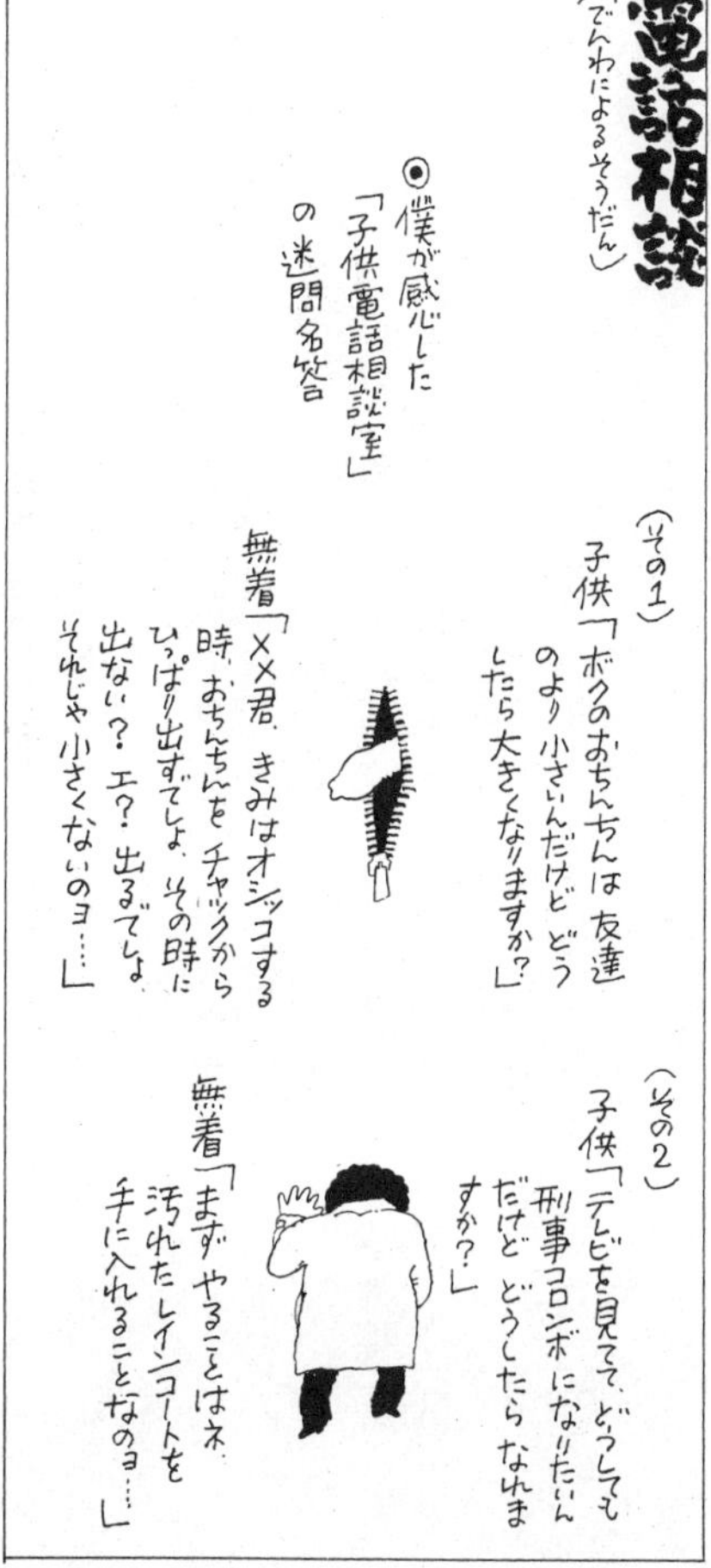
電話相談
（でんわによるそうだん）

◉僕が感心した「子供電話相談室」の迷問名答
（その1）

子供「ボクのおちんちんは友達のより小さいんだけど どうしたら大きくなりますか？」

無着「××君、きみはオシッコする時、おちんちんをチャックからひっぱり出すでしょ。その時に出ない？ エ？ 出るでしょ。それじゃ小さくないのヨ……」

（その2）

子供「テレビを見てて、どうしても刑事コロンボになりたいんだけど どうしたら なれますか？」

無着「まずやることはネ、汚れたレインコートを手に入れることなのヨ……」

はいけませんよ、と断わられてしまうかもしれないが。

衣裳哲学

ネクタイがどうも苦手だ。そこで冬はセーターにジーンズ、夏はシャツにジーンズで通している。去年の十一月で四十歳になり、四十面さげてジーンズでもあるまい、と思うのだが、どうしてもネクタイを締める気になれないので、ジーンズの若造りで通しているのである。

ではなぜ、ネクタイが苦手かといえば、まずワイシャツが要るのが困る。丸首のセーターの上に結ぶのが許されるならば、ネクタイも悪くはないが、ワイシャツとネクタイが対になっているところが面倒なのである。ネクタイを結ぶとなるとワイシャツも厳密に作らねばなるまい。そうなると自分の首まわりなども覚えておかなくてはならないし、考えるだけで億劫になる。

ネクタイとワイシャツが揃っても、まだ不充分だ。背広が要《い》る。背広のごとき高級衣服は手入れが大変である。セーターやジーンズのように脱ぎっぱなしでは損《いた》むだろう。帰宅したらすぐにハンガーに掛け、ブラッシをかけるぐらいのことはしなくてはならぬ。これが煩わしい。煩わしいことはまだほかにある。吊しの背広上下を買うにしても、ズボンの裾丈はイージーオーダーだろう。寸法を計ってその日は帰宅し、数日後に改めて出来上りを取りに行くという手間を考えると気が滅入る。

背広、ワイシャツ、ネクタイと、主なところが揃っても、まだ先がある。たとえば靴である。六百円のズック靴では様《さま》にもなにもなりはしない。四、五千円もするきちんとした皮靴を買う必要がある。またライターも二百五十円の使い捨てでは具合が悪かろう。ところで問題はここである。ネクタイを使用しないというわたしの衣裳哲学（というほど高級なものではむろんないが）を支えているのは、じつは二百五十円の使い捨てライターが、ネクタイなしだと抵抗なく使える、というところなのだ。

かつてわたしもライターに凝ったことがあった。財布の底をはたいてダンヒルやデュポンの高級品を求めた。たしかに、高級ライターで点けた煙草はおいしく思われたが、しかし、十日も経つと、いろいろと面倒なことが持ちあがる。まずガスや石を絶えず心掛けておかなくてはならない。出先でなくさないように神経を尖《とが》らかしておくことも肝要である。それになによりも重い。

一年ばかり前、さる外国帰りの友人にカルチェを貰ったことがあるが、こいつを右足の薬指の上に落して怪我をしたことさえある。重いから痛い。痛いどころか、血がにじみ出し、一ケ月ほど足を引き摺って歩かなくてはならなかった。それ以来、二百五十円のライターを愛用している。軽い上にどこへ置き忘れてきても平気である（そう思って携行していると、なくならないからまた不思議である。高級ライターを携行すると、なくすまいと思うがゆえに、かえってなくしてしまう）。

さらに、ライターを使いきって捨てるときのあの充実感も快い。ボールペンのインクがなくなったとき、使い切ったときの、あのさわやかな気分とよく似ており、わたしはこの一瞬をこよなく愛する。なんていうと恰好がいいけれどつまるところは貧乏性なのだろう。

——こんなわけで、ネクタイ一本がわたしの生活をすっかり変えてしまう。それが厄介なのである。

衣裳哲学
（衣裳の究極の根本原理を追求する学問）
よく読めーーっ!!
「二百五十円のライター」（作家）
ってオレのことじゃない!!

また、ネクタイの色や柄、背広の襟の幅や裾の恰好、ワイシャツの襟の尖り具合などが、そのときそのときの流行で、猫の目よろしく変るのも腹立たしい。会社勤めでもしているなら、それでもネクタイを結ばねばなるまいが、こっちには上役もなければ同僚もいない。やはり当分は、ジーンズに六百円のズック靴、そして二百五十円のライターで通すことになるだろう。

そういえば山藤章二さんも二百五十円のライター組だったっけ。

廃物利用

バーやキャバレーに行くと一晩に一万も二万も費ってしまうくせに、変なところで節約する癖がある。

たとえば、毎日のように宣伝物が郵送されてくるが、封筒を屑籠に捨ててしまうことができない。細心の注意をもって糊を剝《はが》し、裏返して中古の封筒を作る。作っても手紙などめったに書かぬので使いみちがない。机の引出しの中に不恰好な封筒がただたまっていくばかりである。

封筒の中の印刷物も捨てにくい。これは、長さ十七、八糎、幅二糎の短冊に切ってゴム輪で括《くく》って机の横に置く。しおりのかわりにするつもりなのである。が、これの一日の生産量は数十枚、使用量は数枚。これもまたたまっていくばかりである。

原稿用紙の書き損じも捨てることができない。くしゃくしゃとまるめて屑籠へポン、などという恰好のいい真似を一度でいいからやってみたいが、胆ッ玉が小さいのか度胸がないのか、やはり机の引出しの中に仕舞ってしまう。適当な枚数に達したら四ッ切にしてこよりで綴じ、メモ帖にするのである。

こんなことばかりして時間を浪費しているから、肝腎の締切に間に合わなくなるのだが、性分というものは仕様がない。はっと気がつくといつも自分は鋏《はさみ》や糊を手にして廃物利用に心掛けている。わがことながらほんとうに嫌になってしまいます。

紙製品はまだ廃物利用が自分の手でやれるからよいが、衣料品になると他人の手を煩わさねばならないから、面倒である。五年前に一万円という大金を投じて買った手編みのセーターがくたくたになってしまった。わたしはセーターを購入するとすぐ両肩の間にセロテープを貼りつけることにしている（むろん、内側から、である）。セロテープで補強しておくと、くたくたになるのをかなり長期間防ぐことができるからである。が、いくらセロテープを二段三段に貼ってもくたくたになるときはなるのである。

「処分しましょう」

と、家人が洗濯屋から帰ってきたセーターを点検しながら言った。

「いくら洗濯に出しても、もうだめです」

わたしは、ほどいて毛糸のチョッキを編むように命じ、それからこうつけ加えた。

「チョッキにして着て、四、五年したら、次にまたほどいて腹巻きを編んでおくれ。腹巻きならば十年は保《も》つ。その腹巻きが駄目になったら、その次は帽子に編み直し、帽子でも通用しなくなったら、靴下か手袋に更生するのだ。おそらく、おれの寿命ぐらいは保つよ」

そのときの家人の顔を、わたしはいまでもときおり、ある屈辱感をもって思い出す。彼女はそのとき、明らかに、

「この人、馬鹿ではないかしらん」

という顔付をしていたのだ。

それからは廃物利用に関することをあまり口の端《は》には乗せないようにしている。ただ心の中で、

（やっ、娘がチューインガムを屑籠に噛み捨てようとしている。日本中で噛み捨てられるガムの量は相当なものだろうが、なんとか、それを廃物利用する手はないものか。う

廃物利用
（使わなくなったものを役立たせること）
有名人の廃物利用
西川きよしさんは
古くなったブラジャーを
安眠マスクに
渥美清さんは
古くなったゲタを
スタンド・インに
井上ひさしさんは
古くなった洋服ブラシ
を………

む、たとえば、日本中のガムの嚙み捨てを一括して海中に投じ、島を作ったらどうだろう。島の名はむろんガム島。観光の島にするのだ)
(マッチ棒の燃えさしの利用法はないか。すべての燃えさしを集め、小人の国に売りつけるのはどうだ。つまり小人の国の新幹線の枕木用にするのだ)
と、廃物利用のプランを練る。したがって原稿の締切はあいかわらず遅れがちである。

六法全書

暇潰しに六法全書の刑法の載っているあたりの頁をめくっていたら、そのうちに肌に粟が生じてきた。条文を読むにつれ自分が意外にも大犯罪者であることが判明してきたからである。

たとえば、学生時代、わたしは村山貯水池へ遊びに行ったが、そのとき、池に向って放尿した。これはじつに浄水汚穢《おわい》罪（刑一四二・人ノ飲料ニ供スル浄水ヲ汚穢シ因テ之ヲ用フルコト能ハサルニ至ラシメタル者ハ六月以下ノ懲役）に相当する。

また、同じ学生時代、下宿の主人《あるじ》である若い未亡人がわれら止宿人に「近所の銘茶屋の旦那がわたしを後添いに、と申し込んできているのだけどどうしたらいいかしら」と相談してきたので、異口同音に「あの店は金を持ってそうだから、申し込みを受けなさいよ。なんなら今晩あたりこっちへ招んで一回ぐらいやらせてやったらどうです」とすすめたが、これはどうも淫行勧誘罪（刑一八二・営利ノ目的ヲ以テ淫行ノ常習ナキ婦女ヲ勧誘シテ姦淫セシメタル者ハ三年以下ノ懲役）にあたるらしい。

放送作家のころ、麻雀に凝っていたが、あるとき麻雀仲間の貸借台帳——わたしたちはその日その日の勝ち負けを台帳に記入し、月末に決済するというシステムを採《と》っていた。つまりその台帳のこと——を、故意に紛失してしまったことがある。むろん、負けがこんでいたからだ。みんなのうろ憶えの記憶を寄せ集め、新しく台帳を作り直したが、そのとき、片棒を担いだ相棒ともども五万点ほど負けを少なく申告して得をしたことがある。これはひょっとしたら私文書毀棄《きき》罪（刑二五九・権利、義務ニ関スル他人ノ文書ヲ毀棄シタル者ハ五年以下ノ懲役）というやつに当たるのかもしれない。

このあいだある会議の席で煙草を切らした。買いに出ようかな、と考えていると、右隣りの人も煙草を切らしたらしく、そのまた右隣りの人のセブンスターを黙って一本抜き取った。

そこでわたしは「おれにも一本」と目顔で頼み、右隣りの人にもう一本そのまた右隣りの人から煙草をくすねてもらったが、これは贓物《ぞうぶつ》収受罪（刑二五六・贓物ヲ収受シタル者ハ三年以下ノ懲役）にあてはまる。

家人と一緒になる前、わたしは彼女をアパートに誘い込み、ある人たちにとっては〈いかがわしい〉とされている行為を無理矢理に遂行したが、明らかにこの行為は強制猥褻《わいせつ》罪（刑一七六・十三歳以上ノ男女ニ対シ暴行又ハ脅迫ヲ以テ猥褻ノ行為ヲ為シタル者ハ六月以上七年以下ノ懲役）に該当する。

ひとつ書き落したことがある。

放送作家時代の連夜の麻雀の決済は日本国通貨をもってなされていたから、むろん、常習賭博・賭博場開張・博徒結合罪（刑一八六・常習トシテ博戯又ハ賭事ヲ為シタル者ハ三年以下ノ懲役）である。

わが家の三人の子どもたちは自分たちの部屋の掃除当番を順番でやっている。さぼった場合は他の二人に罰金を二十円ずつ支払うことにもなっている。

ついいまし方、本日の掃除をさぼった三女が姉二人に追いかけられて仕事部屋に逃げ込んできたので、三女贔屓《びいき》のわたしは彼女を机の下にかくまってやった。半分冗談半分遊びのつもりで行ったのであるが、六法全書によるとこれが犯人蔵匿《ぞうとく》罪（刑一〇三・罰

六法全書
（現行成文法中の代表的な六種の法律、即ち、憲法・民法・商法・民事訴訟法・刑法・刑事訴訟法を基本とし、これに関する各種の特別法規、行政上の法規、税法、産業法規などを収録した書）
既刊出版物の一部を無断で書き写した者及びそれをしむけた者は一週間のレイオフに処す

金以上ノ刑ニ該ル罪ヲ犯シタル者ヲ蔵匿シ又ハ隠避セシメタル者ハ二年以下ノ懲役）なのだそうだ。

この調子で当っていくと叩けばまだまだ埃の出る躰のようであるが、紙数が尽きつつあるのでここで打ち切る。しかし、ここまででも累計二十三年六ケ月の懲役！　ああ、今日のこの欄をおまわりさんに読まれでもしたらおしまいだ……。

浅草六区

浅草六区とは区劃名である。金龍山浅草寺の立つあたりが一区で、花屋敷のあたりが三区か四区だ。もっとも花屋敷のあたりが正確には何区か自信はない。資料を調べれば直ちに判明するのだが、近く引越しをするために、資料や書物はすべてダンボールの箱の中、どうにも探しようがないので、一応、花屋敷は三区か四区ということにさせておいていただく。

よほどの物日《ものび》でもないかぎり、浅草六区の劇場街は閑散としている。

昭和三十年前後は、いつもたいした人出で、六区の劇場街を往復するのに、他人《ひと》の肩に妨げられて小一時間もかかったのに、いまでは五、六分で往復ができる。二十年前のあの雑踏がまるで夢のようだ。

ところがこの二月下旬、六区へ出かけたら、松竹演芸場の前に黒山の人だかりがしていた。なにごとだろうか、と思って駆けつけてみると、『東八郎芸能生活二十周年記念リサイタル』という大きな看板が立っていた。

トリオ・スカイライン時代の東八郎はとにかくとして、東洋劇場時代と、現在《いま》の『お笑いオンステージ』における彼は大いに買える。わたしは千二百円の木戸銭を払って内部《なか》に入った。立見が三、四十人もいて、たいした大入りである。

わたしの観た日のゲスト出演者は、歌手の小林幸子、殿様キングス、漫才のてんやわんや、ダブルけんじなどで、これもまたたいした豪華な顔ぶれである。とくに東けんじの片足で踊る黒田節には唸った。

ところで、これは前からのわたしの持論であるが、浅草の舞台は喜劇役者にとっての東大である。エノケンやロッパはむろんのこと、伴淳三郎、由利徹、八波むと志、佐山俊二、渥美清、谷幹一、関敬六、萩本欽一、そしてこの東八郎、みんな浅草の出身だ。テレビ時代になってテレビから輩出した喜劇的タレントが、大橋巨泉、前田武彦、土居まさる、せんだみつおと、どこか司会者の匂いをとどめているのと対照的に、浅草出身の人たちにはどこかに「役者」が残っている。

テレビでは、観客の反応が摑めないため、テレビ育ちの喜劇的タレントは、筋のある話に頼るほかはない。だから喋べくる力のある者の名が出る。だが、浅草の舞台では役者たちの動きも採点される。その独得の動きが「役者」を感じさせるのではあるまいか。

東八郎は、例の妙な前傾姿勢を武器に大奮闘していた。

松竹演芸場を出て花屋敷の前を通りかかると、汚い木造小屋から、

「さあさあ、蛇が踊るか、娘が踊るか、絶世の美女が、インド産の大蛇ボアを使い分けます」

という嗄《しわが》れ声の呼び込みが聞えてきた。

絶世の美女という惹句に釣られて小屋に入ると、四十四、五歳ぐらいの、よれよれの

セーターにジーパンのおばさんが四、五米もの大蛇と接吻をしている。

南国生れのせいか、大蛇はおばさんの隙を見ては、湯たんぽを仕込んだ毛布の寝床に戻ろうとする。

そのたびに、おばさんが、

「エー、お客さん、只今、蛇は湯たんぽのまわりを旋回中でございます」

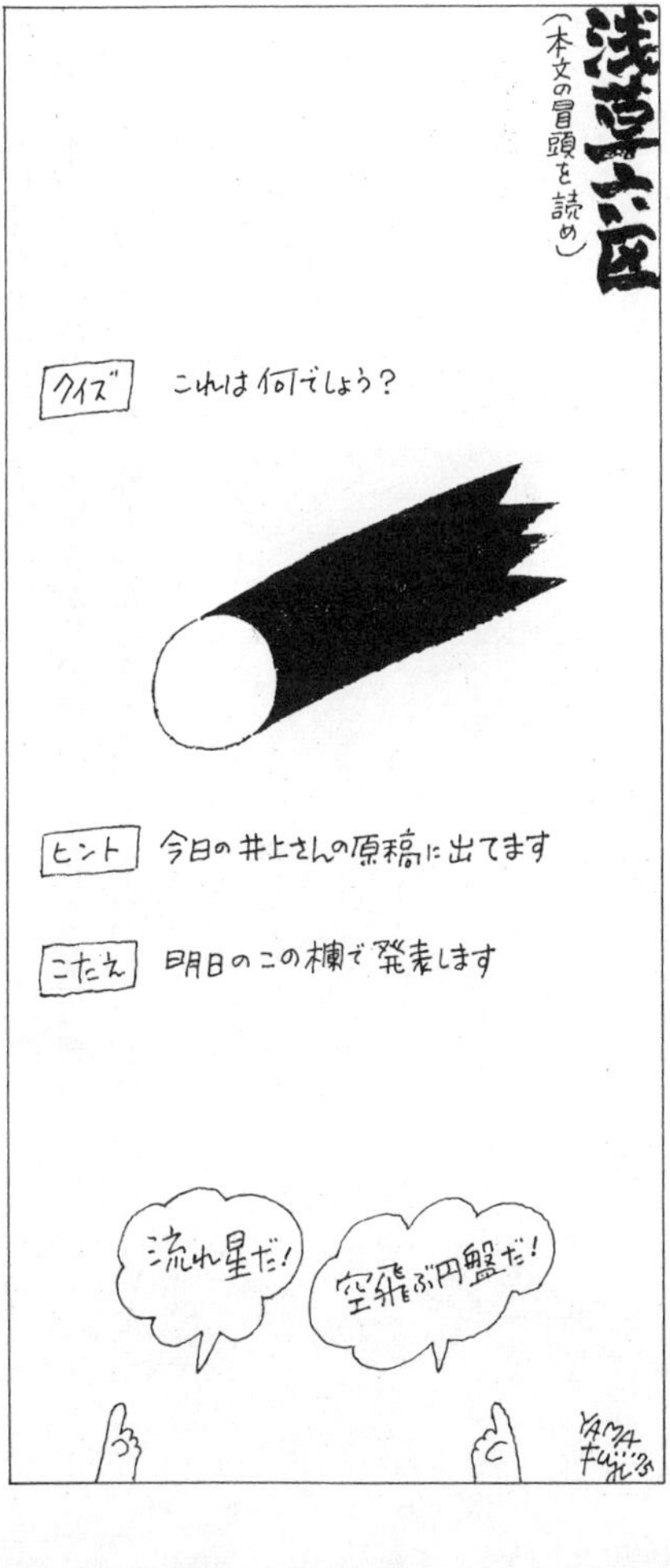
浅草六区
（本文の冒頭を読め）
クイズ　これは何でしょう？
ヒント　今日の井上さんの原稿に出てます
こたえ　明日のこの欄で発表します
流れ星だ！
空飛ぶ円盤だ！
YAMA FUJI

と、説明するのがおかしい。
小屋を出ると、浅草寺の大屋根が冬の夕陽でオレンジ色に輝いていた。
ひさしぶりに浅草気分を味わったなあと思いながら、わたしは家路についた。

絶体絶命

二月の月末、東北地方のとある都市へ用事があって出かけた。出かけるときの汽車の切符は手に入ったが帰りの分がない。帰りの日が日曜、スキー場からの帰京客で切符はすでに一週間前に売り切れてしまったのだ。

そこで、飛行機に乗ることになった。生れてからこれが三回目である。客観的に見れば、あらゆる乗物のうちで飛行機がもっとも安全だろう。だがわたしはもっとも危険な乗物であると思い込んでいるから、これはもうどうしようもない。

飛行機の胴体に密着された蛇腹通路の中を通って、内部に入ったとき、

「あ、これで絶体絶命だな」

と、思った。なにが絶体絶命なのかよくわからないが、そう考えたのである。

ほろ酔い機嫌でこっちが立小便しているところへ、若尾文子さんが通りかかる……そんなときも、絶体絶命という感じがするだろうが、その感じとなぜか似ているように思われた。もっと言えば――

かっとなって、誰かと喧嘩になる。ここは腕力で話をつけようじゃないか、と外へ出る。こっちは上衣を脱ぐ。相手は上半身すっ裸になる。そのとき、相手の背中や胸に倶《く》

梨伽羅紋紋《りからもんもん》の刺青《いれずみ》がしてあって、あ、やばいのに喧嘩を売っちまった、と呟くときの気分。

ビルの上から鉄材が落っこってくる。逃げようと思うのだが、靴が舗道の石の割れ目にすっぽりと嵌り込んで身動きできないときの気持。

ようやく出来た原稿を届けに電車に乗り、出版社に着いて、その原稿がなくなっていることに気付いたときの気持。ああ、網棚の上に置き忘れてしまったのだ……

さらに言えば、新米のラーメン屋の出前持が、はじめてヌード劇場の楽屋へ出前に出かけたときの気持。

新米の銀行破りが、銀行に忍びこみ、金庫をあけたのはいいが、金庫の内部に見たのは札束ではなく、なぜかピストルを構えた警官である、と気付いたときの気持。

暑い日にゴルフをやって咽喉が乾く。ゴルフ・ハウスに水道の蛇口がある。やれ、ありがたや、と蛇口に口をつけて栓をひねる。と、シューと出てきたのは水ではなくガスだった、と気付いたときのゴルファーの気持。

ミサイル基地に火災が発生する。基地の司令官があわてて火災を報せるベルのボタンを押す。押したところで司令官は、自分が火災報知器のボタンとミサイルの発射ボタンを間違えていたことに気がつく。そのときの、司令官の気持。

女と連れ立ってデパートのなかを歩いているときに、ばったり女房と出っくわしたときの浮気男の気持。

映画館の前の席にいちゃいちゃとじゃれ合っているアベックがいる。こういうふしだらな連中を生み育てた親の顔が見たい、と思っているうちに場内が明るくなる。席を立ちながら、ふとアベックの顔を見ると、娘がじつはわが娘――、そんなときの父親の気持。

絶体絶命
(のがれるすべのない困難な場合)
きのうのクイズのこたえ

だいぶ長くなったが、わたしはそのような絶体絶命の気持を味わった。むろん、道中さしたることもなく、羽田に着くことができたけれども、どうしてこんなに飛行機がこわいのだろうか、わがことながらよくはわからない。やはり意気地なしなのか。それともこれは一種の病気なのだろうか。

奇々怪々

鏡を眺めるたびに、自分で自分を、

（……奇々怪々な野郎だなぁ）

と思うのだが、そう思う根拠はといえば、たとえば、わたしは、チャックをおろさぬままで放尿したり、寝言をいって自分で答えてみたり、むかし神奈川県の辻堂から新橋へ定期券で通っていたころ、改札口に眼付鋭く無愛想な中年職員の顔を見たら定期を出すものという習慣が染《し》みついたせいか、ＮＨＫの守衛さんの前を通るときも定期券を出してみたり、眼鏡を掛けたまま眼鏡がないと騒いでみたり、火を点けたばかりの煙草が灰皿に載せてあるのにまた新しいのを出して咥《くわ》えたり、買いたい書物、読みたい本があると、発行日までにまだだいぶ日があると承知しているくせに何度も書店に通ってみたり、深夜、お茶をいれようとして薬缶《やかん》をガス台にかけるが沸くのが待ち切れず「おそいぞ、この薬缶野郎め」と怒鳴ってみたり――数えあげれば際限はないが――相当なそそっかし屋であるが（これは余談だが、そそっかし屋のなかでも、もっとも仕合せなそそっかし屋は、女房の隣りで寝ていながら、夜中にはっととび起きて『もう帰る！』と起き出すやつ、わたしも一度こんなそそっかしい台詞《せりふ》を吐いてみたいが、それはとにかく）、一方でわたしは妙に気の長いぐずぐずしたところがあって、原稿の締切日が到来してもみこしをあげず、友人や先輩諸氏や読者から本や手紙をいただいてもなかなかお礼や返事を書くこともせず、朝から晩までのんべんだらりと本を読み、空想し、家の近所をのそのそと徘徊《はいかい》し、大工さんが板を削っているところへ出っ喰わせば数時間はその前から動かず、小川で連れ立って横這いする蟹《かに》をみれば（蟹と蟹とがジャンケンをすると、双方とも鋏ばかり出すにきまっているから困るだろう）と妙なことを心配し、たそがれの公園のベンチで憩うアベックの、女性の方が手鏡を取り出して口紅を塗っているのを通りすがりに見て（あの二人、接吻をし終ったところらしいが、どうせこれからは暗くなる一方、駅に辿りつくまで、また接吻をするにちがいないのに、口紅を塗ることは不経済というものであろう）とこれまた埒もないことを考え、バスに乗って市川と松戸の間を終点から終点まで二往復もし、運転士が、

「次は終点の松戸駅（あるいは市川駅）」

と告げるたびに、乗客の中に、

「次で降りますから、停めてください」

と、ブザーを鳴らす人がいるのを不思議がり（なんとなればバスは終点で停車することにきまっているのだ）、駅前のデパートの食品売場の鯛焼の実演に見とれて、

「いやぁ、大人で二時間も鯛焼の実演をみていてくださった方は珍しい」

と、職人にほめられ（じつは皮肉られただけのはなしだが）、その後で一円硬貨を拾って交番に届け、おまわりさんに煙たがられ——という具合で、そそっかしいところと

気の長いところが同居しているので、冒頭の、

（……奇々怪々な野郎だなぁ）

という台詞が出るわけであるが、ところで、ここまで、わたしは一度も「。」（ピリオド）を使っていないのであって、これはいったい、そそっかし屋の気短で「。」を打つのがまどろっこしいと思ったせいなのか、あるいは気が長いせいで「。」を打つ必要も

奇々怪々
（非常に怪しく不思議なさま）
おい もう帰るぞ！ ZZZZZ……
大丈夫よ！ ウチの人、こんやはホテルでカンヅメだから…… ZZZ…

なく、のんべんだらりと文章を書き綴ってしまったのか、当の本人にもわからないのだが、なんでも海の向うはフランスに、一度も「。」の出てこない何百頁もの大部な小説があるそうで、それにくらべたら、このわたしの本日の奇々怪々の実験など、子どもだましの域を出ないであろうが、それでも結構苦心はしたのである。

世代感覚

テレビマンユニオンニュースというあまり知られていない週一回発行の定期刊行物がある。これは『オズの魔法使い』『オーケストラがやってきた』『遠くへ行きたい』『名作のふるさと』などの良質の番組を制作し、各局に提供しているプロダクションの番組広報紙であるが、じつにおもしろい。

たとえば三月三日号に『オズの魔法使い』のプロデューサー重延浩氏が次のような文章を書いている。

「私は三十三歳。ちょうどテレビマンユニオンの平均年齢です。先日、監督深作欣二邸で、菅原文太を交えての年齢論。（中略）菅原文太の老後論『俺はきっと年をとったら子どもたちに囲まれ、ニヤニヤしてるにちがいないんだが、ときどきやっぱり夢みたいに思うのはモロッコなんかの安酒場のおやじになっていつも酒をのんでて、客なんかきたりすると、ボトルで酒ついでやって――そんな老後を考えてるなあ』（中略）最後に菅原文太の四十代イメージ『刑務所を出て立小便してるってシーンがありましてね、そしたら、ショートパンツの女学生がエイホッエイホッと団体でランニングしてくる。それをみて、あとを追っかけるんです。自分もエイホッエイホッて』四十代は面白そうな年代に思えます。『オズの魔法使い』第二十三回・三月八日は『初恋ドキドキ！　かかしさん』（山元護久台本）、四十世代のかかしこと高見映さんが『八月の濡れた砂』のテレサ野田に恋します。四十世代はラブシーンもぎこちないのです」

というわけで番組の広告文ばかりしか載っていないのに結構この広報紙には読まされてしまうのであります。が、それはとにかく、菅原文太氏にならって、四十代の新兵であるわたしも、三十代と四十代のちがいを書き連ねてみよう。

三十代のときは、抵抗なく拾えた電車の網棚の上の読み古しの新聞が、四十代になったら拾えなくなった。

三十代のころは、女学生や女子大生にすこしぐらい胸をときめかしたものだが、このごろはまったくなにも感じない。そのかわり年の頃なら二十代後半から三十代前半の、子どものひとりかふたりはいそうな若い母親の中に思わずはっとするような美しさ、妖しさ、艶《なま》めかしさをおぼえる。ただ三十代のころに、あまり若い母親たちの悪口を言いすぎたせいか、彼女たちは例外なくわたしをふんと黙殺して通りすぎて行ってしまう。もっともにこやかに挨拶されたからといって、それにつけこんで若い母親たちと親しくなれるほどの度胸はわたしにはないのだから、黙殺されてもどうということはないが、因果はめぐる、蒔《ま》き方は刈り方である。

三十代では週に二、三夜は夜明しで仕事をしたが、四十代の入口に立ったいま、週一回も辛い。三十代ではエレベーターに乗らずに階段をのぼりおりしていたが、いまはその逆である。体力が落ちてきているのだ。

またセーターにジーンズが三十代の制服だったが、このごろはどうも気がひける。かといって背広もいや。頭の毛にもときおり白いものが混り、顔や肌には皺があるような、ないような——。いずれにせよ、四十代は若さから老いへの過渡期らしい。

コーヒーもあまり飲まぬ。砂糖の摂りすぎを警戒しているのだ。映画も『大地震』なんかより『サブウェイパニック』などに唸るようになってきた。そして決定的なことは、

世代感覚
(それぞれの代の共通の感じ方)
10代
20
30
40
50
ヤーイ 薬指野郎！
ヤーイ 小指野郎！
ウルセエ！ そのかわり 耳の穴はよく ほじれるぞ！
'75 YAMA Fuji

女性の躰にあまり興味がなくなったことで、今年になってまだ一度もヌード劇場へ足を踏み入れていない。こういうことでは困るなあ。四十代というのはどうも寂しい十年のようだ。

有情滑稽

麻生磯次さんといえば江戸文学研究の第一人者であられるが、この麻生さんが「ユーモア」を「有情滑稽」と訳されている。これは見事な言いかえ、置き換えだろう。滑稽である、おかしい、笑わせる。だが、ただの滑稽、単なるおかし味ではなく、底に情けがあって温かい、人をほのぼのとさせるものがどこかに流れている、そういうものがユーモアであるというわけだ。

このあいだ、江戸時代の末の小説本を読んでいたら、こんな文章にぶつかった。

「浪人、米屋より、だんだんの代金たまり、ついに大晦日という鍔際《つばぎわ》に到りしかば、催促の来ぬうちにと、しほしほとして米屋にいたり、物をもいわず、諸肌《もろはだ》ぬぎ、脇差を腹へ突き立てんとなすゆえ、亭主驚き、『まあまあお待ちなされませ、どうなさったのでございます』と刀をもぎとれば、浪人はらはらと涙を流し、『今まで露命《ろめい》をつなぎしは、いわずと知れし貴殿が大恩。なれど払わん金もなし、その申し訳けのこの切腹、止めずと殺して下されまし』と思い入ったるありさまに、亭主感心し『いやもうそういう思召《おぼしめ》しなら、金子《きんす》はいつでもようございます。ああ、浪人なされても、さすがにお武家、まあそのように思召されずと、御酒でもあがってお行きなされませ』といえば、浪人『いやいや、そうはして居れませぬ。まだ方々へ腹を切りに廻らねばなりませぬ』……」

考えてみれば他愛のない挿話であるが、はなし全体になんとはなしに温みがある。これがユーモアなのだ。

これに反してブラック・ユーモアというのがある。麻生さんにならって訳せば『無情滑稽』である。

「ぼくのお母さんはとても躾《しつけ》にきびしくて、たとえばぼくが指などを舐めていると、不衛生だし、それに第一、つい間違って指でも嚙んだら大変よ、と注意します。でも、どうしてもぼくのこの癖が治らないので、お母さんは特別の矯正法を考え出してくれました。むろん、その矯正法のおかげでぼくの癖も治りました。え？　お母さんがどんな矯正法をしたのかって？　あのう、お母さん、ぼくの指を全部抜いてしまったんです」

これは十年ばかり前、ラジオのコントとしてわたしの書いた代物。下手くそでちっともおもしろくはないけれど、無情は無情である。

ある金銭登録機セールス会社の新入社員のための講習会に、取材で一週間ほど出席したが、さるベテランの販売員がこんなことを言っていた。

「わたしはこの十年間に五百台の金銭登録機を売りましたが、これには秘訣があります。ここぞというときに、『いまやすべて機械の時代です。飛行機も汽車も自動車も機械です。あなたのお店に陳列されている商品も機械が生みだしたものです。なのになぜあなたはその商品を手で管理し、手で売ろうとしているのですか。どうして機械で売らないのです？　電算機で商品を管理しないのです？　そんなことでは競争店に負けますよ』とまくし立てるのです。これでたいてい契約がとれますね」

ちょっと聞くととても筋が通っているようである。が、どこかおかしい。なぜおかしいか？　おそらく、客は機械で買いにこない、ということを落しているからだろう。小売店では、商品が人の手から人の手へと渡る。それが基本だ。

有情滑稽
（情のあるおかしみ）

「先生、虫歯が痛いから イタイノ イタイノ トンデイケ!! して……」

「ハイヨ!!」

僕はブラックユーモアってのがつくんないなア…

YAMAFUJI '75

そのへんを脱落させているので滑稽なのだ。そして、むろんこの滑稽には情がない。つまり、こうやって堂々と無情滑稽がまかり通る世の中にわたしたちは住んでいるわけで、考えてみれば味気のないことである。

悲憤慷慨

新劇のさる批評家がかつてわたしを評して曰く「井上某は机の前にしがみつき辞書を片手に駄洒落の連発、なんと哀しい言葉の魔術師ではないか」

ほんとうはもっと堂々たる（じつは内容空疎な）、いかめしい（ということはえらそうにのぼせあがった）、難解な（言葉を換えれば言っている当人さえも意味のよくわからぬ）文章で綴ってあったのだが、どこかへなくしてしまったので、ここには引用できない。まことに欣快《きんかい》至極である。

ところで、その批評家の言い分には二つの誤りがある。まず〈駄洒落の連発〉というのが間違い、駄洒落が厳密にはどういうものであるか、この批評家は知らないらしい。

煙管→せるき

びいどろ→どろびい

工面→めんく

縁起が悪い→ぎえんが悪い

この程度の言葉の洒落が駄洒落である。

よくジャズマンが、

飯↓シーメ
女↓ナオン
バー↓アーバ
キャバレー↓バレキャー
褌↓ドシフン
ジャズ↓ズージャ

というような言葉を用いているが、後先をひっくり返すだけで他に大した智恵を働かせているわけではないから、これらもまた駄洒落なのである。例《くだん》の批評家先生にはそのへんがわからないらしく、言葉の遊びはピンからキリまで駄洒落にしてしまう。安直なものだ。だいたい世の中そうは甘くはない。言葉の後先をひっくり返しただけの仕事にどこのだれが金を払ってくれるものか。しかるにわたしは言葉の遊びを生活の糧にしてきた。つまり、わたしの言葉の遊びに金を払う人がいたわけだ。だからわたしが〈駄洒落を連発〉というのは間違いなのである。わたしのやっているのは語呂合せ、出来栄えはとにかく多少の智恵と脂汗と涙がにじんでいる。

またこの批評家は、机の前で辞書を片手に言葉遊びをするのは罪悪である、と言いたげであるが、これも間違い。よく酒席などで、語呂合せを続けざまに発し、天晴《あつぱ》れ語呂合せの天才よ、と喝采を浴びている方があるけれど、そのおもしろさは、酒席の雰囲気に支えられているところが大であって、試みにその語呂合せを記録し、後で酔いざめの水がわりに読んでみられよ、たいていの場合、おもしろくもおかしくもございませんのだ。

しかし、机の前で辞書を片手に苦しんで捻《ひね》り出した語呂合せは不思議なことに、なが

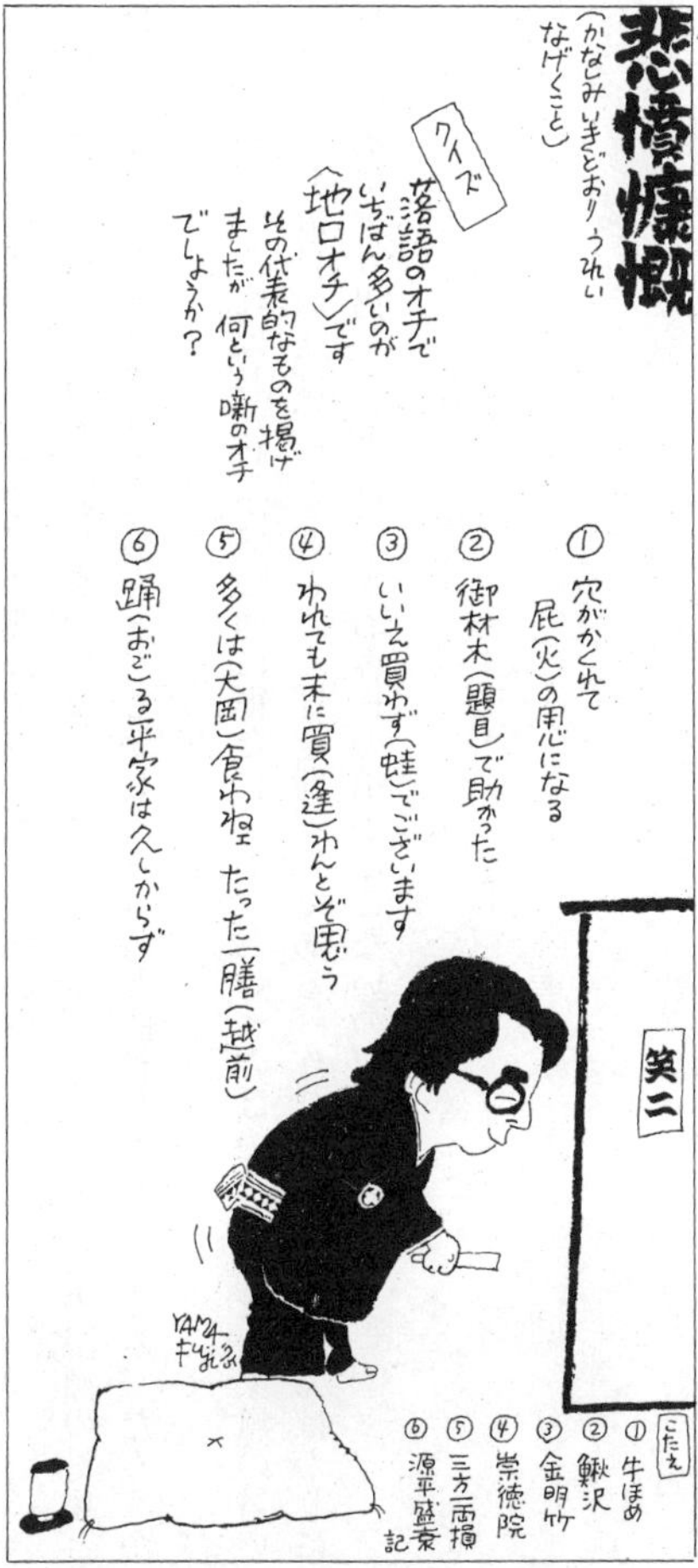
悲憤慷慨
（かなしみいきどおりうれいなげくこと）
クイズ
落語のオチでいちばん多いのが〈地口オチ〉です
その代表的なものを掲げましたが 何という噺のオチでしょうか？
① 穴がかくれて 屁(火)の用心になる
② 御材木(題目)で助かった
③ いいえ買わず(蛙)でございます
④ われても末に買(逢)わんとぞ思う
⑤ 多くは(大岡)食わねえ たった一膳(越前)
⑥ 踊(おごる)平家は久しからず
笑二
こたえ
① 牛ほめ
② 鰍沢
③ 金明竹
④ 崇徳院
⑤ 三方両損
⑥ 源平盛衰記

もちする。批評家風に申せば、時間によって風化されない。

いや、あるいは、時間の風化を受けない、と書くかな。それとも、時の浸蝕《しんしょく》の対象とはならない、などというかしらん。もしかしたら、時と断絶し時間を超える、だろうか——。

とにかく、これはわたしが経験的に得た真実で、というのはいくらか批評家風の言い方、わたし流にいえば、涙を蒔いて喜びを刈る、である。作り手が涙を流さんばかりに思いつめて捻り出したものにしかお客様の拍手はこないのだ。

国語辞典

机上に『岩波国語辞典』『新潮国語辞典』『岩波古語辞典』『三省堂・新明解国語辞典』『国立国語研究所編・分類語彙表』の、五冊の国語辞典が載っている。背後の書棚には、『日本国語大辞典』（小学館刊）が並んでいるが、これは三日に一度ぐらいしか引かない。全二十巻のうち、まだ十三巻までしか配本されていないので、なんとはなしに敬遠してしまうのである。全巻揃ったら、一日に五度ぐらいは利用させていただくかもしれない。

小学生のときから現在まで、三十年近く三十種以上の国語辞典を使ってきて、結局、右の五冊にしぼられてしまったのはどうしてだろう、と考えてみると、わたしの場合、国語辞典を引くのには次の三つの理由がある。

❶その言葉の意味はわかっているが、漢字をどう書くかがわからない。
❷意味がわからない、あるいはあやふやである。
❸ある言葉の類義語（そのある言葉と意味の似通った別の言葉）を探す。

はじめの❶については、ほとんどの国語辞典で間に合う。が、『岩波国語辞典』と『新明解国語辞典』はこの点で独得の工夫をこらしている。

『岩波』は漢字母を特に大きな活字で刷ってあるので字形や字画をはっきりとたしかめることができる。いわば『岩波』において、国語辞典と漢字辞典とは稀にみる仕合せな結婚をとげている。

『新明解』はさらに大胆な冒険がある。造語成分を奇数ページの左上に別枠で示してあるのだ。これはここでわたしが百万語を費して説明するよりも、実物を手にとってごらんになった方が早いと思う。機会があったらぜひ書店でこの辞典を実見されんことを。なおその際、本日のこの巷談辞典を店主に提示なされば立ち読みなさってもお金はとられません（別に提示しなくてもお金はとられないけれども……）。とにかく、わたしはこの別枠で示してある造語部分を日に一度は読む。（というのはトイレに備えつけてあるのだ）

❷に関しても、『新明解』が一歩先んじている。たとえば〝子ども〟という言葉がある。これを『岩波』では「①幼い子。児童。②自分のもうけた子。むすこ、むすめ。子。▽もと、『こ』に『ども』の付いたもので、子ら、多くの子の意。」、『新潮』では「①自分のもうけた者たち。子たち。②子。単数にも用いる。③幼いもの。小児。⟷大人……」と説明するが、『新明解』では「（もと、多くの子の意）①（親に対して）自分の子。子たち。（むすこ　および娘を指す）②（おとなに対して）少年・少女や幼児。（広義では、動物の仔を指す）」と、じつに論理的だ。この論理性はこれまでの日本の国語

辞典にはなかったもので、その意味でわたしはこの辞典が好きである。ただし、例文の多いのは『新潮』で、国語辞典というより、国語例文辞典といった方が正しい。読むのにたのしい辞典である。

❸については『分類語彙表』にとどめをさす。これは『なぐる』を引くと「はりたお

国語辞典
（自国の言語を一定の順序に並べ解説した書）
本当の〈飯の種〉の辞典はコレ!!

す、たたく、蹴る、ひっかく、かみつく、どやす」などと出てくる不思議な書物だ。歌を書いたりするときはこれは手ばなせない。

いずれにもせよ、この五冊の辞典がわたしの飯の種、寝るときもわたしはなるべく机に足を向けぬようにしている。

美人薄命

だいぶ前、日本テレビの『笑点』で〈美人と麗人とのちがい〉というのをやっていたが、このときの落語家たちの答はいずれも秀抜で、いまでもはっきり記憶している。それはこうであった。


◉美人は便所のことをトイレというが、麗人は落下場《らつかば》なんていう。

◉キスをするのが美人、接吻するのが麗人。

◉うちまたで歩くのが麗人、うちももをみせるのが美人。

◉思わずふりかえりたくなるのが美人、思わずお辞儀をしてしまうのが麗人。

◉美人は女装するが、麗人は男装する。

◉鼻にかけるのが美人、色気に欠けるのが麗人。

◉シャボンで洗うのが美人、ぬか袋で洗うのが麗人。

◉手を出してみたいのが美人、手を出せないのが麗人。

◉ティッシュ・ペーパーを使うのが美人、桜紙を使うのが麗人。

◉美人は四十すぎると相手にされなくなるが、麗人は五十をすぎてからプロポーズを受ける。

……ほかにも、もっと目から鱗《うろこ》が落ちるような鮮やかな定義があったと思うが、記憶しているのは、これぐらいである。

この定義づけをわたしが継承すれば（継承とは大袈裟だが）、たとえばこんな具合になる。


◉美人は飯倉あたりにマンション住い、麗人は鎌倉あたりにひとり住い。

◉美人は常に年齢を十歳は鯖よみし、麗人は年齢不詳である。

◉美人は五木寛之さんを読み、麗人は五木寛之さんを知らない。

◉美人が映画に出ればスクリーンの恋人といわれ、麗人の場合は銀幕の恋人である。

◉美人は西洋便器を好み、麗人は便所へなどいかぬ。（ほんとかなあ）

◉美人はゴルフをなさり、麗人は庭球をなさいます。

◉美人はいつも一万円以上の金を持ち、麗人はそもそも財布などというものを持たない。

◉美人といえど風呂に入るときは裸だが、麗人は入浴のとき、白い下着をつけたままである。

◉美人はセブンスターを喫い、麗人はそのセブンスターを長いパイプに入れて喫う。

◉美人は菅原文太を見て「おや？」といい、麗人は吉行淳之介を見てかすかに、

「おや?」という表情になる。
◉美人はオセロゲーム、麗人はドミノゲーム。
◉美人は薄命、麗人は長命。
◉美人ははくめえ(ノーパン)、麗人はズロース。
◉美人は白米、麗人はパン。

美人薄命
(うつくしい人は早死するというたとえ)
●美人は真相をかくし
麗人は深窓にかくれる
●老いた美人は"3時のあなた"
老いた麗人は山のあなた
●美人は「ドン松五郎の生活」を読み
麗人は「吾輩は猫である」を読む

どうも落語家たちのように鮮やかには行かぬが、最後に美人と麗人の共通点をふたつ。

◉美人も女性、麗人も女性。

◉美人も麗人も、ひさし・章二のコンビには目もくれぬ。

人類滅亡

アメリカの作家のアーサー・ハーツォグがザ・ビレッジ・ボイス紙（「紙」といってもこれは週刊）に、人類を破滅させるかもしれない十の原因について書いているのを読んだ。十の原因とはこうである。

①気象戦争。確率はわからないが、被害規模は大きく、人類滅亡にまで及ぶ。ただしいつ起るかは不明。（ハーツォグは例として、ベトナム戦争で、地滑りや交通障害を起すため、米軍が、乾期にホー・チ・ミン・ルートに人工雨を降らせた事実を指摘し、ハリケーンを発生させたり、酸性の雨を降らせたりする気象兵器が、これからますます多くなるだろう、といっている。これらはすべて環境を破壊し、人類を滅亡に導く因《もと》となる）

②気候異変。大規模な寒気団が地球を襲う確率はかなり高い。億単位の死者が出るはずであり、その時期もかなり近い。

③気候異変。同時に熱気団が今後二十五年から二百五十年の間に地球を包む可能性も大である。これまた億単位の死者が出る。

④オゾン層の破壊。全人類滅亡。これはすでに現在はじまっている。

⑤平和時の核災害。確率は不明だが、今後四十年のうちには起るだろう。被害規模はすべての高度な生命組織の破滅である。

⑥新しい殺人ウイルスの発生。確率は低い、が、一方、いまでも起り得る。億単位で人が死ぬ。

⑦大地震。確率百パーセント。いつ起っても不思議ではない。五十六万人以上の人が死ぬ。

⑧大ハリケーン。いつでも起り得る。そしてかならず起る。百万人の生命が失われる。

⑨大飢饉。確率九十パーセント以上。その時期はすでに始まっている。年に五千万人以上が死ぬだろう。

⑩恒常的無政府状態。確率良。被害規模、普遍的。時期、今後二十年から百年の間――。

終末論は日本人の、しかもその一部のインテリの十八番《おはこ》である、と保守党びいきの識者たちによって批判されていたが、どうもその批判は当ってはいなかったようである。やはり、感じる人は、日本にいようと米国にいようと、感じるらしい。

むろん、このハーツォグの大予言が外れる、という可能性は大いにあるだろうが、そのことを責めてはいけないだろうと思う。

農民は自分と他の人たちのために農作物をつくる。漁民は自分と他の人たちのために魚をとる。職人は自分と他の人たちのためにものをつくる。商人は自分と他の人たちのためにものを商う。そして物書きは自分と他の人たちのために作品《もの》を創り出す。つまりそれぞれが分業で自分と他の人たちのために働いているのだ。物書きには〈自分と他の人たちのために人間について考える〉という仕事も課せられている。

その思考仕事によってある答が出た場合、〈わたしは人間についてこう考える〉と世間にそれを発表するのも、いわば物書きの務めである。

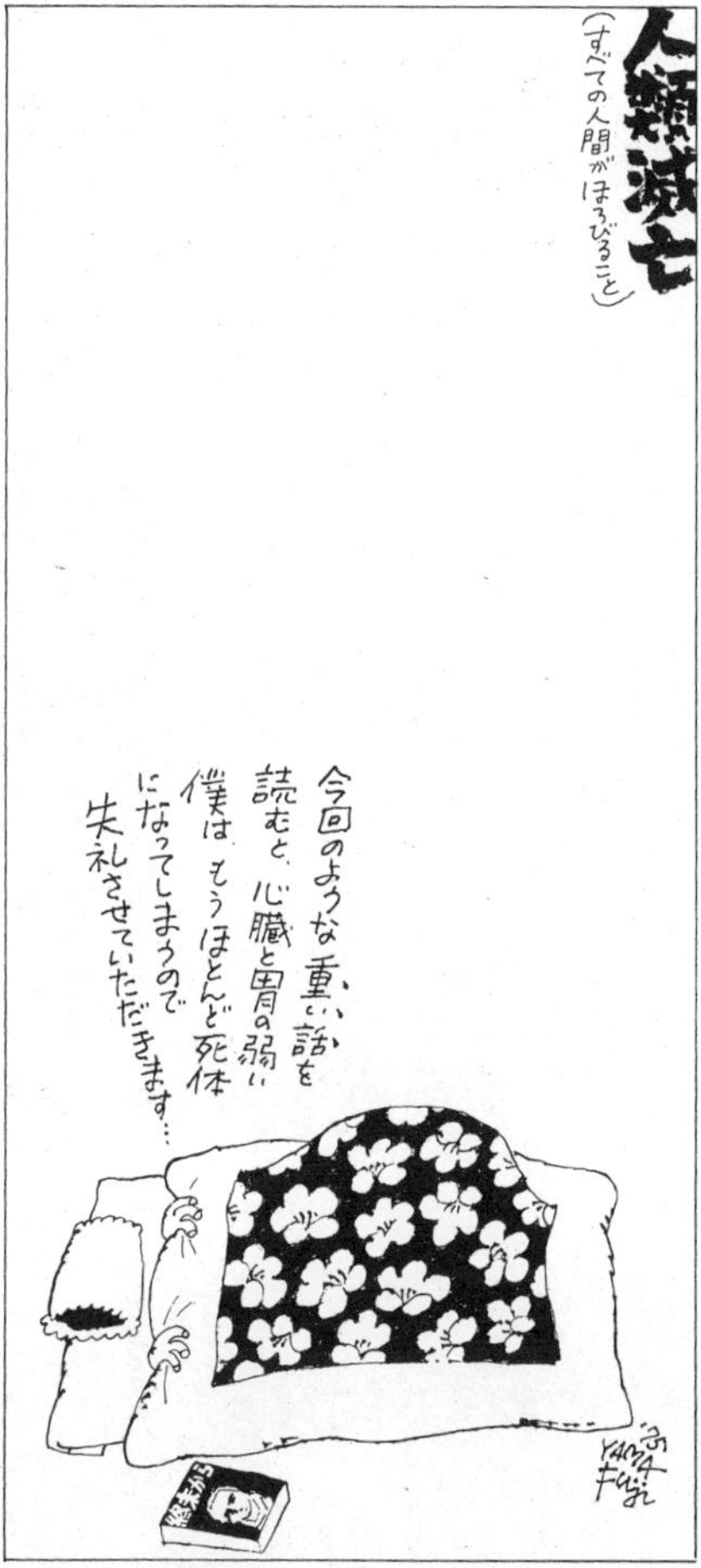
人類滅亡
（すべての人間がほろびること）
今回のような重い話を
読むと、心臓と胃の弱い
僕は もうほとんど死体
になってしまうので
失礼させていただきます…

日本では終末論は嫌われもののようであるが、嫌ってはいけない。むしろ、それに対して、反対派は堂々と論陣をはってほしい。

ハーツォグの大予言を、英和辞典をひきひき読みながら、そんなことを考えた。

失敬千万

このあいだ、街に出て、一日のうちに、奇妙な、そして同じ物言いに四度も出逢っておどろいた。

はじめが喫茶店。コーヒーを註文したのにいくら待ってもやってこない。そこでウエイトレスを手招きし、ぼくの頼んだコーヒーはどうなっているんですか、と訊くと、彼女はこう答えた。

「わかってます」

次に書店へ行った。五、六冊本を選び、レジへ持っていくと、そこはずいぶん混んでいた。待つ間に立ち読みでもしていようと思い、本の上にお金をのせ「ここにお金を置いておきます。おねがいしますよ」と言いおいて陳列棚の方へ歩き出した。

するとわたしの背中に、店員さんのぶっきら棒な声がきこえてきた。

「わかってます」

三軒目にパチンコ屋へ行った。景品換場へ玉を持って行き、「セブンスターと換えてください」と告げた。

引換係のおばさんはなにを勘ちがいしたのかホープを袋に入れはじめた。「ホープじゃないんです。セブンスターです」と言うと、そのときもおばさんはぷっと脹《ふく》れてこう答えた。

「わかってるよ」

おしまいは、国電有楽町駅。切符の自動販売機に金を入れたが切符が出てこない。返却ボタンを押しても、金は返ってこない。

そこで駅員さんに「自動販売機が故障ですよ」と言うと、ここでも駅員さんはこう答えたのである。

「わかってるよ」と。

この物言いには、

〈なにごてごていってやがる〉

〈くどい野郎だ〉

〈がたがたいうんじゃねえ〉

〈だまれ〉

〈やるか！〉

〈知ってて間違えたわけじゃない〉

〈こっちも忙しいんだ〉

〈いやならよそへお行き〉

などのニュアンスがこもっておるもののようであるが、それにしても失敬千万ではないか。そう出られりゃこっちにだって、

〈それで飯を喰っているんだろ〉

〈しっかりしろ〉

〈知ってて間違えようが知らずに間違えようが、客に関係はない。間違いは間違いだろう〉

〈もっとおだやかな、ものの言い方があるんじゃないのかい〉

失敬千万
（この上なく失礼なこと）
ぼくの似顔
日に日にヒドクなっていくけど
たまにはモデルを
見つめ直してみたら！
わかってます!!
（見つめてるからこうなるんデス）

〈素直にあやまればいいのだよ〉

〈もうこんな店には来ないぞ〉

と、出たくなる。が、どうもこれはある種の今日病《こんにちびょう》、べつに言えば世紀病、みんな忙しすぎるのだろう、それが悪いのだ、そう思って気持をなだめ、映画の梯子《はしご》をして、家に帰った。

家の敷居をまたぐや否や、家人が出てきて言った。

「夕刊フジの原稿どうしちゃったのよ。記者の黒田さんが困っていたわよ」

そのとき、わたしは思わずこう答えていた。

「わかってるよ」

どうやら、この今日病は、わたしにもとりついているらしい。

弊衣破帽

性分か育ちかよくわからないが、わたしはいわゆる弊衣破帽を理想としている。ジャンパーやセーターを着ている方が、背広を着るよりも心が落ち着くのである。しかし、この性分が時として思わぬいざこざを生む。

これはとくに一流企業の受付嬢に多いが、世の中には人間を外見で判断する傾向があるらしく、この弊衣破帽のおかげで門前払いを喰うことがよくある。

こっちには取材や知人面会という歴《れっき》とした理由があるのに、受付嬢から守衛さんに引き渡されて、裏口から戸外へ放り出されてしまう。

（やはり一流企業を訪ねるときは、カルダンかサンローラン、でなくばせめてダーバンぐらいは着てきた方がよさそうだ。受付嬢や守衛さんは、ジャンパー・ジーパン・ズック靴のおれを企業爆破の狼グループかなんかと間違えたのかもしれない……）

と、反省する半面、

（こっちはジャンパーを着ていたいから着ているのだ。べつに反省する必要などあるものか。人間を外観で判断する連中の方が反省すべきである）

と、腹が立つのも事実である。

ついでに言わせてもらえば、一流企業の受付嬢たちを結婚詐欺で引っかけるのは、とても簡単だろう。カルダンかサンローランの服にカルチェの時計やライターなど、道具立てさえキンキラキンに揃っていれば、人間を外見で判断する彼女たちなどイチコロである。などと、書いてしまってはいけないか。いくら度々つまみ出されたからって彼女たちにあたり散らすことはない。きっと会社の教育が悪いのだから。

とにかく、世の中の事象は表裏になっている。弊衣破帽の人間が金持であったり、キンキラキンの服装の男が結婚詐欺師であったり、あるいは、

一見エロ雑誌、実は女性週刊誌、
一見慶応の学生、実は美人局《つつもたせ》、
一見ガニ股、実は小便のおもらし、
一見日本国前首相、実は脱税常習犯、
一見モテモテ風、実はスリと婦警、
一見大学者、実は西洋学問の引き写し、
一見バスト美人、実は乳カップ、
一見主婦風、実は白昼売春婦、
一見高速道路、実は低速道路、
一見大美人、実は整形の賜物《たまもの》、
一見翻訳家、実は誤訳の専門家、

弊衣破帽
（ボロの衣服に破れた帽子）
一見 三つどもえ 実は一騎うち
一見 昼刊、実は夕刊
夕刊フジ
S.I
R.M
一見 のぞき魔 実は直木賞作家

一見テレビ局、実は大新聞の支局、
一見煙草、実は肺ガン促進剤、
一見山陽新幹線、実は地下鉄、
一見工業国、実は公害国、
一見少女歌手、実は音痴、

一見人間国宝、実は家長の失格者（三津五郎丈ノコトデアル）、
一見政治家、実は幼稚園児の縄張り争い、
一見自民党、実は自眠党、
一見社会党、実は斜壊党、
一見川上宗薫さん、実は山藤章二さん（お二人はじつによく似ておられるのである）

……だったりする。表向きのことだけで、人間を判断するのは、ずいぶん危険なことであろうと思うが、どんなものでしょうか。

宣伝惹句

宣伝惹句については、アメリカに大傑作がある。それはラス・ベガスのあるバーレスク劇場の看板で、

『狂舞する美女五十人！　そして、彼女たちを飾る豪華な舞台衣裳四十九着！』

という惹句。つまり、五十人の美女に対して、衣装は四十九着、ひとりだけ衣裳が足りず、全裸で登場いたします、というわけである。

つくづくうまい、と思う。これに対して、わが国のヌード劇場の宣伝惹句はどうか。このあいだ、関東近県のヌード劇場を四日がかりで行脚し、各劇場の宣伝惹句の蒐集を志したことがあるが、そのときのノートの埃を払って机上にひろげてみよう。

『もうギリギリのヌードの限界に挑戦!!　全裸体美女艶群が演ずるキン肉の動きに眼が冴える！　人間回復、毛万ラダス万才!!』（熊谷・金星ミュージック）

おしまいの〈毛万ラダス万才!!〉の意味が不明である。このひと月、毛万ラダスとはなにか、必死で考えているが、どうにもわからない。「ケマラダス」（毛魔羅出す）と読める。しかし、ヌード劇場に「ケマラ」はお門ちがいというものである。

『紳士の集まる、A級ヌードスターの劇場！　華麗なヌードー族の性乱!!　悶え、あえぎ、無限の喜び。夜光レズ・黒人ショー・日舞・洋舞・ダブルベッド・五人乱交ショーなどなど』（川崎・丸子劇場）

ヌードではなくヌードーと音引になるところが、妙になまなましい。

『関東一のナウな恍惚性艶。最高峰のアナ場！　円型回り舞台と場内総鏡張りのインテリア作り。強烈ショー・妖艶日舞ショー・異色レズショック・天狗レズなど連続上演中』（鶴見・新世界）

最高峰のアナ場という表現が新奇である。最高峰には「高い」という感じがあり、「アナ場」には「低い」という感じがある。それがひとつの文章の中で混り合うと、高くなったり低くなったり、なんだかシーソーに乗っているような落ち着かない気分になる。おそらく最高のアナ場の言い損いなのだろう。円型回り舞台、もご親切なる表現だ。回り舞台はたいてい円型、四角い回り舞台なぞ聞いたこともないが。

『埼玉県随一の楽園！　京浜東北国鉄沿線で、A級ヌードスターが出演するのはここだけです。ナマ板・白黒などモウ古いショーです。今はコレ！　評判となりました』（西川口・テアトル・ミュージック）

今はコレ、というのは獣姦ショーでしょうか？

『女のモナコ・ヌードの真ズイ本格アナ場』（千葉県・浦安ヌード劇場）

女のモナコの意味不明。なんとなく、では男は行っちゃいけないですね、と答えたくなる。本格アナ場も、気持はわかるが、珍妙である。アナ場は、本格ではないからアナ場なのだ。それとも、ヌード劇場の宣伝惹句におけるアナ場とは女のアナがたくさんあ

る場所という、これは術語か。

『全国オールゲスト大会！　アッと驚くハッスル、ドギモを抜くスペシャルショウ』（千葉市・さかえ座）

アッと驚くハッスルに、文字通りアッと驚いた。こうなるとなにがなんだかよくわからぬ。

どうも日本のヌード劇場の宣伝惹句には智恵がないが、むろんこれは劇場側がわれわれの知能程度に適《あ》わせてくれているせいであろう。

劣等意識

昭和二十八年の春、わたしは四谷の上智大学に入学した。外語大を落ち、早大には、第一次試験は補欠で通ったが金がなく（補欠合格者の入学金は、普通合格者の入学金より、ずんと高いのだ）、授業料を免除してくれる上智を選んだのだ。

がしかし、当時のわたしは俗物根性が芬芬《ふんぷん》としており（それはいまでもそうかもしれないが）、自分の入った学校が有名でないということを理由に、あまり上智を愛していなかった。

おまけに学科がドイツ哲学科、一日に四時間もドイツ語の授業があり、しかもそれがきびしい授業で（なにしろ、百五十頁の文法書をひと月ですましてしまうというおそるべき進み方であった）、語学のセンスに乏しい（つまり暗記力のない、という意味）わたしは三ケ月で音をあげてしまい、七月末、夏季休暇で田舎へ帰ったのを機会に、学校を休学してしまった。いま考えるとすこしもったいないない気がする。

すなわち、あの詰め込み主義こそ、語学の本道だったのだ。

上智にいや気がさした原因はもうひとつあった。それは前にも触れたように、有名大学への劣等意識である。新宿へ遊びに行けば早稲田のバッジが、渋谷を歩けば東大と慶大の記章が目について仕方がない。

おれはあの連中よりも頭が悪いのだ、金がないのだ、そんなことばかり考え、やがて考えることにも疲れてしまったのである。

二年半、田舎で暮らすうちに、

〈大学なぞどこだって構わぬ。おれはとにかく勉強したいのだ〉

という気になり、やがてわたしは大学に戻ったが、それからは有名大学に対する劣等感はなくなった。

ところで、本日は、ご自分で自分の通う大学が三流だとお悩みの諸君へ、あるいは有名大学に落ちて浪人中の諸君へ、劣等感除けの呪文をお教えしよう。

その呪文とは、

東京大学は頭狂大学
慶応義塾大学は低能未熟大学
早稲田大学はガセダ大学
法政大学は包茎大学
学習院大学は嗅臭淫大学
明治大学は姪痔大学
立教大学は慄脅大学
上智大学は情痴大学
大東文化大学は怠頭糞下大学

劣等意識
(自分が他人より劣っているという意識)
東京ゲイ術大学に
三度ふられ
無才死能《ムサシノ》微《ビ》術《ジュツ》大学に
ひろわれて
現在　弄人屋《イラストレーター》になる……
「急に自分が卑小に感じられてきたなァ」
hi-lit
FILTER CIGAR
Pilot
製図用
YAMA

駒沢大学は股磨竿大学
国際基督教大学は刻細切人狂大学
国士舘大学は酷屍姦大学
順天堂大学は純転倒大学
成蹊大学は生計大学

専修大学は選雌雄大学
創価大学は躁過大学
大正大学は帯妾大学
外語大学は害誤大学
東北大学は投撲大学
拓殖大学は抱触大学
薬科大学は厄禍大学
東洋大学は盗用大学

……という、大学の異名集成。
(あの連中、くだらない名前の大学に入って得意になってやがる)
と、思えば、屈託も晴れるのではあるまいか。

深夜放送

昭和四十年代の前半の深夜放送は、永六輔さんが雑学の蘊蓄《うんちく》を傾けて喋り、大村麻里子さんがビロードのような柔かい声でわれら中年男の心を撫で揺さぶり、土居まさるさんがテンポの早い、そして八方破れの話術で覚醒剤がわりになり、といった具合でとてもおもしろかった。

巷の映画館でナイトショーがはじまったのもこのころである。

また、同時に夜通し酒を飲ませてくれる店もこのころから出てきたように思う。

「健全な」テレビでさえも、深夜の三時ごろまで、邦画洋画の旧作を放映してくれたし、あのころはなかなか結構な時代だった。

当時のわたしはといえば昼は放送作家で、深夜は劇作家という二重生活。

正午に起きて、放送局へ出かけ、夜の十時ごろまで放送台本を書き、ある夜はスナックで仲間たちと酒を飲み、べつの夜は、映画館のナイトショーの客となり、さらにまたちがう夜は深夜映画を放映するブラウン管の前に坐り、そして、週に三、四度は、机上に原稿用紙をひろげ、ラジオの深夜放送に耳を傾けながら戯曲を書く、このくり返しだった。

ジャクリーヌ夫人へ千八百億円の遺産をのこして、このあいだ死んだギリシャの海運王アリストテレス・ソクラテス・オナシスの処世訓のひとつは、

『寝る時間を少くせよ。一日に三時間、睡眠を減らせば、一ケ月が、一ケ月半になり、それだけ成功のチャンスが殖える』

というものだったそうだが、じつはわたしもこれと同じ考えを持っていたので、朝七時まで芝居を書き、それから正午まで眠った。

もっともわたしはオナシス氏のごとく『成功のチャンスを殖すため』に睡眠時間を五時間に減らしたわけではない。放送と芝居とを二本立てで書くと、どうしても右に述べたような時間にならざるを得なかったのである。

とにかくそういったわけで昭和四十年代前半は、わたしにとっては「深夜というものがなかった時代」だった。

深夜というものは、時計の針が十二時以降を指すことであり、男と女との間の歯の浮くようなコトバがもっともらしく聞えるときであり、ひとり者には空しく淋しくやるせなく妻ある身にとってはなんとも怖《おそろ》しく、ホテルが休憩でなく泊りになるころであり、街の女があせり始めるころである、と、これは人によってさまざまに定義することができるだろうが、わたしにとっては、戯曲を書く時間だったわけだ。

ただ、いやだったのは、夜明け方、朝日の昇るまでの一時間ばかり、どんな躁状態でもあの一時間は気が滅入る。統計的にも、自殺者が圧倒的に多いのはこの時刻だそうだ。夜どおし死について考える。考えあぐねているうちに夜明け前が近づく。夜が明ければ「健全」な常識が、生活が、社会がまたはじまる。自殺志願者たちは、自分の悩みをもう一日「健全」な社会に持ち越すのを嫌って、社会の幕のあく寸前に命を絶つのである。

こっちにはべつに死なねばならぬほどの悩みはなかったけれど、自殺者たちの怨霊のせいか、やはりこの時刻になると精神が白《しら》けてしまう。

それをまぎらわすために、わたしは深夜放送を早朝まで点《つ》けっぱなしにして仕事をした。わたしが自殺もせずにまだ生き恥をさらしているのは、深夜放送のせいかもしれない。

深夜放送
（夜中の放送）
ボクの選んだベスト3
★ラジオ東京「パック・イン・ミュージック」
火曜夜・愛川欽也
（ゲストが名物。最近は永六輔と黒柳徹子が定連。その雑談の面白さと質の高さは筆舌につくし難い。おつとめの人もたまには夜更しして聴いてごらんなさい！）
★文化放送「セイ・ヤング」
月曜夜・落合恵子
（ちか頃少くなったオーソドックスなD・J ひたすら甘酸っぱく迫る。選曲もいい）
★ニッポン放送「オールナイト・ニッポン」
土曜夜・笑福亭鶴光（笑わせるD・J No.1！）
YAMA FUJI

将棋参段

小学三年のときに、友人から教わったのが病みつきで、以来、ずうっと将棋に凝っている。凝っているわりにはちっともうまくならない。調子のいいときで三級、調子の悪いときで五級といったところが、実力である。

わたしの将棋相手は町の将棋道場にいる。道場へいらっしゃったことのない読者のために説明すると、ここでは自己申告制がとられており、まず、道場の帳場に、

「わたしは三級です」

というふうに届け出るのがはじまり。

申告を受けた帳場は、道場に来ている客の中から、三級程度の棋力の持主を選び出し、組合せてくれる。あとはただ指すだけである。そして勝ち負けを記録して帳場に届けておくと、帳場がその成績を睨んで次の対戦相手を選んでくれる。

棋力のある人間は、同程度の者を連破し、昇進する。三級の実力もないのに、三級と申告したものは、たちまち化の皮をはがれ、五級や六級の客の相手になりさがる。ここそは実力本位の世界、妥協など一切ない。まことにさっぱりしていて気分がいい。もっともこの仕組を逆用して、しばらくの間、英雄になる方法がある。まず、これまで行ったことのない道場へとびこみ、

「わたしは三段で……」

と、申告する。アマチュア三段というと、そうざらにはいない。あっという間に、噂は道場内にひろがって、黒山の人だかり。

帳場の選んでくれた相手と向かい合い、軽く一礼する。相手はびびっているから、この礼に仰天する。

将棋参段
(アマにしては大変強い将棋の段位)
洒落《シャレ》将棋というのがある。
有名なのでは……
・角が成って―
かくなり果つるは身の因果
・角道をあけて―
角道(百日)の説法屁ひとつ
・歩をさして―
歩さし(武蔵)坊弁慶
・歩をさして―
歩さし(ふかし)立てのサツマイモ
歩をさして―
フサシの原稿
まだ来ない!

「さすがは三段。礼儀が正しい」

というわけだ。

駒を並べるときは、古法にのっとる。わたしの場合は、大橋流というのか、まず王将を置き、金、銀、桂、香、飛、角、歩と並べて行く。このあたりになると、見物人からも嘆声が洩れる。駒を振って先手後手を決める。先手になっても後手になっても構わぬから、第一手のときに五分ぐらい考える。ときどき低く唸ったりすると、さらに効果的である。

ただし、英雄気取りもこのあたりまで。第一手か第二手で、いさぎよく、

「……おそれ入りました」

と、頭を下げ、

「じつはわたくし、実力三級。一生に一度、有段者の真似をしたくて、三段を偽称いたしました」

と、さっさと引揚げる。

いつか池袋の道場で、二十手か二十五手ぐらいまで三段のふりをして、相手から殴られたことがある。あまり、長い間、相手を欺していたのがわるかったのだ。いい間合いで、

「じつは嘘でした」

と、ばらすと洒落になるが、深入りしすぎると、そうはいかなくなるのである。

ところでこのたび、わたしは将棋連盟から三段の免状を頂戴した。

むろん、(あれだけ将棋に狂っている男もすくないが、またあれだけ進歩しない男もすくない。ああなるとすこし可哀相だ)という、これはお情けである。

が、これでもう、わたしは町道場へは行けないようになってしまった。

行けばどうしたって、

「三段です」

と、申告しなければならないし、対戦すれば実力は初段以下、相手はまた殴りにくるだろうからだ。

独身貴族

隣の芝生はいつも緑という西洋の格言がある。他人の持物はなんでもよく見えるというわけだ。独身男性を女房持の男がみるときもこの心理が働くと見え、独身貴族などという成語ができている。

ではいったいなぜ、独身男性が「貴族」なのか、わたしなりに考えてみると、

①稼いだ金は一銭のこらず自分だけのために使うことができる。

(女権拡張論者がなにをいおうと、中ピ連がどう理屈をつけようと、ただいまの日本では、亭主が女房のぴんはねにあっていることは動かすべからざる、また疑うべからざる事実である。ただ、そのぴんはねの理由が、他のぴんはねの場合より、より妥当なものであるにすぎない)

②自分の時間を、すべて自分のために使うことができる。

(夜明けまで盛り場で飲み明そうが、書物を読もうが、また麻雀にうつつを抜かそうが、あるいは白河夜船をきめこもうが、だれも文句をいわない)

③他人と比較されずにすむ。

(結婚すると、女房はたえず自分の亭主の出世度や給料袋の中身を、己が友人の亭主

のそれや、亭主の友人のそれと比較することに熱中する。したがって「おれは出世しなくてもいい、給料も安くていい。ただただパチンコ道の奥儀を究めたい」などの、男ならではの雄々しい目標はたちまち挫折する）

④責任をとらなくてもよい。

（女房や子どもを飢えさせるわけにはいかぬ。そこで亭主たちはその責任を果すため

独身貴族
（ひとりものをうらやむたとえ）
クイズ
このあたり一帯は停電中なのに あのアパートの一室だけ灯がついています。さて あるじは妻帯者でしょうか 独身者でしょうか
こたえ
独身です。ただいま 自家発電中です。

に、瘦身に鞭打つ)

……というような具合になる。ほかにも独身男性が「貴族」である理由はいくらもあるだろうが、わたしは右のように考える。一方、男が結婚を決心するときの理由はどうか。

①夜更けに帰ったとき、アパートの己が部屋が暗くて寒くて汚いのが味気ない。
②腹の空いたとき、即席ラーメンやカップヌードルばかり啜っていなくてはならない。これまた味気がない。
③あまり長く独身でいると、会社の同僚や学校時代の友人から、あいつホモではないか、不能ではないか、と思われる。
④女優や女性歌手のピンナップ写真は動いたり、話しをかけてくれたりしないから、つまらない。
⑤留守に人がたずねてきたり、集金がやってきたり、無駄足ばかりさせてしまうのが辛い。
⑥朝、目覚時計だけではなかなか起きることができない。自分専用の目覚し人が必要だ。
⑦朝、出がけに味噌汁ぐらいは飲みたい。
⑧だれでもない、おれはこの女が好きなのだ。

⑨この女に手を出してしまった。その責任をとらなければならぬ。
⑩家族手当をもらおう……。

……これまた他にもさまざま理由はあるだろうが、ざっとこんなところ。すでにおわかりのように、結婚しようと決心したときの理由が、具体的、現実的、かつ瑣末《さまつ》なものであるのにくらべ、独身はいいなと思う理由は、いかにも抽象的、かつ観念的である。したがってわたしには、結婚とは抽象論が現実論に敗れること、そのように思われて仕方がないのである。

一二五五

一二五五とは、昭和四十八年十月現在での、国土地理院発行五万分一地形図の数である。

つまり、この一二五五枚の地形図を小学校の雨天体操場を借りて塩梅よく並べれば、五万分一の日本列島ができあがるというわけだ。ただし、もちろんこれは「紙の」日本列島にすぎないが。

伊能忠敬を小説にしよう。そのための資料に五万分一地形図を一枚残らず蒐集しよう。これが動機で三年ばかり前からこつこつと買い集め、この二月下旬に、一応蒐集を完成したのだが、一二五五枚の地形図を眺めているうちに、はっとあることに思い当ってすこしうろたえてしまった。この一二五五枚の地形図のうち、わたしが実際に行ったことのあるところは北から、札幌、恵庭、石山、千歳、樽前山、三沢、八戸、大館、鷹巣、能代、秋田、魹《とど》ヶ崎、宮古、大槌、釜石、遠野、人首、花巻、北上、横手、水沢、一関、古川、石巻、松島、塩竈、仙台、岩沼、白石、山形、上山、赤湯、米沢、玉庭、福島、平、小名浜、弥彦、三条、長岡、高田西部、妙高、日光、男体山、宇都宮、前橋、高崎、榛名山、軽井沢、能登飯田、輪島、氷見、富山、金沢、飛驒高山、福井、永平寺、飯田、水戸、潮来、佐原、銚子、八日市場、成田、東金、千葉、茂原、上総大原、勝浦、館山、

大宮、八王子、藤沢、横浜、東京東北部、同西北部、同東南部、同西南部、横須賀、三崎、平塚、小田原、熱海、伊東、下田、豊橋、名古屋南部、京都東北部、同東南部、大阪東北部、同西北部、神戸、和歌山、岡山南部、井原、萩、西市、小郡、防府、岩国、高松、徳島、高知、安芸の、一〇四ケ所。

すなわち、日本列島の、わずか十二分の一しか、自分は知らないと気づいたからうろ

たえたのである。これでよくもまあ、

「日本とは……」

「日本人とは……」

などと偉そうな口をきいたものだと、われながら呆れる。

これと似たことが書物の場合にもある。商売上の必要から多読の癖があるが、わたしの場合でいえば、多読はあまり精神の血肉とはならぬようで、これは知識を得るだけのこと。

みっちりと読む本は、週に二冊ぐらいしかない。週に二冊は一年で百冊ちょっと。十年で千冊。十歳から勘定に入れるとして、わずかの三千冊である。

にもかかわらず、わが家に一万冊近い本があるのはどういうわけだろう。おそらく積んでおくだけの書物、目次を眺めただけの書物がほとんどなのだ。そして悲しいことは、いかに長寿に恵まれたとしても、現在手持の書物すら読破することができぬということ。つくづく人の一生は短いと思う。

話を五万分一地形図にもどせば、四十年生きて、一〇四枚の地形図としか縁がなかったわけであるから、一年平均二枚強の割合で、わたしは見聞をひろめている計算になる。そしてこのペースで日本全土を隈なく歩きまわるには、あと四百四十年生きていなくてはならない。やはり、人の一生は短い、短すぎる。

地形図の束と書物の山を眺めるたびに、このごろは溜息しか出ないが、この溜息は、死ぬ間ぎわまで続くにちがいない。

一生は短いと知っていながら、あそこへも行きたいこれも読みたいと悩む、これがひょっとしたら中年ということなのかもしれぬ。

円形脱毛

頭髪について異常に興味がある。拙作の小説『ブンとフン』には、毛髪による犯罪捜査学を確立しようとして、人間の髪の毛を一本一本数える気の長い（よく考えればドジで間抜けな）警察長官クサキ・サンスケ氏が登場するが、なにを隠そう、このクサキ・サンスケ氏のモデルがこのわたしなのだ。

新聞や週刊誌を読んでいるときも、頭髪に関する記事や事件が載っていやしないかと、眼を皿のようにしている。浅草の見世物小屋の演《だ》し物に常に注意を怠らぬようにしているのも、この頭髪に対する興味のせいである。

というのは、ときどき、髪の毛で車を引っぱったり、同じく頭髪で沢庵石を持ちあげたりする怪力女芸人が出演することがあるからだ。

科学警察研究所主任研究官の須藤武雄さんの研究では、一本の毛を頭皮から剝がすには五十グラムの力を加えなくてはいけないそうである。

人間の頭髪は十万本前後であるから、その十万本を引き抜くには、五千キログラムの力が必要である。したがって、理論上は、だれでも頭髪で車を引っぱったり、頭髪で沢庵石をぶらさげたりできるわけで、「怪力女」を珍しがることなぞちっともないのだが、それでもやはり自然に浅草へ足が向く。

一本の頭髪を頭皮から引き抜くには五十グラムの力が必要だということがわかったが、では、頭髪そのものの強さはいかほどか。

これについては、かつてナチスドイツのユダヤ人収容所アウシュヴィッツで得られた数値がある。それによれば人間の頭髪の強さは相当なもので、一本の髪の毛は百三十から百五十グラムの力に耐えることができるそうだ。したがって「女の髪の毛は巨象をも

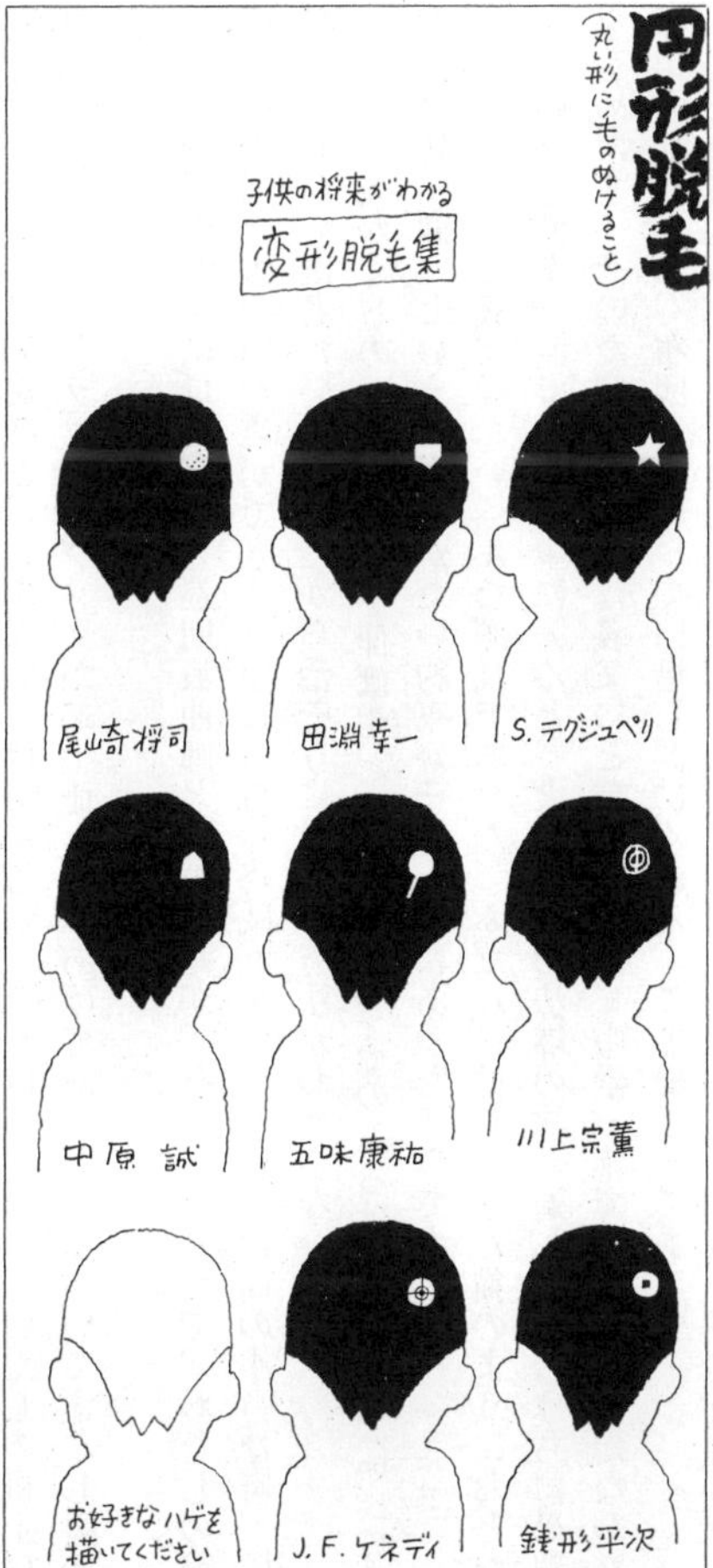
円形脱毛
（丸い形に毛のぬけること）
子供の将来がわかる
変形脱毛集
尾崎将司
田淵幸一
S.テグジュペリ
中原 誠
五味康祐
川上宗薫
お好きなハゲを描いてください
J.F.ケネディ
銭形平次

「禿は心に繋《つな》ぐ」というのは満更嘘とは言えないわけであるが、それはさておき、わたしの机上に頭髪についてのスクラップ・ブックが二十冊も積みあげてあるわけについてすこし書かせていただこう。

中学一年のときに母親が地方巡回浪曲師と再婚したが、そのすぐあとで、わたしの後頭部に十円玉大の円形禿ができた。なにしろ、終戦直後で、しかも山間《やまあい》の小さな町、頭髪にくわしい医者はいない。だから治そうにもその方法がわからない。

一方、禿かくしのために頭髪を伸ばすという智恵も、そのころは思い泛ばない。「子どもは坊主頭」という動かしがたい約束がその土地にあったからである。

ところでこの義父はたいへんな酒乱であった。ふだんは借りてきた猫のようにおとなしいのに、酒が一滴でも口の中に入ると、大語壮語し法螺の吹き通し、そのうちに母親を苛《いじ》めだす。そのたびにわたしは義父にとびかかるが、中学一年では大人にはかなわない。殴り返され、布団をかぶって口惜し涙にくれる、この繰返しである。

そして奇体なことに、義父にとびかかるたびにわたしの円形脱毛部分が、後頭部から左横へ、左横から前頭部の正面へ、それから右横へと移動するのである。学校へ行けば囃《はや》されるし、家に帰れば義父にからかわれるし、あのころはほんとうに地獄だった。

円形脱毛部分の移動は春から始まって、ちょうど一年かかって、頭を一周し、次の年の春、出発点へ戻り、やがて消えた。

消えたのは、義父が母親を捨ててどこかへ行方をくらましたためである。というわけでで、義父が戻ってきたら、また円形脱毛症になるのではないかという恐怖が、頭髪について二十冊ものスクラップ・ブックを作らせた真犯人のようだ。

動物愛護

動物を可愛がっておいでの皆さんからは叱られるかもしれないが、子どもの時分からずいぶん犬や猫を苛めてきた。

若干の悔悟の情をまじえながらわたしのやった犬猫の虐待法を思いおこしてみると、たとえば小学五年のとき、近所の猫を煮干し用雑魚《じゃこ》でおびきよせ、とっ捕えてやつの鼻の穴にわさびの塊を押し込んだことがある。例《くだん》の猫はぎゃっ！　と名状すべからざる悲鳴をあげて三十糎もとびあがり、次の瞬間、時速百キロは優にあろうかと思われる速度で走り出し、そのまま行方不明になってしまった。

また小学六年のとき、柔道を習い始めたが、あるとき、この柔道の教師が、「猫はどんな高いところから跳びおりても、ぴたりと四つ足をついて着地するが、姿三四郎はこの猫の着地法を見て独得の受身術を編み出した」

と、話すのを聞き、友だちと猫の着地術を研究したことがある。やはり近所の猫を雑魚でおびきよせて捕え、火《ひ》の見櫓《みやぐら》の天辺《てっぺん》から落したのだ。猫はにゃんともいわずに即死した。

「柔道教師がいうほど、猫は着地に長じているわけではない。むしろ下手糞である。となるとおそらくその下手糞な着地法から編み出された姿三四郎の受身法もたいしたことはないのではないか。したがって、下手糞な受身しかできないその姿三四郎が柔道界で重きをなすということは、柔道という武芸もたいしたものではあるまい」

友人とわたしは、右の如き、珍妙な三段論法によって柔道を下手ッピイの武芸と結論づけ、それ以後、道場通いをやめにしたのだが、言うまでもなくこの結論は誤っていた。

火の見櫓の高さは三十米はたっぷりあった。妖怪変化と仙人と鳥類以外は、これはだれ

動物愛護
（動物を愛し保護すること）
いま、腹の底から怒っている！
頻発してる「犬害」にだ。
いたいけない幼児が、抗す術もなく
自分より大きな獣にかみ殺される
その恐怖は想像を絶する。
断じて許せん！「眼には眼を」だ！
飼主は猛犬によって肉をくいちぎらせ、
犬めは被害者側によって八ッ裂きに
するのだッ！

でも即死する高さである。

高校時代、日向ぼっこをしていた猫にガソリンをかけ、マッチで火をつけたことがある。猫はあっという間に火の玉と燃えあがり、ひかり号なみの速度で西に向って走り出し、これまた行方不明となった。まだ達者ならとっくに地球を一周して戻ってきていいころであるが、それ以後、彼の姿にはとんとお目にかからぬ。おそらくどこかで野垂れ死したのであろう。

それにしても、わたしはなぜこのように猫に辛く当ったのだろうか。それについて考えてみると、盗人にも三分の理というが、まんざら理由はないこともないのである。むろん例外はあるかもしれないが、動物愛護家には人間を愛することのできない人が多いような気がする。あの人たちは自分と同じ種族である人間が飢えているのを見すごすことはできても、自分の傍にいる犬猫が飢えているのは黙視できないのではないか。もしそうなら、これはずいぶんおかしいような気がする。わたしたちの動物虐待は、屁理屈をつければ、そういう人たちの〈動物愛護精神〉にたいする無意識のからかいだったのだ。（とはちょっと恰好がよすぎるか）

犬に牛肉を与えている自称動物愛護家は、わたしにいわせれば滑稽だ。その人たちは牛という動物に対する愛護精神の方をいったいどう考えているのだろうか。

真の動物愛護家なら肉食動物を飼うことはできないだろう。

ある動物を飢えさせないために他の動物の肉を供することに苦痛を覚えるはずだろう

からである。また、真の動物愛護家なら、海が汚れ、山が削られるのを見ていられないだろうと考える。汚れた海、緑から褐色に変色した山、そんなところで、動物や魚たちが生きることができないことを、よく知っているはずだからである。とまあそのようなわけで、己れの周辺の動物をべたべた可愛がっている動物愛護家を、わたしはあまり信用していないのだ。

佳句絶唱

寄席でよく聞く俗曲のひとつに、
《何々を売りに行ったら売り名を忘れ、ナントカカントカはいりませんかいな》
という式の唄がある。
もうすこし具体的にいえば、

〽火焔放射器を売りに行ったら売り名を忘れ、団体用のガスライターはいりませんかいな。

〽スカートを売りに行ったら売り名を忘れ、大根を包む風呂敷はいりませんかいな。

というやつ。今日は、この型式を借りてちょっと悪戯をしてみたが、なにかひとつでも佳句絶唱があればおなぐさみである。

〽水を売りに行ったら売り名を忘れ、土地が変るとこれも変るといわれているもの、交尾中の犬にかけると離れるもの、紐を引くとざーっと流れ出てくるもの、これの入っていないプールに飛び込んだりすると頭を打ってたいへんな騒ぎになるもの、化学記号であらわせばHが二個でOが一個のもの、お湯のさめたもの、知人によそよそしくするとこれくさいといわれるもの……はいりませんかいな。

（しょっぱなからすこし長々しすぎました）

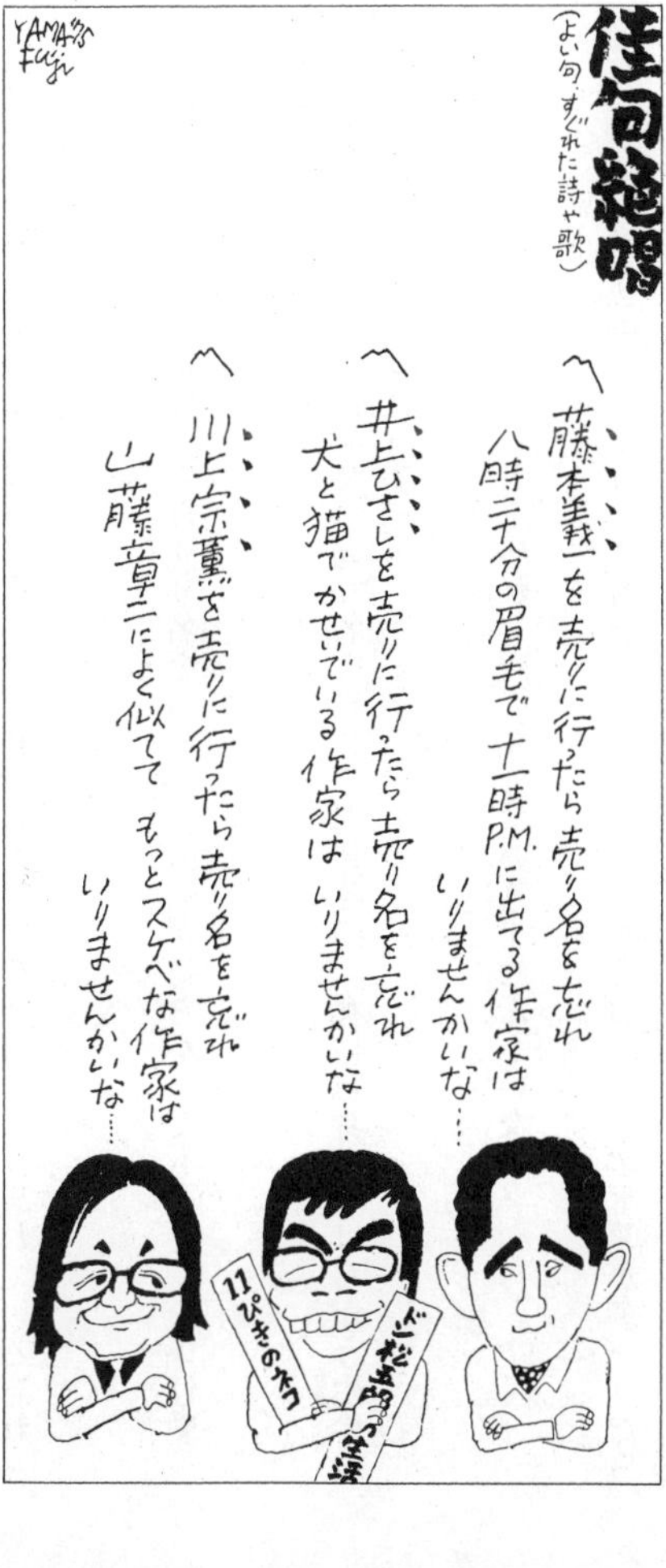
佳句絶唱
（よい句・すぐれた詩や歌）
〽藤本義一を売りに行ったら売り名を忘れ
八時二十分の眉毛で　十一時P.M.に出てる作家は
いりませんかいな…
〽井上ひさしを売りに行ったら売り名を忘れ
犬と猫でかせいでいる作家は　いりませんかいな……
〽川上宗薫を売りに行ったら売り名を忘れ
山藤章二によく似てて　もっとスケベな作家は
いりませんかいな……
11ぴきのネコ
ドン松五郎の生活

〽政治家を売りに行ったら売り名を忘れ、昨日した公約を今日はもう忘れている忘れん坊はいりませんかいな。

〽女性週刊誌を売りに行ったら売り名を忘れ、女の子が持ち歩いても恥しくない性愛読本はいりませんかいな。

〽女の子が躰を売りに行ったら売り名を忘れ、週刊誌の『女性自身』とはちがう生《なま》の女性自身はいりませんかいな。

〽山を売りに行ったら売り名を忘れ、岡の親分はいりませんかいな。

〽アンパンを売りに行ったら売り名を忘れ、その上に腰をおろすとズボンがアンコだらけになるのはいりませんかいな。

〽マッチを売りに行ったら売り名を忘れ、小人の国の新幹線線路の枕木はいりませんかいな。

〽コンドームを売りに行ったら売り名を忘れ、毛槍の鞘《さや》はいりませんかいな。

〽シミーズを売りに行ったら売り名を忘れ、漢字で書けば「清い水」、清水はいりませんかいな。

〽田中の角栄さんを売りに行ったら売り名を忘れ、国民よりも池の鯉を大事にしたちょび髭の小父さんはいりませんかいな。

〽美濃部知事を売りに行ったら売り名を忘れ、出るの出ないの出ないの出るのと新米お化けの真似の上手はいりませんかいな。

〽石原慎太郎さんを売りに行ったら売り名を忘れ、むかし床屋さんを儲けさせたお人はいりませんかいな。

無為無策

わたしは時間の使い方が下手だ。ぼんやりと煙草をふかしている時間が第一に多すぎる。この時間を利用して小説や戯曲の構想を練っているとでもいうのなら立派だが、じつはそうではない。

無為無策、ただぼんやりしているだけなのだ。ときにはものを考えもするが、これが愚にもつかないことばかり。たとえば、

《カレーライスが正しいのか、ライスカレーが正しいのか、どっちだろう》

などということを、この二十年間、考えつづけているのである。

そんな疑問は国語辞典を引けば立ちどころに解消するではないか、とおっしゃる方がおいでになるだろうが、じつはこの問題は辞典では解決しない。その証拠に、わたしがもっとも信頼している国語辞典である『新明解国語辞典・第二版』（三省堂）の、二百十九頁を開いてみよう。そこにはこう記してある。

カレー【curry】①カレー粉を小麦粉に交ぜて溶かし、どろどろにさせたもの。カリー。②ライスカレーの略。「ドライカレー」【カレー粉】カレーライスなどに使う、インドの香辛料。こしょう・トウガラシ・ナツメグ・シナモン・丁子・ウコンなどを交ぜた、

黄色の粉末。カレーライス【curry and rice の日本語形】肉・野菜をいためて煮込み、カレーを交ぜて飯にかけたもの。ライスカレー。（傍点筆者）

おわかりのように、ライスカレーも正しければカレーライスも正しい、という感じで書かれている。（強いていえばカレーライスの方がより正しい、というニュアンスがあ

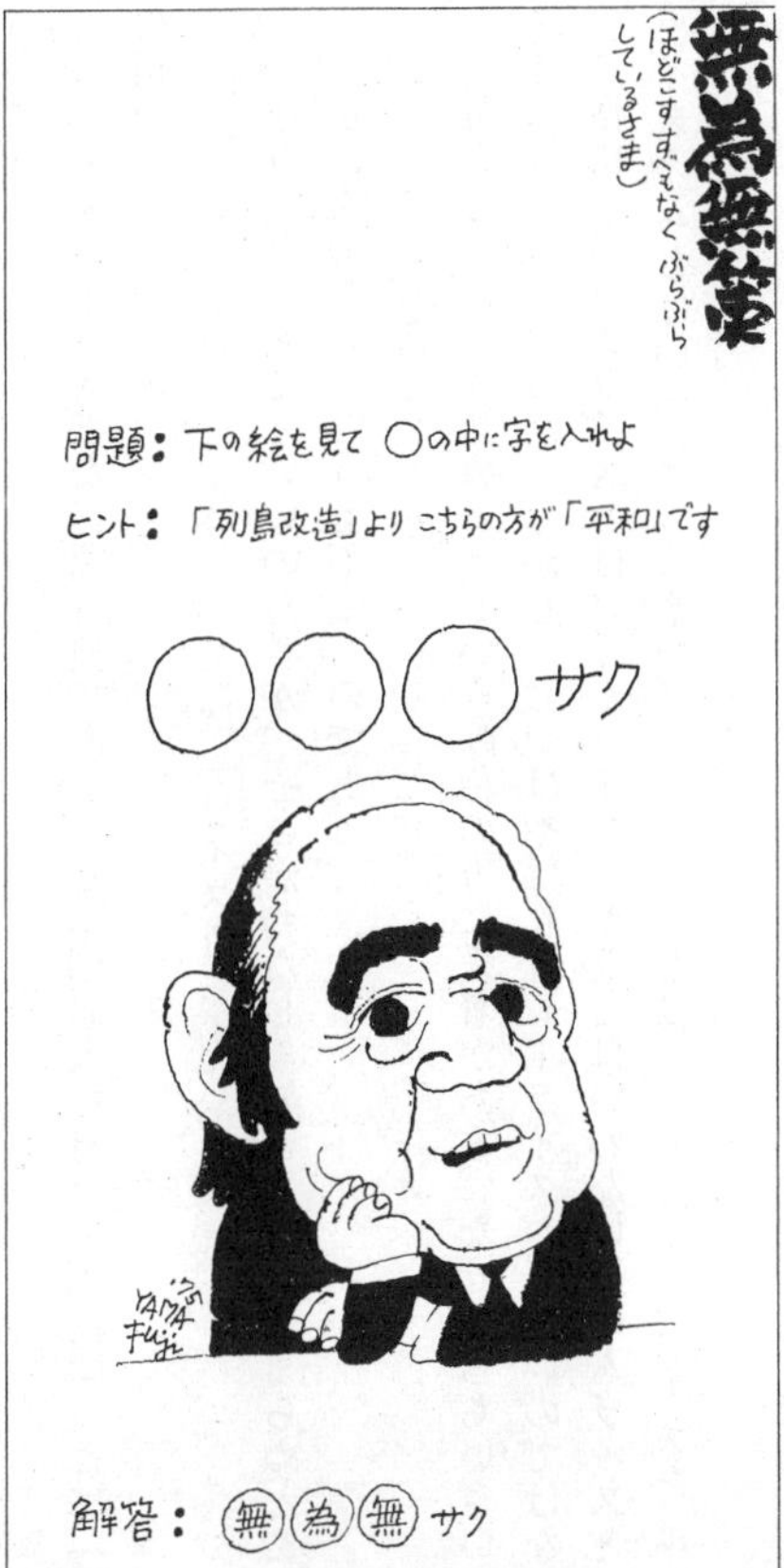
無為無策
（ほどこすすべもなく ぶらぶらしているさま）
問題：下の絵を見て ○の中に字を入れよ
ヒント：「列島改造」より こちらの方が「平和」です
○○○サク
解答：無為無サク
誰だ！佐藤栄と思ったのは！

るが）

日本でもっとも大部な国語辞典である『日本国語大辞典』（小学館）では、「カレー」の項でこう解釈する。

（前略）③「カレーライス」または「ライスカレー」の略。

つまり、どっちでもいいのだ。が、そこがわたしの如き凡人のつまらぬところで、どっちかに決めないとどうも不安なのである。

そこでこう考える。

（自分としてはライスカレーという呼称の方に愛着がある。なぜならちいさいときからそう言ってきたからだ。しかし、じつはやはりカレーライスが正しいのではないか。その証拠に、ハヤシライスとはいうがライスハヤシとはいわない。オムライスとはいうがライスオムとはいわない。またソーススライスとはいうがライスソースとはいわない……）

ソースライスとはわれわれが学生時代に好んで食した代物で、白い御飯の上にソースをぶっかけただけのやつであるが、それはとにかく、これで一応自分なりの結論は出たわけである。

ところが、このあいださる立派なホテルの食堂で、給仕長に、

「カレーライスをください」

と申し上げたところ、

「ライスカレーでございますね」

と、念を押されてしまった。

立派なホテルの食堂の給仕長がまさか出鱈目を言うわけがない。するとやはりライスカレーという呼称がより正しいのであろうか。

わたしはまたふり出しに戻って考え込んでいる——というわけで、こんなことばかり繰り返しているから、いつも時間が足りなくなってしまうのである。

夫婦円満

日本語では、「うちは夫婦円満で……」などと言うのは禁句である。「あいつ、手放しでのろけてやがる。馬鹿じゃなかろうか」と蔭で悪く言われるにきまっているからだ。

「いやもううちの女房ときたらひどいもので。まあなんとかかんとかやっていますよ」

こう答えてにやにやしているのが、利口な態度というものだろう。

しかしひどい女房だからこそ円満に行っている場合もあるので、わが家などはその典型である。

たとえば――。この三月二十一日の朝、わたしはさる出版社の会議室からふらふらしながら家に帰ってきた。前日、女房から、

「明日は午後一時十二分東京発の新幹線ひかり号で名古屋へ発ってください。前に引き受けておいたA新聞社とM書店共催のサイン会と講演会がありますから。サイン会は午後四時から、名古屋市栄町のM書店で、講演会は午後六時から市民ホールで開かれる予定になっています」

という電話を受けとっていたので、小説の脱稿寸前にペンを擱《お》き、帰宅したわけである。

風呂に入って、缶詰生活の垢と脂を流していると、女房が下着を持って脱衣場にあらわれ、

「昨日まで待っても、向うから切符が届きませんので、わたしが昨夜、市川駅で買い求めておきました」

という。なかなか気がきくのう、と思いながら風呂から上り、身支度を整え、わたし

夫婦円満
(夫婦が十分に満ち足りて仲のよいさま)
巷談辞典
サイン会
藤章二氏
井上ひさし氏
YAMAFUJI

は家を出た。出がけに女房がいった。

「名古屋駅の新幹線改札口のすぐ横に大きな壁画があります。三時からA新聞の事業部のWさんが、社旗を持ってその壁画の前に立っているそうです。あとはすべて、そのWさんの指示通りになさればよろしいんですよ」

台所に立たせればカレーライスとギョーザと即席ラーメンしかつくれず、針を持たせれば雑巾一枚縫うこともできず、自分の指に針を刺して悲鳴をあげ、箒《ほうき》を持たせれば四角い部屋をまるく掃き、まるい部屋を（もっともうちにはまるい部屋なぞないが）四角に掃く。どこをとろうにもまるで取得のない女であるが、どうやら秘書的能力はあるらしい。

そんなことを考えているうちにひかり号は名古屋駅についた。降りて大壁画の前に行ってみた。

だがA社の社旗を持った人などどこにも見えぬ。壁画の前で三十分待ったあと、A社のWさんに電話をした。事業部の日直が、

「今日は春分の日です。Wさんは休んでおりますよ」

と答えた。だんだん腹が立ってきた。東京から人間を招《よ》んでおいて、春分の日だから休むという法はないじゃないか。天下のA紙ともあろうものがまったくぶったるんでおるわい。こうなったら金輪際A紙の世話になぞなるものか。

タクシーを飛ばしてM書店に行き、一階売場の店員嬢に訊いた。

「サイン会場はどこです?」

「サイン会?　今日はそんなものありませんが……」

店員嬢は目をまるくした。「なにかの間違いでしょう?」

「間違いということがあるものか。当の本人がサインをしようとやってきているんですよ。わたしは井上という小説書きだが、三月二十一日、すなわち本日午後四時から、ここでサイン会をやることになっているんですぞ!」

「井上さん?　ああ、それならひと月ちがいですわ。井上さんのサイン会は四月二十一日です」

わたしは売場の電話を借りて女房を怒鳴りつけた。が、間違いや勘ちがいも、ここまで徹底すると滑稽至極、怒鳴っているうちにわたしは笑い出していた。こんなわけで、結構たのしく笑って暮している。

前衛音楽

前衛音楽の作曲家である柴田南雄さんに、『追分節考』という作品がある。これはとても変った音楽で、まず幕明きが、明治の楽理書の朗読とそれに対する弥次。つづいて雲助うたのハミング、そのうち、数人の男声独唱者たちが客席を行き来しながら、うたいだす。

この柴田さんには『コンソート・オブ・オーケストラ』という単一楽章十七分間の作品もあるが、これなどはさらに変っている。楽員がバイオリンの胴を叩いたり、チェロの背中をコツコツとノックしたり、素人のわたしなどにはなにがどうなっているのかすこしも見当がつかぬ。もっともこの作品は四十八年度の尾高賞を得ているから、傑作なのだろう。

英国の作曲家エドワード・エルガーに『エニグマ変奏曲』という、主題と十四の変奏から成る曲がある。エニグマとは『なぞ』のことらしい。つまり『なぞの変奏曲』というわけだ。さて、その『なぞ』とはこうである。

《作品では演奏されないけれども、全曲を通じて沈黙の伴奏を果している別の主題がかくれている、それはなにか》

エルガーは今から四十年前に死んでいるが、彼は終生、この『なぞ』の解明は行わなかった。したがって、音楽愛好家たちが、自前の智恵でこれを解くほかないのであるが、わたしもこのあいだ、このレコードを手に入れたので（参考までにレコード番号を記しておこう。フィリップス・X―七八六九）、一週間かかってなぞ解きに熱中した。そしてその結果は、わからず仕舞い、だった。冷静に考えてみると、《演奏されない》《沈黙の伴奏》なぞ、わかるわけがない。おそらくわたしはエルガーというおっさんに一杯く

前衛音楽
（新しい実験的な表現手法を用いる音楽）
ベリ
ベリ
ボクの見た前衛音楽で
コントラバスに貼ったものを
やたらにハガすという
珍なる演奏があった。
セロテープ
ガムテープ
バンソウコウ
トクホン
サロンパス
カプシプラスト……
全然わからなくて頭に
ホッカホッカきたョ おっかさん！
ハイ！

わされたのである。だが、英国には『エニグマ変奏曲の謎を解く会』という団体があって、ここ三十年来、毎月一回会合を持ち、この謎解きに当っているそうである。立派といえば立派だが、馬鹿々々しいといえばこれほど馬鹿々々しいはなしもあるまい。いずれにもせよ、作曲家という人種には、変り者が多くて飽きることがない。

わたしの知人にもいくたりか作曲家がいるが、みんなそれぞれすこしずつ変っている。たとえば、宇野誠一郎さん。日本では放送のドラマの伴奏音楽は「ゲキバン」などと蔑称され、したがってその第一人者である宇野さんは不当に低い評価を受けているが、この人の音楽の大きさときたらたいへんなもので、そのへんのクラシック畑の作曲家先生たちが何十人束になってもかなうまい。宇野さんは佳《よ》いメロディも書くが、実験精神も旺盛で、いつぞやなどは、ピアニストが竹箒を持たせられ、そしてピアニストは、鍵盤を叩くかわりに、蓋を外したピアノの上に乗り、竹箒で弦を撫でた。

また、あるとき、ドラム奏者は、ドラムセットの前から、スタンドマイクの前に引きずり出された。そして彼はスティックで、スタンドマイクの支柱をチーン・ポーン・カーンと叩かせられた。むろん、これらはすべて宇野さんの指示による。

言うまでもなく、珍奇な手法を思いつくだけなら誰にでもできる。問題はその手法が『音楽』になっているかどうかだ。宇野さんの場合、それがきちっと『音楽』になっているから偉大なのだ。

あるとき、宇野さんに、

「ゲキバンばかりでなく、いわゆるちゃんとした音楽をお書きになったらどうですか？」

と、いらざるお節介を焼いたことがある。そのとき、宇野さんはこう答えた。

「ええ。いま協奏曲を準備中です」

「協奏曲？　ピアノ協奏曲ですか、それともバイオリン協奏曲……？」

「いや、タイプライター協奏曲です」

なんでも独奏楽器（！）がタイプライターで、タイプ音とオーケストラとの軽妙かつ壮大なかけ合いという構想らしい。まったく作曲家って奇天烈《きてれつ》だ。

郵便番号

封筒や葉書の宛名を認《したた》めるたび、憂鬱になる。上方に横一列に並んだ大三個小二個、計五個の長方形の枠に郵便番号を書き込まなければならぬと思うと気が重くなるのだ。そしてわが国の政治家が、そして郵政高級官僚が、いかに日本語を知らないか、そして、そのおかげでわたしたちがいかに無駄な努力を強いられているか、を考えて腹立たしくなってくる。

日本語の住所の表記法は、どなたも御存知のように、「大」から「小」へと場所を限定して行く。たとえば、わたしの住所は「千葉県市川市北国分一―三」であるが、これは、まず「日本という国のどこでもないあの千葉県である」と、ひとつ場所を限定し、さらに「その千葉県のどこでもない市川市というところ」と、千葉県のある都市へ枠をせばめ、「その市川市の北国分、その北国分も一丁目、その一丁目も、一番地や二番地ではなく三番地なのだ」と、範囲を区切る、標的を小さくして行く、これがわたしたちの住所表記のやり方である。映画やテレビのカメラ手法にたとえればズームインである。まず、日本の大ロングがある。ぐーンとズームをきかせてそれが千葉県のロングになり、またぐーんーと、こんどは市川市の、そして北国分の、さらに一丁目三番地のアップになる。べつにたとえれば、わたしたちの住所表記法は大項目から↓中項目↓小項目へと及ぶ。

つまり、この表記法は分類に適している。札幌市（あるいは他のどこでもよいが）の郵便局の仕分け係は冒頭の『千葉県』を見て、

「おっとこれは千葉県行きか」

と、すぐ仕分けができる。

郵便番号
（郵便物のあて先に書く算用数字の番号）
「番号は体をあらわす」
158
イコーヤ
108
イレバ
655
ロココ
141
ヒトヨイ
YAMA FUJI
'75

ところが外国式の住所表記法ではこうはいかぬ。たとえばアメリカ人は、まず宛名人の名を記し、次に番地→丁目→街名→町名→州名と、日本とは逆に書いて行く。局の仕分け係にとってはこれはなかなか手間暇がかかる。住所をすべて読まぬうちは、どの州のどういう町へ届けなければならないのか見当がつかないからである。そこでアメリカには郵便番号がある。住所をいちいち全部読んで仕分けをしていては能率が落ちるので、番号で仕分けのときの便をはからおうというわけだ。換言すれば、こと住所表記に関しては、アメリカはようやくこれで日本に追いついたのである。

だが、日本の郵政高級官僚たちは、日本の住所表記法が、すでにそのままで郵便番号になっているということを知らなかった。アメリカのものならなんでも日本よりは進歩している、便利である、という固定観念があったのだろう、郵便番号をそのまま輸入してしまったのである。おかげでわたしたちは一冊三百四十円の番号簿を買わせられ、手紙や葉書を書くたびに、それを引くことを余儀なくさせられている。まったくばかばかしい。

郵便番号制がとり入れられて何年経つのか知らないが、この制度に国民のだれもがそうたいした愛着など持っていないということは、流行歌にあるいはその替歌に、郵便番号がまったく顔を出してきていないという事実からも明らかだろう。

もし、みんながこの制度の有効性を認めているなら、五木ひろしのあのヒット曲は、きっと次のような替唄を生んだにちがいないのだ。

〽851から船に乗って
　651に着いた……
また、北島三郎の絶唱『函館の女《ひと》』には、こんな替唄が出たにちがいない。
〽はるばるきたぜ042……

小便無用

去年はカメラに凝った。安いカメラを他人《ひと》から貰ったのがきっかけで写真の魅力にとりつかれ、気がついたらカメラが四台に殖えていた。

将棋や麻雀と同じようにカメラも覚えたてがおもしろい。なにしろ、シャッターを押すたびに上手になって行くのが、自分でもよくわかるのだ。

いちばん凝っていたのは、去年の夏で、このときは四百ミリの望遠レンズをつけたカメラを持って、毎日のように散歩に出かけた。

散歩場所はきまっていて、江戸川べりのさる公園。そこのあるきまった場所から江戸川の景観を毎日撮影し、一年続け、三百六十五枚たまったら、『江戸川の四季』と題する写真集を出そうと考えたのである。

ところが、はじめてから三ケ月ほどたってから、ぴたりと進歩がとまった（ような気がした）。なにを写してもおもしろくないのだ。そして、出来てきた写真にもどうも愛着がもてない。

そのうちに四百ミリの望遠レンズは出歯亀用の覗き道具になってしまった。なにしろ夏の公園、アベックたちは昼間から大胆不敵に愛を交しあっている。江戸川の景色をとるふりをして、アベックたちの様子を望遠レンズで眺めるわけだ。

小便無用
（小便を禁じたことば）
用を足しながら 何か つぶやいている
男がいます。何といってるのでしょうか……
小便無用
例:1　そっちに用が無くても こっちに用があるんだ!
2　カトリック信者だから 鳥居なんか平気だもンネ!
3　毎日ミミズにひっかけてるのに ちっとも大きくならないな…

秋がきて、アベックたちは、寒風の吹く公園を避けるようになり、それにつれて、わたしの江戸川詣でも間遠になった。

以来、四百ミリの望遠レンズは押入れで埃をかぶって眠ったままである。

四台あったカメラも他人《ひと》に差し上げたり、中古カメラ屋に売り払ったりしていまは、馬鹿チョンカメラが一台残っているだけであるが、ようやくこのごろになって、自分がなにを撮るべきかわかってきたようである。なぜだか知らないが、自分が便器にカメラを向けるときに生き甲斐を感じることを発見したのだ。また、『小便無用』と書いた立札や貼紙を見たりすると、

「写したい!」

という意欲に燃える。

そんなわけでこのごろは、馬鹿チョンカメラを常に携帯し、料亭の雪隠《せっちん》、喫茶店の洗面所、友人宅の便所、出版社の厠《かわや》、公園の共同便所、劇場・映画館・放送局の憚《はばか》りや、小便無用の立札を撮りまくっている。

このあいだ、金沢の兼六園に出かけたとき、公園下の人家の横手に、

『立ち大・小便を禁じます』

という木札が立ててあったが、これにはおどろいた。そこは人通りの多い道だった。だから立小便はわかる。しかし、立ち大便がよくわからない。

いまどき、人通りの多い道で野糞をひることのできるほどの豪傑が、いったい実在するものであろうか。

もうひとつおどろいたのは浅草公園の共同便所である。小便所に、

『この所小便無用』

という立札が立てかけてあったのだ。

小便所で小便できなければ、いったいどこでしろというのか、どうもよくわからん。

もっとも、あれは酔漢の悪戯だったかもしれない。どこかから立札を抜いてきて、共同便所に立てかけたのだろう。

世の中にはものずきな悪戯をする人がいるものだ。

もっとも、それを撮って歩いているわたしは、それ以上のものずきか。

地口謎々

なぞなぞが流行しているそうだ。

「防波堤にカモメが百羽浮んでいる。その百羽のうちの一羽がカモメのジョナサンだが、残りの九十九羽はカモメのなにか?」

というなぞなぞがなかでも最も知られていて、都内のとある小学校でさる新聞社の行った調査によると、児童の八十七%までが、このなぞなぞの答を知っていたという。なお、この答はこうである。

「残る九十九羽はカモメのミナサンである」

わたしに言わせれば、これはあんまり上出来のなぞなぞではない。

「ホウ、なるほど、そうですか」

と思わず言ってしまいかねぬ、理に落ちたところがあるからいやなのだ。

同じ地口《じぐち》なぞなぞなら、

「炊き立ての御飯とかけてトランペッターととく」

というなぞなぞの方がずっとよくできている。心は、

「吹かねば食えぬ」

であるが、こういうのは馬鹿々々しくて、後になにものこらないから、ゲラゲラ笑え

る。そこが魅力だろう。

　次に記すのは地口なぞなぞではないが、冒頭に掲げた「カモメのジョナサン」同様、現在、小学生の間で、名作とほめそやされているものである。

「電線に、スズメが五羽とまっている。そのうちの一羽を狙って、空気銃を射ったところ、弾は見事に一羽のスズメの胸に命中した。さて、電線の上には、スズメが何羽残っ

地口謎々
(語呂合わせで解くなぞなぞ)
江戸の頃、盛んになった地口行燈の見本。ことわざを種にしている所が今の謎々と異る。
小犬竹のぼり
鯉の滝のぼり
ほうづきのこうべに蟹やどる
正直の頭に神やどる
亀が片手は藻の中じゃ
金がかたきの世の中じゃ
年の若いのに白髪が見える
沖の暗いのに白帆が見える

たか？」
　答えは、
「五羽」
　だそうだ。
　理由は、
「弾に当ったスズメは胸に防弾チョッキを着ていたからである」
　くだらないなぞなぞだ、と思う。これまた理におちすぎている。
　どうもちかごろのヤング諸君は理におちるものが好きらしい。
　わたしたちが放送作家時代にひねり出した地口なぞなぞには、たとえば、
問「古池や蛙とびこむ水の音、の水の音はどんな音か？」
答「バショーッ！」
問「痔の人が思わず放屁した。その音は？」
答「ジープ」
問「畑の作物と歌手とはなにが必要か」
答「コエ。作物には肥《こえ》、歌手には声」
問「源頼朝は平和主義者であったか、それとも武力主義者だったか？」
答「みな、もとより、友——だから、平和主義者だった」

……というようなものがあって、その質はとにかく、馬鹿々々しくて理屈がなかったところが、自画自讃ではあるが、なかなかよかったと思う。

いずれにせよ、わたしたちの国語、すなわち日本語は、語呂合せや地口にとてもよく向いている。地口なぞなぞが流行るたびに、わたしは、その分だけ、

「語呂合せなんて下品です」

と鹿爪らしいことをいう人が減って行くだろうと思い、うれしくなってしまう。

豚箱志願

浅草六区のストリップ小屋（ほんとうは「劇場」とすべきなのかもしれない。なにしろわたしの働いていたところは鉄筋で椅子席の近代的な造りであったのだから。だが「ストリップ」とくるとどうしてもわたしは「小屋」と受けたくなってしまうのだ）にいたころの、日記がわりのメモ帳が行李の底から出てきた。表紙にはかびが生え、手垢を吸った頁は互いにべたりとくっつき合っている。それを一枚ずつ剝して読むうちに、

『留置場に入る時の心得』

という見出しのある頁に出ッくわして、びっくりした。なぜ驚いたのかといえば、これまでわたしは、自分が豚箱に入ったことがあるというのをきれいに忘れて暮していたからである。

といっても、わたしのささやかな名誉のために注釈を加えておけば、なにもわたしは殺人や強盗や強姦や詐欺の疑いで留置場にぶち込まれたわけではない。わたしがぶち込まれたのは、

「踊り子をそそのかして観客に彼女の性器を開陳させたのではないか」

という疑いによってであって、むしろわたしはいまこの前歴を誇りにさえ思っている。ストリップ小屋の従業員としては、これはむしろ勲章なのだ。劇場上層部にかわって自

分がすべての責任を負い、留置場に入ると、特別手当が三千円ほど出た。ひと月の給料が三千円、自分の書いた四十枚ほどの芝居が自分の働いている小屋で二十日間上演されたことがあるが、そのときの上演料が同じく三千円の時代であるから、上層部にかわって留置場行きを志願することによって、財政的危機をたてなおすことができるわけで、簡単に言えば、留置場入りは大歓迎だったのだ。

豚箱志願
（留置場入りをこころざし願うこと）
所長！アイツはまた格子を切って逃げてやると豪語しています。刃物なんか全然見当らないのに……
バカ、あんな立派なハモノが見えんのか！

『留置場に入るときの心得』の最初にまず《有給休暇だと考えて気楽に過そう》と書きつけてあるのは、そのへんの事情を指している。

二番目に《入るときには事務所から千円か二千円、金を借りて行くこと》とある。看守さんに頼めば天丼でもカツ丼でもなんでも取り寄せてくれる。むろん、そのためには金がいるが、それを事務所から忘れずに借りて行こう、というわけである。

三番目には《これを機会に禁煙を断行すべし》とある。留置場では、言うまでもなく煙草は御法度である。それを逆手にとって禁煙を志す唯一無二の機会にしようとしたのだろう。もっとも、わたしは三度ほどお世話になったが、禁煙は実行できなかった。いつもひと晩かふた晩泊るだけで解放されたせいである。それに、取り調べ官がいずれもやさしい人で、

「きみ、どうだね」

と、いつも煙草をすすめてくれた。

四番目の心得は《看守を呼ぶときは『担当さん』がよい》。看守さんたちはなぜだか、「看守さん」と呼ばれることをよろこばない。呼ぶ方のこちらにしても「看守さん」では他人行儀でなんとなくぎこちがない。そこで「担当さん」なのである。そう呼ぶとなんとなく百年の知己といった友好的な雰囲気が彼我《ひが》の間に生まれるからおもしろい。「班長さん」と呼ぶ手もあるが、これはおだてである。さり気なくすらりと口にしないとかえって逆効果だ。

踊り子たちのはなしでは、彼女たちは鼻声で「イーさん」だの「ターさん」と呼ぶそうである。

おしまいの心得は《本籍を正確に憶えておこう》である。釈放のさい、本籍を言わせられる。このときに間違えたりするとコトだ。すぐに出してもらえなくなる。それでこう書きつけたのであろう。

ところでこのメモ帳を見つけてから、わたしはすくなくとも一日に一回、留置場に入りたいな、と考える。むろん、留置場に叩き込まれれば、原稿を書かずにすむからだ。

風雨曇雪

天気予報はなかなか当らないようである。まったく当らなければ無視してしまえばいいから、これは気が楽だが、ときどき適中するから始末が悪い。もし、天気予報がいまのように「当ったり当らなかったり」であるなら、テレビのあの時間を詩の朗読の時間にしてしまったらどうであろう。というのは、むかしからある諺風の天気予報には、そのへんの詩などはとうてい及ばぬ「詩的」なものが多いからである。たとえば、

三月にあられ、五月に梅雨《つゆ》、
そして八月に大雨があれば、
百姓は五百文の金を、
貰ったよりよろこぶ。
冬には雨か霧雨、
風か雪か霞《かすみ》がついてまわる、
冬の太陽と浮気男の愛情は、
来るのが遅くすぐ消える。
冬はどこでも雨が降るが、

夏の雨は神の望むところに降る、
冬の天気がよすぎると、それは、
きっと雨の多い夏のしるし。

日曜の朝の雨はしばしば一週間つづき、

風雨曇雪
(かぜとあめとくもりとゆきと)
コン・バン・ワ…
「ミッドナイト天気予報」です。
いつものように調べてみます
から少々お待ちください…
エー、
表日本は相変わらず
湿度が高く夜になって
一時グズつくでしょう…
裏日本は時どき
突風のおそれがあります。
それではオヤ・スミ・ナサイ…
YAMA FUJI '75

朝の虹は際限もなく雨を降らす、
靄《もや》が晴れないと下界は雨で、
北風が吹くと勝手きままに雨が降る、
鯖雲《さばぐも》の空と化粧した女は長続きせず、
赤い夕陽と白い朝は旅人の友だちだ。

どんよりした月は雨と夕立ち、
銀色の月は上天気、そして、
赤みばしった月は風が道連れ。
雪の多い年は豊作で、
若者が浮き浮き浮き立っている年は、
作物がよくできる、
風の強い年はリンゴの当り年、
寒気がぴりりと肌をさす一月、
埃っぽい三月、雨がちの四月、
きれいで賑やかで風の強い五月は、
みのりの多い福々した年の予告。
すべて詩である。

……とここまで書いたとき、仕事部屋のすぐ横の通りを、二人の小学生の男の子が、

「十円玉投げてさ、表が出たらテレビ、裏が出たらマンガを読もうよ。それでさ、もし十円玉が立ったら勉強しようや」

と、声高に話しながら、通っていった。それを聞きながら、天気予報の時間に、下駄を投げるのもいいな、とわたしは思った。

若くてきれいな女性タレントが、着物かミニで立っている。

そして、

「明日、天気になーれ」

と、下駄を放り出す。

表が出たら晴、裏なら雨、もしも立ったら大地震だ。

われわれは天気予報よりも、女性タレントの下着の色を瞥見《べっけん》して楽しむであろう。

とは、むろん半分以上は冗談であって、わたしが言いたいのはたとえそれが天気予報というささやかな手段であれ、人間が自然の先まわりをするのは、傲慢のそしりを免れ得ないだろうということ。

明日の天気をあらかじめ知ることができる、そして気象も人間が左右できる、と思うのは、やはり人間の思い上りというものではあるまいか。

卑語運動

女性の性器を「オ××コ」と声高に呼んだり、銭湯やサウナで己が性器をべろんと得意気に出したりするのを「男らしい」としてもてはやす風潮があるようだが、これは男らしくもなければなんでもない愚行、蛮行のようにわたしには思われる。

かといって、わたしはすべてを恥しいものとして隠すべきであると強弁しているわけではない。言いたいときには言えばよく、出したければ出せばよいのであって、その行為にことさらしく「男らしい」という仰々しい値打ちをつけるのはなんかへんではないか、と思っているだけである。

だいたい、この「男らしさ」という代物ぐらいあてにならぬものはない。

その証拠としては、こんどの南ベトナム各地での、兵士たちの撤退さわぎをひとつ取り上げるだけで充分だろう。鉄砲担いだ兵士、これはまことに男らしい。

だが、それはじつは真の姿ではなかった。その正体は女や子どもを押しのけても自分だけは助かろうとする「女々しい」精神の持主だった。わたしたちの周囲にも彼《か》の兵士たちと同じ連中が多いのではないのか。

ここでまた注釈をつければ、わたしは「女子どもを押しのけても自分だけは助かろう」とするのがいけない、と言っているのではない。どんな剛の者でも命は惜しい、それが自然な人情である。

それを普段は「男らしくあらねばならぬ」「国のためには命も惜しくない」などとうそぶいて恰好をつけているのが、かえって浅ましい、といっているのだ。女性の性器を声高に「オ××コ」と呼んでいる人たちにもわたしは、右と同質の浅ましさを感じる。

それにだいたい智恵がない、とも思う。「オ××コ」を、

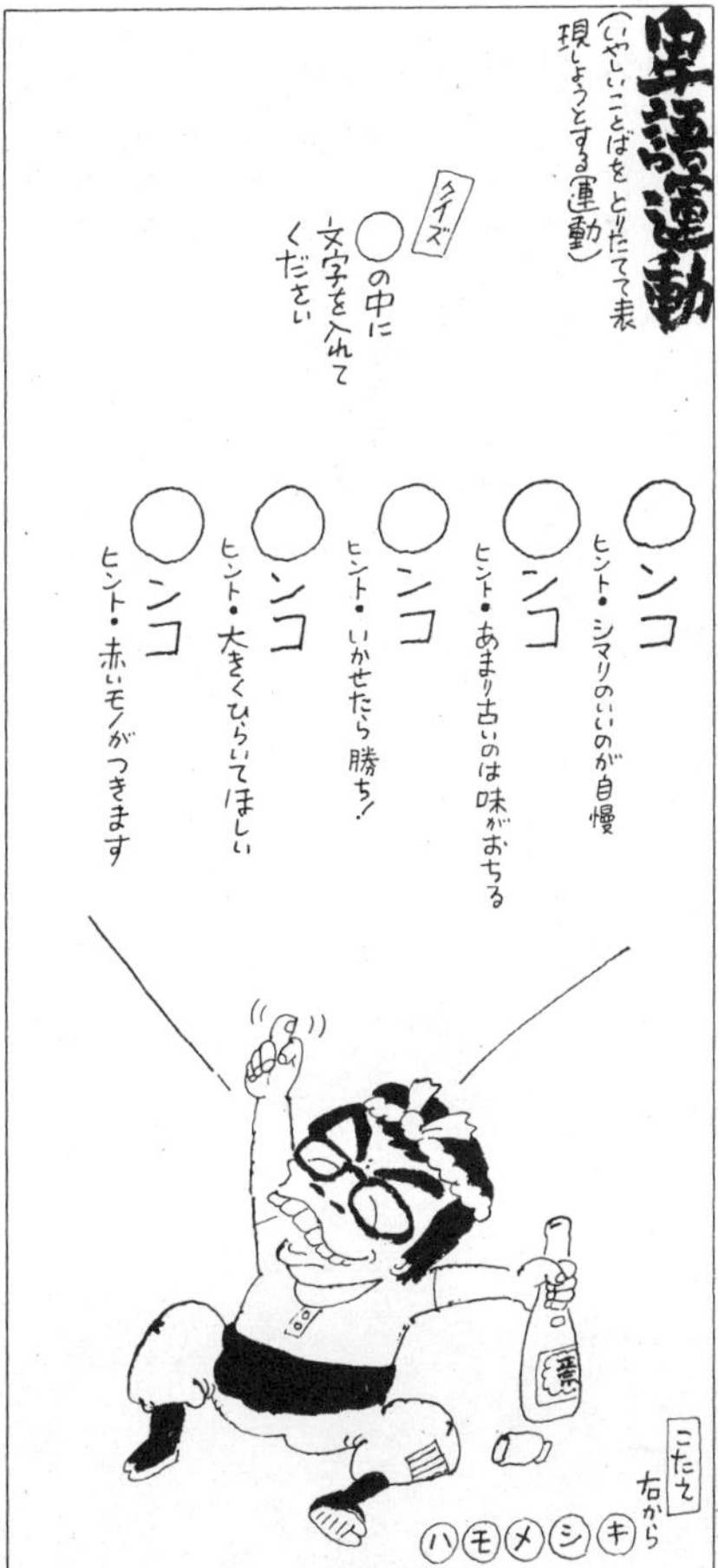
卑語運動
(いやしいことばをとりたてて表現しようとする運動)
クイズ
○の中に文字を入れてください
○ンコ
ヒント・シマリのいいのが自慢
○ンコ
ヒント・あまり古いのは味がおちる
○ンコ
ヒント・いかせたら勝ち!
○ンコ
ヒント・大きくひらいてほしい
○ンコ
ヒント・赤いモノがつきます
こたえ
右から
キ シ メ モ ハ

甘美な繁み
暗黒の縦穴
肉のすき間
幸運の壺
砂糖壺
キューピッドのホテル
ヴィーナスの蜜入れ
喜んだとき涙で濡れる口
自分のことを語ろうとしない口
火戸（ほと）
通鼻（つび）
慕慕（ぼぼ）
真処（まこ）

などと呼ぶ方が、よほど愉しいし、智恵があるではないか。だいたい、わたしたち物書きは、ある露骨なコトバにそれぞれ独得の加工をほどこし、別の表現に変えてしまうというのが仕事のはずであり、そんなわけで、わたしは近頃のはやりの卑語運動には、どうもひとつ疑問があるのだ。

かつてのストリップショーと現今のヌードショー、どちらが愉しいかと問われれば、わたしはためらうことなく、

「ストリップショー」

と答えるが、理由も右と同根である。

初手《しょて》から、女性性器をぴらぴらつかせられるよりも、見えるようであり、また見えないようでもある、というじらしが、わたしにはおもしろい。そして、このじらしこそ「文化」の別名ではあるまいか。

卑語運動にはこのじらしがないのである。

密着技術

船橋市にお住いのBさんとおっしゃる読者から興味津々たるお手紙を頂戴した。ひとりで読むだけでは勿体ないので、この欄をお読みくださっている方々に特に公開しようと思う。手紙はレポート用紙に黒のボールペン書き、かなりの達筆である。

前略。私は総武線の津田沼—浅草橋間を通勤していますが、巷談辞典の第六十二回の補足をさせていただきます。

総武線の女性乗客の体（胸、腹、尻）に触りやすい理由としては、これはとくに鈍行の場合でありますが、ほとんどの女性が亀戸・錦糸町・浅草橋などで下車する店員や工員が多く、気さくである、ということがあげられると思います。美人ではないが、発育良好のボインちゃんで、県民性のしからしむところか、乗り込んでくるときにハンドバッグで胸を隠すというような姑息《こそく》なことはしません。とても大らかなのです。

もっとも同じ総武線でも「快速」はだめです。これは東京駅周辺に通勤する、ややお高い連中が多いからではないでしょうか。

他の線の場合は、中央線が最低です。痩せていて、お上品ぶった女性ばかり、いつもしっかりとハンドバッグで胸を防いで乗ってくるのです。

地下鉄は混みすぎます。その上、暑くて接触慾がそがれます。接触はやはり総武線に限るようです。

次に、総武線鈍行で効果的に触って楽しむため六つの条件を列挙してみましょう。

❶千葉始発の鈍行に乗ること。なぜなら混んでいるからです。

❷小さな包みを持つよう心掛けること。これを腹よりやや高めの位置にかかえると、相手の胸にさわりやすいのです。また包みを下にさげるふりをして、相手のテトラ地

密着技術
（ぴったりくっつく技術）
「本格派」
YAMA FUJI '75

帯を攻めることも可能です。
❸急用を思い出したふりをして、あわてて降りたり、移動したりすること。このときは抵抗なく胸やテトラにタッチできます。
❹包みを相手の背中に押しつけるようにして置くこと。こうすれば隙間を利用して手を自由に動かすことができます。この場合、狙いはむろん相手のお尻であります。パンティの枚数をかぞえることができるほど意のままにさわれます。このとき、意識的に避けようとする女性がありますが、十中八九までは「月に一度のお客様」の滞在中。こういう女性にしつっこく迫ると睨まれますから注意してください。
❺相手とは絶対に目を合わせてはいけません。顔を見るのは降りる瞬間にしてください。
❻しばらく接触してから、ときどきこちらの体を引き加減にすること、この呼吸が大切です。相手によっては、こっちが体を引くと、それにつれて向うから寄ってくる場合もあり、これはチャンスです。こんなときは大いに攻めまくってください。なにしろ相手も承知なんですから。
……とまあこんなわけで冬も夏もまことに楽しく通勤しております。心残りなく密着できたときは一日中爽快な気分、帰りに弾《はじ》くパチンコの出も一段とよろしいようです。

手紙を書き写しているうちに思い当ったことだが、このBさんはわたしに教えさとすような筆致で記しておられる。ということは、わたしを同好の士とお思いなのであろう。がしかし残念なことながら、まことに残念なことながら、わたしはまだ女性乗客と車内でねんごろになるという機会に恵まれたという経験はない。

その点では、損な性分にわたしは生れついているようである。

禁煙断行

煙草のみにとって朝は地獄だ。口の中が粘《ねば》つく。苦い。のどがいがらっぽい。むかしは煙草をつくづくおいしいと思う日が、三日に一日はあった。が、この四、五年、煙草がおいしいと思う日は百日に一日、あるかなしかである。

おまけに、四十歳になって多少ぼけてきたのか、諸事に身体がきかなくなってきたのか、外套や洋服や畳に焦げあとをこしらえることが多くなった。それにまた煙草は金がかかる。二百五十円のビックの使い捨てライターを愛用はしているが、他人がカルチェなぞでシュパと火を点け、うまそうに煙草を喫っているのを見ると、そこが凡人の浅ましさ、こっちも欲しくなる。そこでやっとの思いでカルチェを手に入れるのだが、三日目にどこかへ置き忘れ、口惜しくて口惜しくて一週間ばかりは飯がまずい……。

そのころ、新聞で次のような記事を読んだ。

——西ベルリンのスポーツ医学研究所のリュプス教授は「スポーツマンにとって一本のタバコは勝利と敗北をわける」と、タバコの害を強調している。同教授によると、一本のタバコを喫うことによって生じる血圧、脈上昇は、標高二、三千メートルの高地に行ったときに匹敵するという。射撃大会での調査によると、喫煙前は失敗率七％だった選手が、一本タバコを喫った後は二十七％にもなった。プロのバスケットボール選手のシュート練習では、十二％の失敗率が、二本のタバコを喫った後は十四～十五％になったという。水泳の優勝者の統計では、タバコを喫う人と喫わない人の割合は一対四と、喫う人は二十五％だが、タバコを喫う人が連続優勝することはほとんど稀だという――。

この記事が直接の引金となって、わたしは二月下旬の某日、正午を期して禁煙をはじめた。

禁煙断行
（断じてたばこをやめること）
映画監督の岡本喜八さんの節煙の方法は面白い。ゴルフ場ではパーがとれるまでたばこはのまない。だから一日中のまないこともある。そのかわりバーディだと二本のむことにしている。無性にのみたくて一所懸命ゴルフをやるようになるそうだ。ボギーでのむとか、その人のレベルに合わせて応用できる方法だ。
イライラ
イライラ

煙草を捨てたり、ライターを人にやったりするのはやめた。「煙草なぞそのつもりになればいつでも喫えるのだ」気楽なかたちをとりながら禁煙に入ろう、というわけである。

煙草をやめてまる一日たったところで、わたしは自分の生活が、なにからなにまで煙草に支えられていたことに気づいた。たとえば、机の前に坐る。机の上に原稿用紙を置く。ペンを握る。宙を睨む。従来であればここで煙草を咥《くわ》えるのだが、禁煙中なので、ここで飴玉をしゃぶる。これがしまらないのだ。どうも童話を書く雰囲気になってしまうのである。

あるいはまた、女房と口喧嘩になる。従来であれば、への字に結んだ口に煙草を咥え、ぎゅっと女房を睨みつけるのであるが、への字に結んだ口へ、ペロペロキャンディを咥えて、はったと睨みつけるので、ぜんぜん気合いが入らない。おまけにペロペロキャンディなどあまり舐めたことがないので、舐める技術が拙劣で、思わず涎《よだれ》なぞをたらしてしまう。これでは威厳もなにもあったものではない。

編集者がみえる。原稿の引きのばしに従来であれば、煙草をふかしながら「いやァ、テーマをどう出すかをちょっと思案中でして」などと鹿爪らしくうそぶくのであるが、煙草のかわりにふかし芋などぱくつきながら「いやぁ、胸が灼《や》けますなあ」と、しゃっくりまじりに答えるほかはないから、まるで気合いが入らないのだ。

もうひとつ、禁煙すると怠け者になるようである。つまり（これからは煙草代が浮くからそうあくせく働くこともあるまい）などと考え、つい机の前からテレビの前へ居場所を移してしまうのだ。さらにもうひとつ、禁煙すると原稿に誤字脱字が目立ってふえる。

どうやら小生は煙草の灰に埋れて死ぬ運命にあるようです。

金髪料理

数ケ月ばかり前、ある週刊誌に、英語の単語を語呂合せで覚えたい、ご存知の方はご一報を、というお願いを出させてもらったことがあるが、そのときは全国からたくさんご返事をいただいた。そのご返事を目下ぼつぼつ整理中であるが、もっとも多かったのは七曜を語呂合せで憶える方法だった。

わたしが知っていたのは、

日曜日、寝坊をしてもおこサンデー
月曜日、今日は煙草をのマンデー
火曜日、火に水かければチューーズデー
水曜日、水に早苗をウェンズデー
木曜日、木刀、腰にサースデー
金曜日、晩のおかずはフライデー
土曜日、土曜は一日ごぶサータデー

というやつで、これは山形県南部で流行していたものだが、正直いってあまり上々吉の語呂合せ記憶法とは申せない。たとえばのはなし〈土曜は一日ごぶサータデー〉は、なにがごぶさたなのかよくわからん。よくわからないから連想には向かない。連想に向かないということは記憶術にもならんということで、これは最低の語呂合せなのである。

ところで評論家の戸塚文子さんからいただいた七曜記憶法はこうだ。

日本の武士は乃木サンデー
月桂冠は呑マンデー
火に水かけてチューズデー

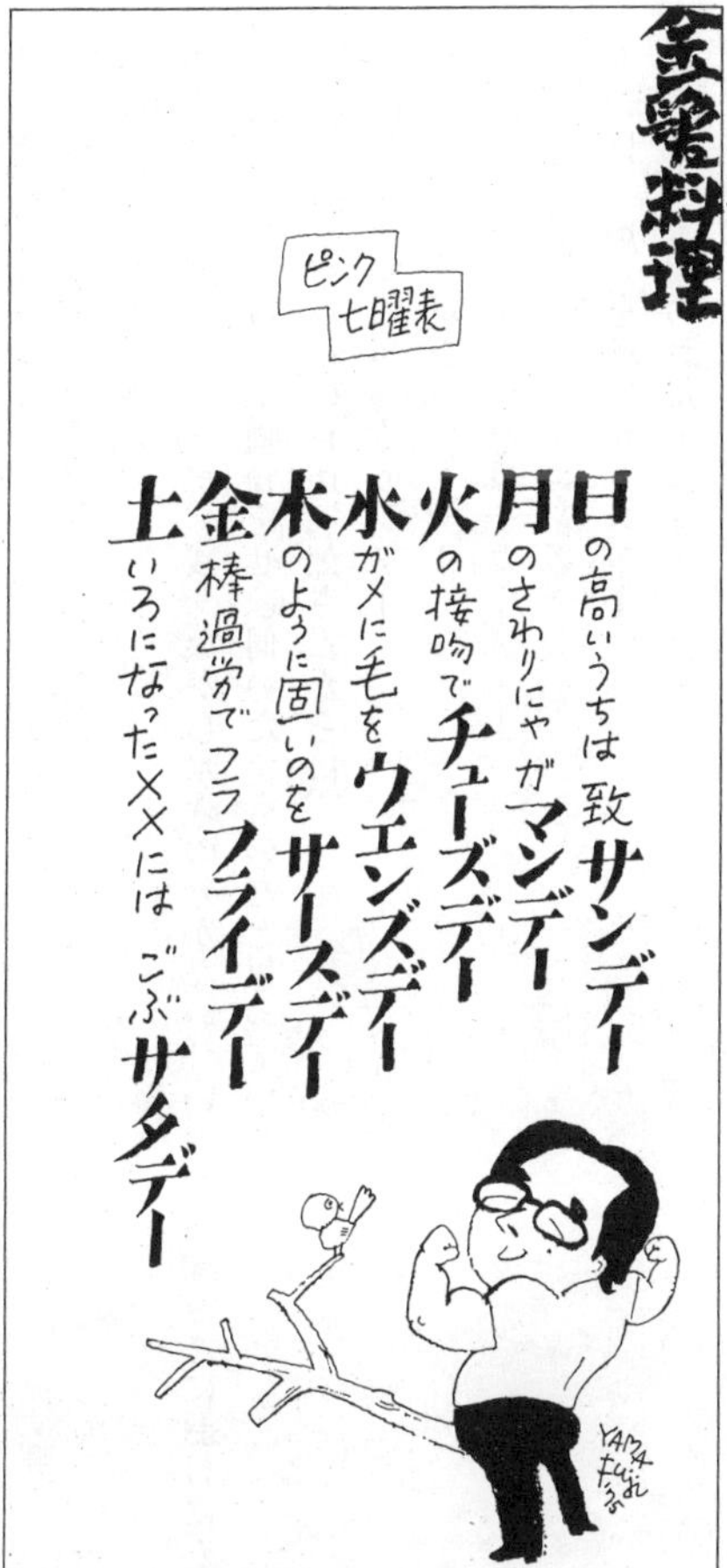
金髪料理
ピンク七曜表
日の高いうちは致サンデー
月のさわりにゃガマンデー
火の接吻でチューズデー
水ガメに毛をウエンズデー
木のように固いのをサースデー
金棒過労でフラフライデー
土いろになった××にはごぶサタデー

木刀腰にサースデー
金魚もたまにはフライデー
土中に虫もサッタデー

これはよく出来ているが、残念ながら水曜の分がない。いつか戸塚さんにお目にかかる機会があったら、水曜分をぜひ伺いたいものだと思っている。

もっとも、平塚市の日比三郎さんからは、

日曜日、日本将軍乃木サンデー
月曜日、月桂冠を望マンデー
火曜日、火に水かければチューズデー
水曜日、水曜に松をウェンズデー
木曜日、木刀を腰にサースデー
金曜日、金曜のおかずはフライデー
土曜日、土曜のお客はごぶサタデー

というのをいただいている。女学生時代の戸塚さんも「水曜に松をウェンズデー」とやっていらっしゃったのかもしれない。

姫路市の高浜龍さんからお寄せいただいたのはこれまでの二篇と同工異曲で、こうである。

日本の軍人は乃木サンデー

お月様は満《マン》月デー
火に水かけてチューズデー
水田に苗をウェンズデー
木刀腰にサースデー
金ピラ料理はフライデー
お土産持ってごぶサータデー

金曜日の「金ピラ料理はフライデー」というのがどうもわからない。なぜ金ピラがフライなのであるか。そんなことを考えていたら、たまたま世田谷の山田道子さんからいただいたもののなかに、

〈金髪料理はフライデー〉

とあるのを発見、なるほどと思った。金髪料理が姫路の方へは金ピラ料理となって誤伝したのではあるまいか。山田道子さんのお手紙には「わたし共、大正末期に小学校時代をすごしたものは、これを愛唱したものです」とあったが、大正のある年のある月のある日、どこかのだれかが、七曜を語呂合せにして詠《よ》む、それがやがて人の口から口を経て、全国にひろまっていく……、なぜかしらん、これは感動的である。

つまりおもしろいものは宣伝費をかけなくてもひとりでにひろまり、死に絶えることもないのだ。

悪態技術

日本語論ブームらしい。書店には日本語について書かれた書物がずらりと並び、しかもよく売れているようだ。そして、学校や会社では語呂合せなぞなぞが流行っている。おそらくこの現象は、旅行ブームや歴史ブームと同じ意味があるのだろう。つまり、空間を移動することによって「日本とはなにか」「われわれとはなにか」をたしかめようとする動きが旅行ブームとして現われ、時間を遡行《そこう》することで「日本とは、そしてわれわれとはなにか」をたしかめようとする動きが歴史ブームとして表出したのと同じように、コトバを改めて点検することによって「日本とは、そして日本人とはなにか」という問いにそれぞれが答を出そうとしているのが、この日本語論ブームなのではないか。いってみればわたしたちはいま不安なのである。それで自分自身を、そして自分の国のことを知りたがっているのだ。

——というような七面倒な理屈はとにかくとして、せっかく日本語に向いた世人の関心の何割かを、なぞなぞにばかりでなく、悪態へもまわしていただきたいものだとわたしはねがっている。なにしろ、日本人の悪態技術は、かつてたいへんな高水準にあったのだ。この技術をなにも埃の中にほうっておく手はないのである。

「おまえなんぞシャツの三番目のボタンで、あってもなくてもいいんだ。いい加減で引っ込まないと、生皮はいで干乾しにしちまうぞ」

などと、選挙カーの上からがんがんがなりたてる県会議員立候補者に怒鳴ってみる。

「ぐずぐずするな。おれのあんよの先ではねとばされたいのか。それとも胴体にくさびを打ち込まれたいのか」

と、順法闘争とやらでのろのろとホームに入ってくる電車に毒づく。

悪態技術
(わるくちのいい方)
なにィぬかしゃがんでェ、この丸太ン棒め。
呆《ほう》助、藤十郎、ちんけえとう、株ッかじり、
芋ッ掘りめッ。黙って聞いてりゃ増長して
御託が過ぎらい。
蛸の頭、あんにゃもんにゃ。てめえ
の氏素姓を並べてきかしてやる
からな、びっくりしてしゃっくり止めて
馬鹿になるな。おい、よくきけよ。
おウ、どこの馬の骨だか牛の骨だか
わからねェ野郎が……
(悪態落語の代表"大工調べ"より)
柳家 小さん
YAMAFUJI '75

「ああ、いやだいやだ、ほんとうにいやだよ、とりわけいやだ、どうしてもいやだ、いやだったらいやだ、一から十までいやだ、十から百まで、百から千まで、千から万まで、みんないやだ」

と、同衾を迫る女房に小声で剣突をくわせる。

「なにを偉そうに。ふん、土手ッ腹に穴あけてトンネルこしらえて、汽車を叩き込むぞ」

「それ以上がたがたいってみろ。頭から塩をぶっかけて、かじってやるぞ」

などと呟きながら上役の叱言《こごと》を聞く。

「ヘッ、澄ましやがってなんだい。頭をぽんと胴体へめり込ませて、へその穴から世間を覗かせてやろうかい」

「高い銭をふんだくりやがって、頭と足を持って、くそ結びに結んでやろうか」

と、サービスの悪いレストランのウェイトレスの背中に浴びせかける。

「口答えなぞしやがって生意気な……。口から尻まで青竹通して、裏表こんがりと火に焙《あぶ》って、人間のかば焼こしらえてやろうか。それ以上ぶつくさ言うなら踏み殺すぜ」

と、屁理屈ならべ立てる、己が子どもたちに、一発かませる。

わたしはこの方法を愛用しているので、その効果は保証するが、これらの悪態は、チチンプイプイのおまじないよりずっときく。胸がすっとする。

そして、これがもっとも大切なことだが、言うだけ言ってしまうと相手に対して、やがて親愛の情が湧いてくる。

　つまり、悪態技術は精神衛生にとてもよいのだ。かっとなって人を殴る、つかみかかる、殺す、そういうことの横行している日本に悪態技術がまたよみがえるために、目下の日本語論ブームがその火付け役になってくれればいいとわたしはくどいようだが心からねがっている。

商標登録

浅草名物の「雷おこし」の名称は、
《江戸時代から使われている普通名詞》
か、あるいは、
《特定商品の商標》
か、浅草の製菓業者の間で十五年にわたって争われていた訴訟で、最高裁はこの八日、《普通名詞》側に軍配をあげた。つまり「雷おこし」の文字はだれでも自由に使えることになったわけである。わたしは法律などには全く不案内な人間だが、この「雷おこし」裁判には興味があった。というのはほかでもない、「雷おこし」というコトバはすでに国語辞典に普通名詞として載っているからだ。たとえば、小学館の日本国語大辞典には、
《かみなり—おこし【雷粔籹】〔名〕おこしを梅の実大の球形、または長方形などに固めたもの。江戸浅草の雷門前で売っていたところからいう。＊歌舞伎・蝶々孖梅菊—二幕「長太、丁稚にて、雷おこしの袋を下げ、供をして出てくる」＊狂歌・飲食狂歌合「なかだちのくどき落さん企みかもかみなりおこし妹にくはせて」＊露団々〈幸田露伴〉「孫を歓ばせんには雷おこし一袋、観音詣の帰るさにはずまずばならず」》

とあり、新潮国語辞典にも、
《雷おこし【雷粔籹】（江戸浅草の雷門の前で売ったからいう）堅くかためたおこし》
とある。すなわちこれはもう疑いもなく普通名詞、もしこれが《特定商品の商標》ということになれば、大事《おおごと》である。たとえばここに悪賢い男が居て、国語辞典中の名詞を片っぱしから商標として特許に登録してしまったらどうなるか。当然、わたしたちはう

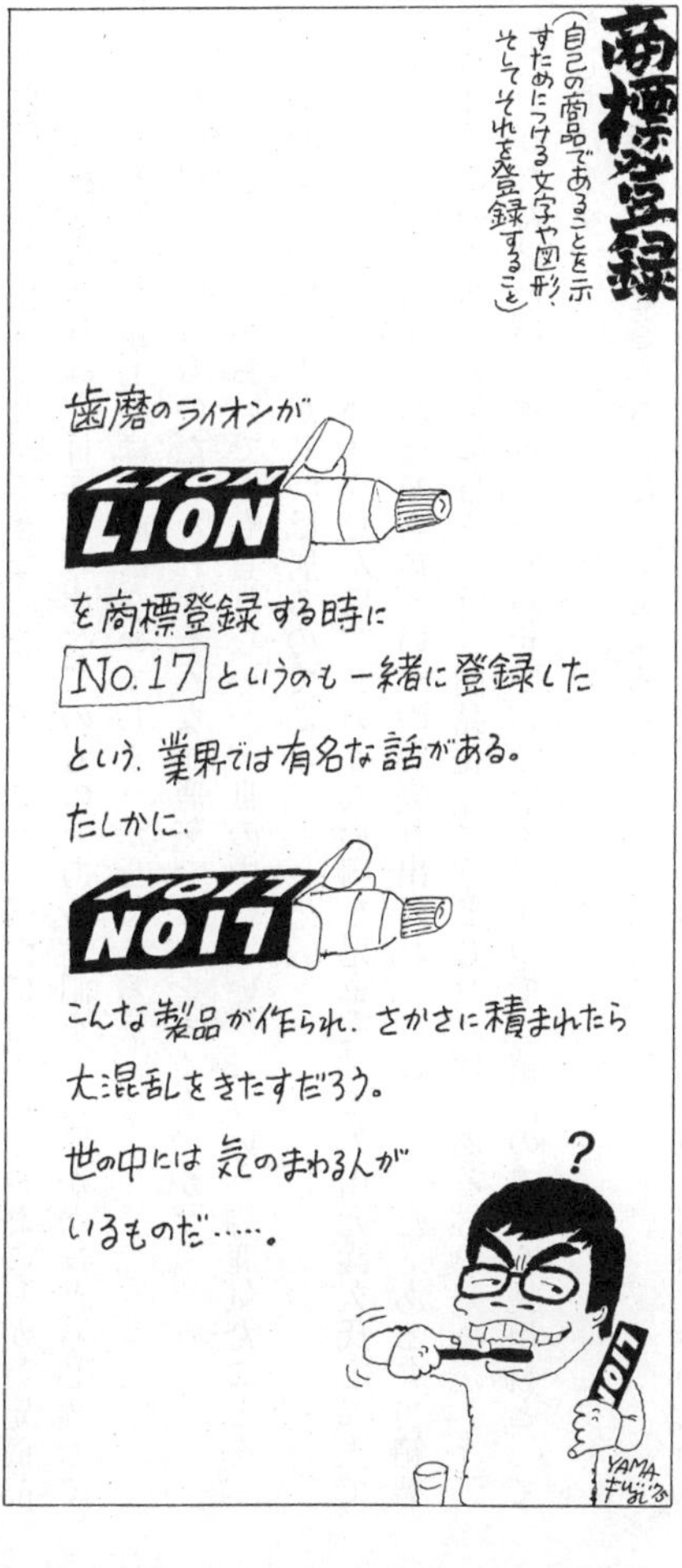
商標登録
（自己の商品であることを示すためにつける文字や図形、そしてそれを登録すること）
歯磨のライオンが
LION
LION
を商標登録する時に
No.17 というのも一緒に登録した
という、業界では有名な話がある。
たしかに、
LION
こんな製品が作られ、さかさに積まれたら
大混乱をきたすだろう。
世の中には気のまわる人が
いるものだ……。
?
LION
YAMA FUJI

かつには名詞を使うことができなくなってしまう。べつに言えば、雷おこしが特定商品であると認められれば、日本人のすべてのものである名詞を、だれかがひとりじめしてしまうことも、理論上では可能になってしまうからである。

「それは杞憂というものだ。だれがそんな馬鹿気たことをするものか」

とおっしゃる方がおいでかもしれないが、世の中は広い、こういう馬鹿気たことを、実際にやってのける人がじつは居るのである。

かつて『ひょっこりひょうたん島』という人形劇を児童文学者の山元護久氏と二人で書いたとき、ひょうたん島弁当箱というのが売り出されることになった。ある弁当箱製造会社がこの番組の人気に目をつけ、商品化しようとしたわけである。

「ひょうたん島という番組名を使わせていただきますので、値段の二%を使用料としてさしあげます」

といわれ、山元さんもわたしも大よろこび。

なにしろ、弁当箱の値段が二百円。その二%は金四円。一個につき四円ずつわれわれの財布が脹れあがって行く勘定になる。十万個売れれば四十万円の不労所得だ。これはよろこばない方がどうかしている。

だが、弁当箱はなかなかできてこなかった。

名古屋の方に賢い人がいて、『ひょっこりひょうたん島』が放映になるとすぐ、特許庁に《ひょうたん島》を商標として登録してしまっていたからである。

すったもんだの末、弁当箱が市場に出たのは放映開始後一年経ってからだったが、とにかくそういう油断のならぬ世の中、言い方をかえれば、コトバすら金もうけの種になる世の中である。

その意味からも、わたしは「雷おこし」裁判の判決を支持したい。

立体音響

十年前、四万円で購入したステレオがぼろぼろになってしまったので、このたびそれよりはすこしましなセットに買い換えた。そのことを、さる放送局の効果マンに話したら、効果用のレコードを一枚、寄贈してくれた。右と左から自動車が突進してきて、ふたつのスピーカーの中央で衝突するという「音のドラマ」がばっちりと刻み込んであるレコードである。

まことに迫真的な音響効果なので、それを毎日のように聞いていたが、このあいだ、学生時代の友人が訪ねてきたときに、ふと悪戯を思いついた。そのレコードを利用して、友人をひっかけてやろうと考えたのである。

その友人は悪戯の権化だった。学生時代、わたしが眼鏡をかけたまま眠っているのに目をつけ、その眼鏡のレンズを赤く塗り、「火事だ！」と叫んだり（その声で目をさましたわたしは、目の前が真っ赤なので仰天し、パンツ一枚で下宿の外へ飛び出した）、わたしたちのたまり場だった喫茶店のマダム（その頃、五十八、九歳）に、わたしの名前で恋文を渡したり（おばあさんが急になれなれしい素振りをしはじめたので、わたしはとても面喰った。それになんだか、薄気味わるかった）、フランス語の教科書のあるページとその次のページを糊で貼りつけたり（教師にあてられてわたしは立往生した。

何度探しても、そのページが出てこないのだ。むろん、貼り合せてあるのだから出てくるはずはない)、この友人にはいいようにからかわれたものである。積年のその恨みを一挙に晴らそうと思いついたわけだ。

まず、わたしはスピーカーをソファのうしろに隠しておき、友人が手洗いに立った隙に例の効果用のレコードの上にステレオの針をのせた。

立体音響
(ステレオ・サウンド)
ウーン、すごいなァ このステレオは……
まるで本当に「運命」が戸を叩いて入ってくるようだ……
YAMA FUJI '75

友人が戻ってきてソファに腰をおろしたとたん、すさまじい大音響。

「おっ、事故のようだぜ」

友人はソファからとびあがった。

「この家の前で車が衝突したんじゃないか。いまの音は絶対にそうだよ」

友人は表へ飛び出して行った。数分たってから彼は狐につままれたような顔をして戻ってきた。

「……なんでもなかった。たしかに音がしたのに、表には車どころか人の影もない」

「音がした、だって?」

わたしは笑いを懸命に噛み殺しながら言った。

「音なんか聞えなかったぜ。おまえ、どうかしたんじゃないのか? 一度、耳鼻科か精神科の医師に診てもらった方がいいぜ」

その日は一日中、彼はおどおどした眼付をしていた。

ところで昨日のこと、友人がまた訪ねてきた。

「……おまえの奥さんに電話で聞いたよ。あれはレコードだったんだってね」

開口一番、友人はこう言った。

「ひどい悪戯をしやがる」

「学生時代の仇討をしたまでさ」

答えてわたしは酒の用意をするために勝手へ行った。勝手の流しで氷を砕いていると、

突然、戸外《そと》で、

「きゃーッ！　痴漢です！　だれか来てください。たすけてーッ！」

という叫び声がした。心張棒を握って戸外に飛び出したが、人影はなかった。

「はてな？」

首を傾げたが、そのとき、わたしは門柱に小型のテープレコーダーがぶらさがっているのを見つけた。

「……たすけてェ！」

テープレコーダーはそれからもしばらくのあいだ悲鳴をあげつづけていた。

つまりわたしはやつの仕返しにまんまとひっかかってしまったのだった。

阿弥陀佛

この連載をはじめたとき、近所の文房具屋で、厚い大学ノートを一冊買い求めた。己れの眼に触れたありとあらゆる漢字で四文字の成句を、ひとつも余さずそのノートに書き写そうと考えたのである。

ノートには、一頁につき横罫《よこけい》が二十七本ずつ引いてある。つまり、横罫一本に四文字成句を一個ずつ書き込んで行けば、一頁に二十六個の成句が収容できるわけであるが、本日までにわたしはそのノートを八十四頁まで消化した。べつにいえば、この四ケ月に、

$26 \times 84 = 2184$

二千百八十四個の漢字四文字の成句を蒐集したことになる。この連載の、毎日の題名として使ったのがそのうちの百と八個だから、全体の二十分の一。残る二千個以上はこのまま永久に陽の目を見ないでしまうだろう。

それではあんまりそれらの成句が可哀相だ、とわたしは考え、今回はそれを用いて、詩のようなものをこしらえてみた。

その詩のようなものの題は『中年男性』、中年男の哀しみをチラッとでも感じていただければ、この上ない仕合せである。

戦々兢々　天変地異
行住座臥　青息吐息
無闇矢鱈　勤勉努力
心気辛苦　同役相役

阿弥陀仏
（極楽世界を主宰する仏陀）
右往左王、　読売巨人
失点八倒、　〃
拙守扼腕、　〃
負傷不承、　〃
自策自怨、　〃
神洋才一、　〃
GIANTS
90

残忍非道　希望退職
一時帰休　神経衰弱
右往左往　長島監督
切歯扼腕　巨人贔屓
垂涎憧憬　愛人関係
危険至極　三角関係
五里霧中　男女関係
冷淡冷酷　隣人関係
日進月歩　性愛知識
精力精悍　女性自身
半死半生　男性自身
周章狼狽　九死一生
困難至極　夫婦和合
空理空論　夫婦円満
勇猛果敢　女権論者
崩壊寸前　亭主実権
綺羅錦繡　家人女房
奇服異装　豚息豚娘

亭主着用　錆色背広
奇怪千万　保守独裁
不得要領　革新連合
失敬千万　政治家連
一紙半銭　民主主義
政治改進　画餅書金
欲悪非道　綜合商社
言語道断　価格協定
土地成金　黄金時代
粗野卑陋　重役上役
大廈高楼　上流社会
矮舎陋屋　貧乏世帯
七転八倒　物価高騰
不承不承　一汁一菜
単純素朴　庶民願望
平々凡々　平穏無事
一喜一憂　麻雀競馬
哀訴嘆願　理世安民

哀音切々　哀怨深々
日本夜々　愁夢多々
阿弥陀佛　阿弥陀佛
南無南無　阿弥陀佛

九寸五分

四ケ月にわたって愛読していただいた（かどうかは当方はわからない。また正直に告白すれば愛読していただけたにちがいない、という自信はわたしにはない。一日一篇ずつ、おもしろい、そして気のきいた読物を提供するという作業はわたしにはすこし荷が重すぎたのだ。自分なりに一所懸命励んだつもりであるが、わたしの現在《いま》の実力としては、週に一篇か二篇が身丈に適ったところのようである）この連載も、いよいよ今日でおしまいである。そこで今日はしめくくりの意味もあって、自分のこれからの計画その他について喋々させていただこうと思う。

まず、ここ数年は煙草はやめない。ここまで煙草との腐れ縁が続いてしまうと、煙草にも情が湧く。これまで同様、一日六十本ずつ煙草を煙にしよう。死ぬときは肺ガンともう決めた。

次になるべく歩くことにしよう。毎日一回は、市川市から松戸市へ、松戸市から東京都へ、そして東京都から市川市へ、一都二市を股にかけて歩きまわろう（と申しましても、拙寓は市川市の北の端、三分歩けば松戸市で、橋を西へひとつ渡れば東京都、一都二市を股にかけてもその所要時間はわずかの十五分なのであります。なにもそう勢いをつけて言うこともないのだ)。

また、山藤章二さんにはこの世をおいとまする瞬間まで、尊敬と感謝の念を忘れぬよう努めよう。氏は原稿が入らなくても不平もおっしゃらず、毎回、秀抜なイラストをつけてくださった。

「巷談辞典は山藤章二の絵で保《も》ったね」

とおっしゃる通《つう》も多く、そういう噂を耳にするたびにわたしは西南の方角に向って三拝し、つぎに東と西と南と北に向って九拝した。

西南の方角には山藤さんの家があり、東西南北には読者各位の家がある。つまり氏と読者に、己が非才を詫びたのである。

そしてときには布団の上に逆立ちしたまま眠った。むろん氏と読者に足を向けて眠っては罰が当ると考えてそうしたのである。

エッセイや雑文や読物を書く才に乏しいことがこうはっきり判明した以上、ここ二、三年は戯曲と小説以外の仕事はできるだけ避けようとも決心した。泳げないのに海に入るのは暴挙である。歯がないのにひねり沢庵を齧《かじ》ろうというのは間が抜けている。火のないところに煙を立たせるのは不可能だ。免許がないのに車に乗るのは無謀である。男性の癖に生理用品を使おうとすれば、これは変態というものだ。わたしは身の程を知るべきである(自分で言ってりゃ世話はない)。

そしておしまいに、これからは稀代の殺人鬼たるべく努めよう。と言っても、物理的に人を殺そうというのではない。読者を笑い死にさせてやろう、と決心したのだ。語呂合せ狂といわれようが、ドタバタ作家と軽んじられようが構わない。

いま右手に持っているこの万年筆を、九《く》寸《すん》五《ご》分《ぶ》として、読者を笑わせ、腹をよじらせ、全員を腸捻転であの世へ送り込むのだ。ただし、殺しっ放しというのは無責任、葬式の費用はこっちが持たせていただこう。

九寸五分
(短刀の別称)
「風さそう花よりもなお
我はまた
フジの名残を
いかにとやせむ…
殿、無念でござる!
客はとうの昔に
帰ってひとりも
ござらぬ!

などと、法螺を吹くと後で困る。

まあ、そんな覚悟でいる、ということをお詫びのかわりに申し上げておいて、では、

みなさん、さようなら。

解説　言葉の権威（定型）を突き崩す一一〇の紙つぶて

高橋敏夫

井上ひさしをさかのぼれ。

その源へ。

怒りと笑い、ばかばかしさと大真面目、静と動、絶望と希望が同時に沸騰し、今にもあふれだす、そんな源へ。

「この二つが最後なら満足だよ」と語った戯曲『組曲虐殺』『ムサシ』から、ヒロシマの惨劇を生きる娘と父をとらえた戯曲『父と暮せば』へ。真に奇想天外な大長篇小説『吉里吉里人』へ。直木賞受賞の時代小説『手鎖心中《てぐさりしんじゅう》』、岸田戯曲賞受賞の『道元の冒険』へ。あるいは最初期エッセイの集積で言語的騒乱状態を出現させた『パロディ志願』『さまざまな自画像』、そして本書『巷談辞典』などへ。より広々としたステージを一つひとつ確認しつつ、井上ひさしの始まりへ、井上ひさしの誕生へ。

井上ひさしを、さかのぼれ——わたしは、死を聞いた瞬間、そうきめた。

＊

表現者は死が行き止まりではない。苦悩とよろこびの結晶である作品を通し、表現者は何度でもくりかえし再生する。ときには海を越え山を越え、ときには遥かなる過去から再生する。

周知のとおり、井上ひさしは、近代の文学者、思想家をめぐる評伝劇を数多く書いた。劇場では、宮沢賢治、夏目漱石、樋口一葉、石川啄木、太宰治、魯迅、林芙美子、チェーホフ、小林多喜二ら——作品でだけ接した、それでもなぜか無性に懐かしく愛おしい作家たちが、死という厳然たる事実を易々と突破して、わたしたちの眼前の小さな明るみに、すっくと立つ。

歩く。話し、食べる。理不尽な社会と闘い、のがれがたい人間関係に苦しみ、怒り、泣き、笑う。そして、書く。書きつづける。

ほとんど奇跡といってよい出来事に、わたしはその都度、作家のたしかな存在を感じとってきた。それはまさしく、作家と作品を愛する井上ひさしが創りあげた、作家再生の舞台だった。

こうした再生の舞台に一人の、作家とよぶにはあまりに多種多彩な活動をくりひろげてきた表現者が、死んで新たに加わった。井上ひさしである。今度はわたしたち読者一人びとりが井上ひさしを夢の舞台にあげる番だ。

よろこばしき再生の始まりに、わたしが、井上ひさしを源へむけさかのぼろうと思いきめたのは、死の悲しみをうちはらうことはもちろんのこと、最後の大きな仕事となった『組曲虐殺』（二〇〇九年、初演）が、いつもしなやかさを失わなかった井上ひさしにしてはあまりにも硬く、パセティックに感じられたからでもある。

虐殺という惨《むご》たらしい出来事のなかにこそ希望をみいだし、一人から多数へと思想を手渡す。意図も困難もわかるにせよ、たとえば劇中で多喜二が歌う『信じて走れ』の「あとにつづくものを／信じて走れ」の反復には、あきらかに多喜二とともにみずからの終わりをつよく意識した井上ひさしがいる。これが「この二つが最後なら満足だよ」という、せつない言葉につながったのだろう。

井上ひさしの厳粛なる最期に、井上ひさしの生きいきとした誕生を。終わりに始まりを。あざやかなる再生のために、広々としたステージを求め、井上ひさしをさかのぼれ。

＊

本書『巷談辞典』は、井上ひさしの始まりにほど近く、当時の叛乱と騒動の時代に呼応するかのごとく、言語的騒乱状態をゆたかに出現させせつつ世に放った、井上ひさし版「紙つぶて」の群である。

「前途遼遠」から「九寸五分」にいたる一一〇篇のエッセイは、一九七四年一二月一〇日から一九七五年四月一八日まで、『夕刊フジ』に毎日（休刊日である日曜を除く）連載された。今では首都圏のキオスク、コンビニなどでおなじみの『東京スポーツ』『夕刊フジ』『日刊ゲンダイ』夕刊紙三強は、当時、一九六〇年創刊の『東京スポーツ』が先行。『夕刊フジ』は初の駅売りタブロイド版夕刊紙として一九六九年創刊、たちまち

「夕刊フジ現象」を引き起こし、この勢いある成功にひっぱられるようにして『日刊ゲンダイ』が一九七五年に創刊された。『夕刊フジ』の初期黄金時代に、『巷談辞典』は毎日の紙面を思いのままに跳梁していたことになる。

井上ひさしは一九三四年一一月一六日生まれだから、連載当時は四〇歳。新たな事業を開始するための条件「若くて無名で貧乏」(毛沢東)からは事実上かなり遠ざかってい た。しかし、年を容易にとれぬおそるべき忙しさと、もちまえのハングリー精神。加えて二年前に戯曲と小説でたてつづけに文学賞を受賞していたものの、この社会と文化で「有名」であることの罪を鋭く突く挑戦的姿勢とで、「若くて無名で貧乏」の炸裂的な運動体を保持しつづけていた。こんな表現者の日々なげつける「紙つぶて」が、おもしろくないはずはない。

＊

巷の話題をふんだんにとりいれる一読瞭然のわかりやすさに、名人山藤章二による一目瞭然のイラストがつく、一一〇篇のエッセイ一つひとつに解説は不要だろう。

全体をとおした傾向について、気づいたことを列挙しておく。

① 「四文字の成句」をとりあげる意義。「四字熟語」という言葉の定着は一九八〇年代半ばで、後に『新明解 四字熟語辞典』や『岩波四字熟語辞典』など続々と出版されるが、当時は「四文字の成句」である。今ではおなじみの「四文字の成句」を扱った早い

試みだが、もちろん教養のためではない。定型となり思考にパターン化をもたらす「四文字の成句」を、言葉の権威、権力とみたて、突き崩す。真っ向から非難するのではなく、いつのまにか意味を逆転させたり、一字を替えるだけで印象を一変させたり、そんな意表を突く乱れが笑いを誘う。反教養辞典といってもよい。

②「四文字の成句」が日本語の権威なら、それをゆさぶることは日本語、日本人、日本社会の問い直しにつながる。

③　しかつめらしい漢字四字が、突然、どぎついまでの下半身ネタに染めあげられる。駅売り夕刊紙の主たる読者は男性サラリーマン。当時の「モーレツ社員」「経済戦士」の緊張がほどける帰りの電車のひとときに、エロ話はうってつけだ。井上ひさしの初期作品、エッセイにはしばしば下半身ネタが登場するが、どことなく詰屈《きつくつ》とした印象で、他の話題にくらべると伸びやかさがない。男性のみの定番（ジェンダー偏向）にすぎぬのを知ったうえでのこと。だから、この下半身ネタもただちに笑いへと導かれる。

④　笑いによる意識の覚醒は、井上ひさしの作業を縦につらぬく主題であり、一一〇のエッセイがならぶ本書からは、「笑いのストーリー手法」ともいうべきものがうかびあがる。ミステリーが最後の驚愕の結末へと読者を放さないとすれば、笑いのストーリーもまた笑いを生じる驚きのラストにむかって読者をとらえつづける。

⑤　ラストの大半が自分オチである。風俗の主流や常識を小気味よく退け、権威を笑いとばすときは、かならず自分を笑う。一方的な他者攻撃ではない。自分も深くかかわる

重大事ゆえに自分も突き崩す。容貌と遅筆など、いささか自虐ネタに傾くほど徹底的に。
⑥ 虚実入り乱れている。「一日一篇ずつ、おもしろい、そして気のきいた読物を提供する」という言葉にもうかがえるように、語る「わたし」もまた井上ひさしが巧みに操る、読物内登場人物の一人と考えたほうがよい。

＊

わたしの気にいったエッセイを挙げだしたら、きりがなくなる。
それでも一つだけ挙げよと求められたら、さて、公害で苦しむ人をみえなくしてしまう「なんでも公害」の流行を嘆く「流行公害」か。ブラック・ユーモアを無情滑稽とよびそれがまかり通る世の中の不気味をえがいた「有情滑稽」か。それとも、言い終わればかえって親愛の情が増す悪態を日本語ブームに求めた「悪態技術」か。あるいはと迷いつつ――やはり、つぎのような問答が唐突にあらわれる「地口謎々」を挙げたい。
《問「古池や蛙とびこむ水の音、の水の音はどんな音か?」
答「バショーッ!」
問「痔の人が思わず放屁した。その音は?」
答「ジープ」
問「畑の作物と歌手とはなにが必要か」
答「コエ。作物には肥《こえ》、歌手には声」

問「源頼朝は平和主義者であったか、それとも武力主義者だったか？」
答「みな、もとより、友――だから、平和主義者だった」》（「地口謎々」）

かつて放送作家時代にひねりだした地口謎々で、「馬鹿々々しくて理屈がなかったところが、自画自讃ではあるが、なかなかよかったと思う」。

たしかに、いい。じつにいい。

ばかばかしさも、汚らしさも、組み合わせ次第で、驚きの光景をたぐりよせる。思いもかけず開けた視野に、「みな、もとより、友」の虹がかかる。ふと振り返れば、いままで問答に打ち興じていた者たちもその虹を無言で眺めている。まことに、「みな、もとより、友」なのだ――。

井上ひさしをさかのぼれ、というわたしの思いは、こんな光景に出会うためだった。ほぼ三十年ぶりの再読となった『巷談辞典』を、もう一度最初からゆっくり、できれば毎夕一つずつ、生きいきとした表情の井上ひさしを夢の舞台に再生しつつ、読みすすめてみようか。

（文芸評論家・早稲田大学教授）

初出「夕刊フジ」昭和49年12月10日〜50年4月18日
単行本『巷談辞典』文藝春秋、昭和56年3月

本書は、文春文庫『巷談辞典』（文藝春秋、昭和59年12月）を底本とし、ルビを適宜付した。本文中、今日では差別表現につながりかねない表現があるが、作品が書かれた時代背景と作品の価値をかんがみ、底本のままとした。

巷談《こうだん》辞《じ》典《てん》

二〇一三年二月一〇日　初版印刷
二〇一三年二月二〇日　初版発行

著　者　井上《いのうえ》ひさし

発行者　小野寺優
発行所　株式会社河出書房新社
〒一五一－〇〇五一
東京都渋谷区千駄ヶ谷二－三二－二
電話〇三－三四〇四－八六一一（編集）
〇三－三四〇四－一二〇一（営業）
http://www.kawade.co.jp/

ロゴ・表紙デザイン　粟津潔
本文フォーマット　佐々木暁
本文組版　株式会社キャップス
印刷・製本　凸版印刷株式会社

Printed in Japan　ISBN978-4-309-41201-6

狐狸庵人生論

遠藤周作 40940-5

人生にはひとつとして無駄なものはない。挫折こそが生きる意味を教えてくれるのだ。マイナスをプラスに変えられた時、人は「かなり、うまく、生きた」と思えるはずである。勇気と感動を与える名エッセイ！

私の部屋のポプリ

熊井明子 41128-6

多くの女性に読みつがれてきた、伝説のエッセイ待望の文庫化！　夢見ることを忘れないで……と語りかける著者のまなざしは優しい。

さよならを言うまえに　人生のことば292章

太宰治 40956-6

生れて、すみません——三十九歳で、みずから世を去った太宰治が、悔恨と希望、恍惚と不安の淵から、人生の断面を切りとった、きらめく言葉の数々をテーマ別に編成。太宰文学のエッセンス！

新編　かぶりつき人生

田中小実昌 40874-3

ストリップではじめてブラジャーをはずしたR、全ストになって大当たりした女西郷……脇道にそれながら戦後日本を歩んできた田中小実昌が描く女たち。コミさんの処女作が新編集で復活！

本の背中　本の顔

出久根達郎 40853-8

小津文献の白眉、井戸とみち、稲生物怪録、三分間の詐欺師、カバヤ児童文庫……といった（古）本の話題満載。「四十年振りの大雪」になぜ情報局はクレームをつけたのか？　といった謎を解明する本にも迫る。

むかしの汽車旅

出久根達郎〔編〕 41164-4

『むかしの山旅』に続く鉄道アンソロジー。夏目漱石、正岡子規、泉鏡花、永井荷風、芥川龍之介、宮澤賢治、林芙美子、太宰治、串田孫一……計三十人の鉄道名随筆。

新・書を捨てよ、町へ出よう

寺山修司　40803-3

書物狂いの青年期に歌人として鮮烈なデビューを飾り、古今東西の書物に精通した著者が言葉と思想の再生のためにあえて時代と自己に向けて放った普遍的なアジテーション。エッセイスト・寺山修司の代表作。

幻想図書館

寺山修司　40806-4

ユートピアとしての書斎の読書を拒絶し、都市を、地球を疾駆しながら蒐集した奇妙な書物の数々。「髪に関する面白大全」「娼婦に関する暗黒画報」「眠られぬ夜の拷問博物誌」など、著者独特の奇妙な読書案内。

青少年のための自殺学入門

寺山修司　40809-5

死の音楽、死神占い、自殺機械の作り方、動機の立て方、場所の選び方等々、死と真面目に戯れ、方法化し、充分に生きるために死についての確固たる思想を身につけることを提唱する寺山版《自殺マニュアル》。

幸田文のマッチ箱

村松友視　40949-8

母の死、父・露伴から受けた厳しい躾。そこから浮かび上がる「渾身」の姿。作家・幸田文はどのように形成されていったのか。その作品と場所を綿密に探りつつ、〈幸田文〉世界の真髄にせまる書下し！

淳之介流　やわらかい約束

村松友視　41003-6

「半達人」を極めた文士、吉行淳之介。ダンディズムの奥底にあるしたたかな色気と知られざる魅力。病気、世間、文壇、スキャンダルの大津波を切り抜けた、妖しくも怪しい文士の姿とは？　その真髄にせまる！

人生作法入門

山口瞳　41110-1

「人生の達人」による、大人になるための体験的人生読本。品性を大切にしっかり背筋を伸ばして生きていきたいあなたに。生き方の様々なヒントに満ちたエッセイ集。